L, a Fényhozó

Könyv I.

Ki vagyok én?

KIAS

További információ: www.l-creation.org

ISBN: 978-963-12-6986-4

AZ ELSŐ ALKOTÓ DÍJA

A LEGEREDETIBB EGYETEMES
ÜZENET DÍJ

DIMENZIÓ KAPU DÍJ

KIAS

Kedves olvasónk!

Most vágtál bele életed legnagyobb kaland-
jába. Ez az iromány nem csak egy könyv, hanem
a belépőjegyed egy különleges utazásra. Produk-
ciós irodánk kiemelkedő tudományos és spiri-
tuális háttérrel egy olyan grandiózus projektbe
fogott, melyben a bolygónk felé már az idők
kezdete óta áramló komplex információt adaptál-
ja a földi körülményekre. Az egyes hordozókat,
mint a könyv, a film, vagy a videó játék egy me-
rőben szokatlan, újszerű, komplex látásmódba
ágyazva átminősíti. Így olyan mélységgel látja el
őket, hogy az általuk közvetített információ meg-
értése és hasznosulása ugrásszerűen megnő.
Mintha mindenre ráraknánk egy plusz négy-
dimenziós szemüveget. Ennek a rendszernek a
neve: Tudattechnológiás Tapasztaláshű Effekt.
Ezt a technológiát tapasztalhatod meg most első-
ként ennél a könyvnél, mely a Felébredés Játéká-
vá alakul általad. Hogy miként tudod elsajátítani
az első lépéseket, megtalálod a honlapunkon, a
játék menüben (www.l-creation.org), és a könyv
végén található leírásban. De ez még csak a
kezdet. Ha tovább szeretnél haladni ezen az
úton, kísérd figyelemmel további alkotásainkat is.

Jó szórakozást!

KIAS

Ez a könyv egy stílusában és tartalmi komplexitásában egyedien megkomponált fantasy. Egy korokon és világokon átívelő kalandregény, misztikus sci-fi, társadalomkritika. De leginkább egy ismeretterjesztő és személyes útmutató mindazoknak, akik már nem elégednek meg a készen kapott uniformizált tömegválaszokkal. Azokhoz szól, akiknek van merszük ahhoz, hogy az eddig stabilnak hitt valóságuk a feje tetejére álljon. A könyv szemléletmódot alakít, véleményt formál, elgondolkodtat, és saját útjára indítja az olvasót. A történet a képzelet szüleménye, bármilyen egyezése az általunk élt világgal a véletlen műve.

Ez a könyv egy szintézis, az általam megélt és megértett tapasztalatok és tudásanyag egységesített rendszere. A benne leírt információk többsége már megtalálható az emberi tömegtudat fizikális leképezésében, az interneten. Az érintett témákat ott bővebben, és sokkal komplexebben fedezheti fel a kíváncsi böngésző. Bár az ötlet, és a történet az álmaimban fogant, a főszereplő és a felső nézőpont kialakításában Adamus Saint Germain felemelkedett mester rám gyakorolt hatásának volt kiemelkedő szerepe. Továbbiakban Kryon, Plejádok, Eckhart Tolle és még sok más kivételes forma által közölt egyetemes információ mentén szökkent szárba, terebélyesedett bennem ez a fa, amit a meditáció segítette befelé fordulás, csend táplált, és mélyített. Ennek csodás gyümölcsét kínálom mindenki számára szíves fogyasztásra. Abban pedig, hogy ez ne egy szűk réteg eledele legyen, egy kedves barátom segédkezett.

L, a Fényhozó
Könyv I.
Ki Vagyok Én?

A nevem Lucifer, de nevezhettek sátánnak, a fő gonosznak, kísértőnek, vagy egyszerűen leördögözhettek, ahogy tetszik. Azért fedem fel előttetek már az elején kilétem, mert azt akarom, érezzétek a bennetek megbúvó félelmet. Hogy szembenézzetek önmagatok azon részével, amit eltemettetek a lelketek legsötétebb felén lévő legmélyebb fiókba. A kulcsát pedig eltüntettétek, hogy soha ne kelljen vele szembesülnötök. De ezt most nem fogjátok megúszni. Itt az idő, hogy belenézzetek végre abba a bizonyos tükörbe, megértetek rá.

Engedjétek meg, hogy elmeséljek nektek egy történetet, amelyben egyszerűen megértitek, hogy semmi sem az, aminek látszik. Semmi nem úgy van, ahogyan nektek mesélték, és ti sem azok vagytok, akinek hiszitek magatokat. Meg fogjátok érteni, hogy az a képtelen elutasítás, ahogy kezelitek egyes részeiteket, és eltoljátok rossznak ítélt tetteiteket és gondolataitokat, ráadásul még mindezt egy tőletek független lényre, azaz rám ruházzátok, mennyire nevetséges. Lemondtatok a veletek született hatalmatokról és valós énetekről, mert így könnyebbnek tűnt az elfogadás és a beilleszkedés. Úgy gondoljátok, hogy minden jót egy rajtatok kívülálló mindenható teremtménytől,

Istentől kaptok, és minden rosszat meg én, Lucifer kényszerítek rátok. Pedig az igazság az, hogy nincs rajtatok kívülálló se jó, se rossz. Minden jóság és gonoszság belőletek fakad, minden ti vagytok, és ezt most meg fogjátok érteni. Hamarosan az is kiderül, hogy melyikünk a valóságos, és kik is vagytok ti igazából. Azt azonban ne higgyétek, hogy ez egy hátradőlős sétagalopp lesz, tálcán hozott válaszokkal.

Éberen ülve figyeljétek, hogy a megértés fénye nehogy elröppenjen, miközben a csomagot kibontjátok.

A most következő oldalt, aki még nem járatos a témában, nyugodtan átugorhatja, és a könyv elolvasása után térjen vissza rá, addigra biztosan összeáll a kép.

Kezdjünk mindent a legelejéről. Az egész világmindenség egy gondolatcsomag, és ennek kibontása pedig a létezők összessége. A Kezdetben lévő Hatalmas Egyetemes Tudat, maga a hatalmas semmi és minden egyszerre azt mondta:

– Én vagyok, és rajtam kívül nincs semmi. Vagyis olyan nincs, hogy rajtam kívül van valami.

Ezzel megteremtette magában a valamit, és ezt önmagán belül részletezte. Ahogy bomlott ki magában a fogalom, úgy követte azt le, a benne megteremtődött fizikai világ. A valami, „az én vagyok" addig részleteződött, míg olyan tudati részek nem jöttek létre, akik önmaguk is teremteni tudtak. Ők voltak a Központi Faj képviselői, a Szárny-készítők. Az Első Alkotó odaadta magát nekik. Ők elindultak, alkottak, és létrehoztak önmagukon belül különböző rendszereket, világokat, és ezzel az Első Alkotó művét tovább részletezték. A feladat az volt, hogy minden teremtmény eljusson arra a szintre, hogy megértse azonosságát mindennel. Az így kialakult világok építik az Első Alkotó testét, és a változás pedig az, ami fenntartja a teremtést.

– Legyen! – szólt az Úr, az ige anyaggá vált és hét nap alatt megteremtett mindent. El is jutunk hamar az első emberpárhoz, a mennyországhoz és a kísértéshez. Na, most még nem a kígyó és az emberek a téma, később természetesen – érintett révén – rájuk is kitérek. De mi az, ami elindította ezt az egészet, ami a leglényegesebb egyetemes szimbólum ebbe a korabeli csodás történe-lemkönyvbe csomagolva, „a vagyok", és a „Legyen..." után? Hát persze, az alma, vagyis amit az alma szimbolizál. Ez a világmindenség teremtési képlete, a Tórusz. Amely közepén a semmiből indul, és egy nagy kitágulás után önmagába záródik. Egyszerű, és zseniális. Ez maga a téridő, egy hatalmas hologram, mely minden része ön-magában is tartalmazza az egészet, kevésbé részletezetten. A téridő nem más, mint az egyes világok megtapasztalásának eszköze. A tudatosság minél részletezettebb, annál több téridő síkot érzékel. Az emberiség még

a linearitás világában él, a múlt, jelen és jövő
rendszerében gondolkozik, szétdarabolja a
valóságot. A múlt identitást ad nekik, a jövő
megváltást.

A történet, ahogy azt szemlélitek, olyan,
mint amikor gyöngyszemeket fűzünk fel egy
zsinórra. A legeleje a Nagy Bumm, a vége a
Nagy Reccs, és amit ha két végén össze-
fogtok és láncot csináltok belőle, egy ponttá
válik.

Közben ott vannak a történetem esemé-
nyei. Lineáris időrendben, Szhuu, Mo és
Prethor története, a Galaktikus Föderáció-
ülés, az Annunakik, Lélektelen, a héberek és
Zoé élete. Majd, minden szál összetalálkozik
egy pontban, ezután a közeli emberi jövő
következik, amit követ a valóság megszűnése
és újra kibomlása.

Én ennek bármelyik időpontjába, akár
egyszerre többe is, bármikor oda tudom
fókuszálni a tudatomat, így az eseményeket
tetszés szerint végigélhetem.

Az általam kiválasztott fizikai formát is
bármely pontra, többre is akár egy időben,
megnyilváníthatom. Nálam minden most
zajlik, ezért az egész teremtés is most van.
De hogy könnyebben megértsétek, az idővel
tetszés szerint játszom az elbeszélés során. A
történetem jelentős része világotok mai való-
ságában játszódik. Számos esemény hason-
lóan megtörtént, vagy éppen most történik
veletek. A médián keresztül kapott infor-
mációkat egy másik nézőpontból világítom

meg Nektek, hogy a befolyásolás mögé lát-
hassatok! Ezek után vágjunk bele!
Jó szórakozást!

1.

Változás

Lucifer:
*Jöjjön akkor először egy aktuális felfede-
zés, mely azt jelzi számotokra, hogy eljött az
idő!*

*Dél-Amerika, Theckoatl ásatástól délre, a 015.05
/2314/2-es földrengés után tíz órával, 2012. június 2.*

A párás dzsungel fái közt tüntetőleg az ég felé
törő apró kis sziklán megmaradt esőszemhez, egy
rendkívül színes bogár szaladt föl. Terve szerint
majd ott hörpinti be a frissítő víz áldását. De őt a
következő pillanatban elkapó még színesebb gyík
nem nagyon foglalkozott a bogárka további ter-
veivel. Az ő elképzelése az volt, hogy miután
jóllakott, a víztől állapotos felhők közt átdöfő
napsugarak éltető erejét fogja odafenn magába
szívni. Viszont a rá lecsapó, és őt egy falásra
eltüntető szivárványcsőrű tukánt meg ez nem
érdekelte igazán. A gyíkocskát lenyelte, és már
nyújtózott is, hogy továszálljon, azonban a
mellette elrobogó ütött-kopott terepjáró sárten-
gerrel árasztotta el és ezzel jócskán keresztbe tett
neki. A nap szikkasztó ereje szinte azonnal ce-
mentszerűvé szárította a rögtönzött kis sárszob-
rot, így aztán a tollkirálynak volt ideje eltöp-
rengni, hol is csúszhatott hiba a számításaiba.

A túlzsúfolt terepjáró nyikorogva, csúszva, cuppogva gyűrte le a nemrég elállt eső áztatta vörös sár marasztaló hatását.

– Messze van még, Pablo? – kérdezte a hátsó ülésről – két helyi indián bérmunkás közt ülve Dr. Lagrovicz, és gyorsan szájához szorította fehér kendőjét, egy újabb öklendezés sorozatot leküzdve. Igazi fehér húsú, közép-európai szoba-tudós, régész volt, akit most is csak a hírnév haj-hászása kergetett idáig. Nem bírta sem a zöty-kölődést, sem a klímát, sem a helyi ételeket. Talán még az életet sem.

Pablo, a testes helyi idegenvezető és egyben Dr. Lagrovicz jobb keze, hátra sem nézve hadart.

– Mindjárt ott vagyunk, professzor úr. De majd meglátja, megéri ez a kis kiruccanás.

– Nem vagyok professzor, csak… – egy újabb huppanó kettényeste mondandóját.

– Persze, professzor úr! De szerintem ez az, amit három hónapja keresünk – vigyorgott maga elé Pablo éles bal kanyart véve, egy kidőlt fát elkerülvén.

Lagrovicz viszolyogva húzódozott a két, izzadt, félpucér bennszülött között, akik viszont vidámparki csodának éltek meg minden autós utazást. Na, ők bírták az életet, és az élet is őket. A doki sértődötten – „Hiszen az az én helyem" elánnal – hajolt az anyósülésen ülő hallgatag és aszott helyi indián felé:

– Na és önben kit tisztelhetünk, Mr…?

– Nem tud a mi nyelvünkön – szólt Pablo.

Közben bekanyarodtak egy völgybe, melyet a tegnapi földrengés és eső földcsuszamlásokkal

tarkított. Dr. Lagrovicz fitymálóan nézett a so-
főrre, majd vissza a kipingált sziklaarcú öregre,
aki csak a dzsungelt fürkészte, mintha nem is itt
töltötte volna egész életét.

– És miért van itt? – folytatta a doki.

– A maguk nyelvén, ő a helyi sámán – vála-
szolt Pablo.

– Sámán? Minek ide egy kuruzsló? – élcelő-
dött Lagrovicz.

– Nem, nem kuruzsló, az azért nem ugyanaz.
És azért jött, hogy válaszokat adjon, hát... izé...
bizonyos... dolgokra.

– Nem tudom, mit tudna egy régészeti feltárá-
son megválaszolni egy kuruzsló, amire én szak-
emberként ne lennék képes – pufogott Lagro-
vicz.

– Hát, azt majd meglátjuk, professzorkám –
mondta Pablo, és derűsen a visszapillantóba ka-
csintott a falfehér dokira.

– Megmondtam, hogy nem vagyok prof... –
de ismét félbeszakította Pablo utolsó manővere,
amint hirtelen kanyart vett egy sziklakiszögellés
után, majd fékezett is, nehogy elcsapjon néhá-
nyat, a kocsi köré sereglő kis bennszülött
gyerekekből. Pablo azonnal kint termett, és a
kölykök régi jó ismerősként simogatták, ölébe
ugrottak. Lagrovicz mellől is kicsusszant a két
helyi bérmunkás. Az öreg sámán a kocsiból nagy
nehezen kikászálódó Lagrovichoz fordult:

– Én meg nem lenni kuruzsló – mondta, majd
becsapta az ajtót.

– Még hogy nem beszéli a nyelvünket – dohogott a doki, miközben hangos szuszogással kimászott ő is. – Tudtam, hogy szélhámos.

– Jöjjön, jöjjön, dokikám! – intett tele vigyorral a nagy Pablo Lagrovicznak, aki egyensúlyát vesztve, majdnem elhasalt a gyerek- és sártengerben.

Pablo átkarolta az esetlen régészt, és mint két részeg cimbora támolyogtak a láthatóan frissen leomlott háznagyságú földdarabok között.

– Néhány órája, a vihart és a földrengést követően szalajtottak hozzám egy embert, doki, mert a víz és a földindulás felszínre hozott valamit.

– Mégis mit?

– Mindjárt meglátja – mondta Pablo.

A sámán és a két segédmunkás már jóval előrébb jártak, csatlakoztak a többi bérelt ásó emberhez. Lagrovicz néhányukat – akiket ő szerződtetett az eredeti ásatás helyszínén – fel is ismert, de rangon alulinak érezte, hogy oda is intsen nekik.

– De mégis, miért gondolja, hogy engem pont ez érdekel? – lihegett Lagrovicz.

– Maga és az egyetemi tanoncai hajtogatnak mindig valami „Isten mindent látó szemét...", gondoltam, ennek köze lehet hozzá.

Kiléptek egy ember nagyságú kukacokkal teli földdarab mögül, és Pablo az előttük meredő hegyoldal felé intett. Lagrovicz először a hegy tövében buzgón hajlongó és imádkozó több száz embert látta meg. Majd tekintete felkúszott az imádat tárgyára is. Ámulatában még Pablot is

15

elengedte, és majdnem elhasalt. De visszanyerve egyensúlyát holdkórosként megindult a lelethez.

– Híres leszek – motyogta. – Híres és gazdag.

A sáros hegyoldalból friss sebként több száz négyzetméteres, világos, faragott sziklaalkotás tört elő, mely egy hatalmas szemet ábrázolt. Jobban mondva tíz szemet, egy óriási szemgolyó alakjába rendezve. Körben kilenc letisztult jól látható grandiózus fekete obszidián kő helyezkedett el. Középen a tizedik, egy hihetetlen méretű vörös rubin volt, de még fakón, egy opálos, ködös rétegtől eltakarva alig látszott.

– Az Alkotó mindent látó szeme – mondta Lagrovicz a térdeplő tömeg közepén állva, csípőre tett kézzel. A nagy imádság mormogásában alig hallotta saját hangját.

– Erről beszéltem.

– Ők mit csinálnak?

– Mit? Hát imádkoznak. Ez nekik is új – nézett körbe Pablo izzadt homlokát vakarva.

– A legenda a világot teremtő Első Alkotóról, és az időszakos vizsgapontjáról, ami alapján a világot koronként méri, és ítélkezik az emberiség fölött, az ősi dolog. Az biztos nem új nekik – mondta a doki.

– Az nem is, hanem ez a szobor. Ekkorát és ilyet még ők sem láttak. Talán… csak ő – Pablo a faarcú sámán felé intett, aki egy sziklán gubbasztott és pipáját tömködte.

– A tizedikkel, a középső szemmel, mi a helyzet? – kérdezte Lagrovicz.

– Éppen azért imádkoznak az emberek, hogy felragyogjon – válaszolt Pablo.

– Mi? – kérdezte a doki.

– Igen, és ha felragyog, elégedett legyen a teremtő azzal, amit lát. Ezért festették ki magukat és hoztak gyümölcsöt is – mondta Pablo. – Azt, hogy most csak sáros még, vagy ilyen homályos marad, nem lehet tudni.

Ekkor kacarászó, csuromvizes aprónép vette körül Pablot, és elkezdték rángatni nagy magyarázás közepette az erdő felé. Mutatni akartak valamit. Helyi nyelven csicseregtek, mutogattak és nevettek.

– Jöjjön doki! Lesz itt még valami – Pablo engedett a gyerkőcök unszolásának, és nyomában a sámánnal elindult.

– Micsoda? – kérdezte még egy álmodozó pillantást küldve Lagrovicz a felszínre bukkant faragványnak.

– Nem tudom, ezt még én sem láttam – válaszolt már a fák közül Pablo.

Ahogy távolodtak a tízszemű faragvány tövében imádkozó sokaságtól, sokkal élettelibb zsivaj ütötte meg a fülüket. Elkezdet ritkulni az esőerdő, és már hallották a folyót is. Valami nem stimmelt. Mikor félrehajtották a folyópartra vezető kis ösvény utolsó bokrait is, meglátták a csodát. Szájtátva lebotorkáltak a vízparton a folyóban játszó gyerekek és szüleik mellé.

Lagrovicz lerogyott egy sziklára. Kalapját levéve vakarta busa fejét. Az amúgy is egyszerű agya nem tudott mit kezdeni a látottakkal. A sámán is abbahagyta egy pillanatra a pipatömködést.

Rezzenéstelen arccal felmérte az eléjük táruló csodás vízesést. Ilyet még ő sem látott, de nagyon rég a mesékben hallott valami ilyesmit. A lezúduló hatalmas víztömeg a felénél, mintegy harminc méteres szakaszon, eltűnt az emberek szeme elől. Folytonossága megszűnt, vége a semmibe veszett, egy másik dimenzióba.

Majd csak lentebb, a tó fölött néhány méterrel folytatódott az alsó szakaszban, mintha mi sem történt volna. A vízből előbukkanó sziklák közül néhány súlytalanul a levegőben lebegett, mögöttük pedig egy szinte teljesen kör alakú barlangbejárat mutatta meg magát. Pont ott, ahová a középső, még félig eltakart szem nézett. A barlangot egy óriási, tökéletesen csiszolt, több tonnás kőkorong zárta, közepén az isten mindent látó szemét ábrázoló faragással.

– Hát ehhez kellett a sámán – fordult vissza a bamba arcú dokihoz.

A felnőttek amint észrevették az öreg sámánt, köré sereglettek, letették lábánál a halas kosarakat. Mindenki egyszerre akart magyarázatot kapni a sokat látott bölcstől a jelenségre. Dr. Lagrovicz egy szót sem értett a kérdésekből.

– Mi a fenét mondanak, Pablo?

A sámán ekkor feltartotta kezét, a tömeg elcsendesedett. Az öreg felült egy moha lepte fatönkre, elkezdett pipájával matatni, majd rámutatott a legösszeszedettebbnek tűnő helyi bennszülöttre. Az feltette nagyon rövid kérdését.

– Ez jót jelent, Fent-sétáló? – tolmácsolta Pablo Lagrovicznak. – Errefelé a Fent-sétáló a hivatalos megszólítása a sámánoknak.

Az öreg fel sem nézve pipájából, csak nemet intett fejével. A tömeg erre rémülten felmordult.

– Hát akkor rosszat jelent, Fent-sétáló? – érdeklődtek ijedten.

A sámán szintén nemet intett. Az emberek még kerekebb szemmel mormogtak.

– Hát akkor mit jelent ez nekünk, Fent-sétáló? – kérdezték immár teljesen összezavartan.

Az öreg ránézett a „hézagos" vízesésre, ami mint egy megtisztulásként épp akkor mosott le felülről lefelé vagy harminc talpig sáros kacagó gyereket. Majd elnézett a fák mögött meredő tízszemű szem irányába. Csak egy szót motyogott.

– Változást... – fordította Pablo.

Miközben az öreg beleszívott egy mélyet a pipájába, amit sikerült felizzítani.

– A lélek eljövetelét... – zárta mondandóját a sziklaarcú vallási vezető.

Lucifer:

Azt tudnod kell, hogy ez az isteni meg-mérettetés egyszerű kozmológia, és minden az energiáról szól. 26 ezer évente kerül Földetek legközelebb a központi Naphoz, vagyis az információforráshoz. Ha a tudatosság olyan szinten van, hogy be tudja fogadni az ekkor érkező hatalmas fényenergiában rejlő információtömeget, akkor az hasznosul, és a bolygó szintet vált. Ha nincs, Gaia veszi fel az infót és átrendezi a színpadot pólusváltással, kataklizmával. A két esemény között a bolygón lévő vízciklusok, jégkorszak és özönvíz alakítja a környezetet.

2.

Megalkuvó

Lucifer:
Most pedig ismerjétek meg azt a személyt, aki alapjaiban megváltoztatta az emberekhez való hozzáállásomat.

1.

Atlanta, 2012. június 11.

Egy aranyarc. Az Aranyarc. Néz... Engem néz. Már megint suttog... Nem hallom... Hé, nem hallom... pedig, érzem, sőt tudom, hogy valami fontosat mond... de hangosabban! Ne, ne! Nem hallom... Ne menj, ne... a fogai... ne... túl halk! Ez fáj... Vagy mégse? Ne, menj! Nem, nem, nem, nem...

Zoé izzadságtól tacsakosan riadt fel az éjszaka közepén egy, a gyerekkora óta nem látott álmából. Zajtalanul fölkelt. Magára kanyarította selyem köntösét és rágyújtott.

Miközben teljesen belerévedt az izzó cigarettavég bámulásába, felrémlett neki édesanyja halála.

Kisgyerek korában történt. Az egyik este félálomban megjelent előtte egy Aranyarc. Bár maga a jelenség elsőre ijesztőnek tűnhetett egy tizenkét

21

éves kislánynak, de az a melegség és szeretet, ami belőle áradt teljesen megnyugtatta Zoét.

– *Szia, Zoé, ne félj tőlem* –, szólította meg akkoriban a kislányt az Aranyarc. – *Te különleges ember vagy, különleges feladattal. Mindent megkapsz, amire vágysz, de neked kell megtalálnod azt, ami valóban fontos számodra.*

– *Nekem az édesanyám volt a legfontosabb. Őrá van szükségem* – mondta, miközben patakzottak piros kis arcáról a krokodil könnycseppek.

– *Igen, de tudd, ő mindig itt van veled, nem hagy el, nem hagylak soha magadra, majd meglátod. Ha szükséged lesz ránk, csak hívj.*

Az a csodálatos simogatóan nyugtató **melegség**, ami belőle áradt átölelte, betakarta, óvta, védte a megtört szívű kislányt, és álomba ringatta.

A térdére esett hamu melege zökkentette vissza a parázsló cigarettához.

Milyen elragadó a tűz, és mégis milyen romboló. Akárcsak az életem – gondolta a lány.

– ...Hallod, drágám? – szólt a motelszoba még testiségtől gőzölgő gyűrött ágyáról vőlegénye, Sam.

– Tessék, szívem? Mit mondtál? – szólt vissza Zoé az erkélyről.

Szóval ő is felkelt. Remélem nem beszéltem álmomban. Öklendeznie kellett saját magától is, mikor odatette azokat a viszont becéző megszólításokat. De még nem ment vissza. Ez a néhány lopott perc csak az övé volt. Eddig.

Az éjszaka hűvös szellője érzékibben libbentette félre köntösét, mint amire Sam valaha is képes lenne. Ha fogja még egyáltalán. Ha engedi neki.

– Azt kérdeztem, hogy ugye neked is jó volt, drágám? – kérdezte a sötétből Sam.

Bár inkább hangzott kijelentésnek. Sam igazán csak egyvalaki véleményére adott egész életében. A saját egójáéra. Ha neki jó volt, akkor másnak is jó kellett, hogy legyen. Ha esetleg mégsem, akkor azért Zoé volt a hibás. De igazából ez már nem érdekelte.

– Persze, drágám – préselte ki magából Zoé a választ.

Mi a francnak mindig ez a nyálas becézgetés, mikor igazából leszarja, mi van vele. Megalkuvó. Ez lennék? – Zoé a város remegő fényeiből próbálta kiolvasni a választ.

– Gyere velem Dubajba! – nyöszörögte bentről, a sötétből Sam már félálomban.

Mindig ez volt. Ha meg volt a rutin menet, utána a rutin kérdés, és a rutin alvás. Megtestesült romantika.

– Hogyan? – kérdezte Zoé. Remélte, rosszul hallotta. Most hátat fordított a városnak és a korlátnak támaszkodott. – Dubajba? Nem tehetem.

– Majd azt én eldöntöm, drágaságom, hogy mit tehetsz, és mit nem – próbálta viccesen előadni Sam, de Zoé tudta már, hogy ennek a viccnek, a fele sem tréfa. – Különben is, miért gondolod, hogy nem tudsz eljönni velem? – folytatta éberebb hangon Sam.

– Mivel a húsz évvel ezelőtti környezetvédelmi ENSZ konferenciához még totyogós kisbaba voltam, legalább erre el szeretnék jutni.

– Te? Minek? – nyögte nevetve Sam. – Te nem vagy képviselő, vagy... mit tudom én. Ne érts félre, drágám, de te egyelőre csak hírt közölnél a dolgokról, azt pedig meg tudja más is oldani helyetted

Zoé beharapta ajkát – mostanában ez vált a másik rossz szokásává a bagó és gyógyszerek mellett –, és nem vágott vissza, ahogy szeretett volna.

– De legalább egy reális képet adhatok a hétköznapi embereknek arról, hogy a föld vezetői miként állnak a világ jobb irányba tereléséhez és megóvásához.

– Már megint a környezet, meg a dicső védelme – motyogta Sam.

Bentről mocorgás és türelmetlen szuszogás zaja hallatszott. Sam meztelenül kicsoszogott, és magához ölelte Zoét, akit kirázott a hideg.

– Drágám – lihegte állott kaviár szaggal Sam –, csak szeretném, hogy te is részesülj abból a sok szépből, amiben részem van, vagy lesz. Most például Dubajból.

– De... nekem Rióba kell mennem. És apa is betegeskedik. Hozzá is el kell utaznom – búgta Zoé.

Nem bírta tovább, Sam karjaiban megfordult, és újra a város fényei közt keresett menedéket. Szeretett volna egy lenni a sok kis izzó fénypont közül.

– Még nem fejeztem be – folytatta Sam. – Ha most tovább vitázol velem a szaros jegesmedvéid miatt, sajnos nem biztos, hogy meg tudom osztani veled azt a sok-sok jót, amit én adhatok neked, és az szomorú lenne mindenki számára.

– De…

– Apádat meg nem te fogod meggyógyítani, hanem a gyógyszerek – mondta.

Kopogtattak.

– Hozattam még egy kis kaviárt – mondta Sam.

Elengedte Zoét, magára kanyarintott egy törölközőt, és ajtót nyitott a szobaszervizes hölgyikének. Egy kézzel átvette a tálcát, másikkal a borravalót a szobalány dekoltázsába dugta, oldalról végigsimítva melleit, majd fenekére csapva kitessékelte azt. A lány köpni-nyelni nem tudott, még jó étvágyat kívánni is elfelejtett.

– Na jó, drágám – mondta Sam az ágyra heveredve az étek társaságában. – Annyi engedményt tehetek, hogy csak később csatlakozol hozzám, és utánam jössz Dubajba, így elintézheted a kis csipri-csupri dolgaidat.

Kézzel beletúrt a halikrába, és szuszogva kebelezte befelé. – Így megfelel?

– Igen, meg – sóhajtotta kintről Zoé.

Ribanc. Egy kitartott ribanc vagyok. Az ilyet így hívják, nem megalkuvónak. Végül is a cél a lényeg. Hogy is mondják? A cél szentesíti az eszközt – nyugtatta magát Zoé, bár már nem nagyon hitt ebben az erőltetett önigazolásban.

Nagyapja szavai ilyenkor mindig azonnal kontráztak, hogy az eszköz és a cél nem válik el egymástól. Amilyen az eszköz, olyanná válik a cél is.

Egyre kevésbé bírom elviselni a bennem lévő kettősséget. Még jó, hogy a gyógyszerek segítenek ilyenkor, elfojtják lelkiismeretem mardosó szavait – gondolta, és bekapott vagy négy szemet a mindig nála lévő nyugtatóból. *Majd* az elhaló cigarettavégre vetett egy búcsúpillantást. *Bárcsak az én lelkemet is egyszer valaki így izzásba hozná.*

2.

Rio de Janeiro, 2012. június 20.

– Igen, apukám, ahogy mondod – hadarta
Zoé a telefonjába. – Sajnos nem tudlak, majd
csak a jövő hét után meglátogatni.
– Zoé, gyere már, mindjárt itt vannak! –
sürgette a lányt a konferencia terem hátuljában
álló operatőrök seregéből magasan kilógó Rudy,
egy vörös hajú, magas, szeplős harminchárom
éves fiatalember, mélykék színű szemmel, mindig
vigyorgó arccal.

A különböző országok és televízió csatornák
műszaki szakemberei, akik a közvetítésekért fele-
lősek, és maguk az operatőrök is egy kiéhezett
hadsereg módjára sorakoztak fel a terem hátul-
jában. A kamerákhoz tartozó riporterek pedig
még feszültebben álltak sorfalat a világ szemeit
képező készülékek, és a még üres székek között.
Mindegyik riporter bejelentkezett már a saját
csatornájához, és természetellenesen bájos mo-
solyba csomagolva nyugtatta a nézőket a köze-
ledő kezdésig. Egyedül Zoé telefonált még egy
távolabbi sarokba félrevonulva, néhány fölé
magasodó szobapálma fedezékében. Rudy remek
szakember volt, az egyik legjobb helyszíni ope-
ratőr a keleti parton. Hihetetlen érzékkel nyúlt
minden technikai újításhoz, és használta is
azokat. Viszont a nőkhöz nagyon nem értett. Ő
és Zoé remek párost alkottak, szakmailag. De
Rudy nem bánta volna, ha magánéletben is

hasonlóan nyerők lennének, amit minden adandó alkalommal Zoénak mókásan elő is adott.

A lány persze, teljesen más világ lévén, mindannyiszor tapintatosan visszautasította. De az eddigi munkájuk alatt azt megtanulta, hogy amikor Rudy intett, akkor nincs tovább, sietni kell.

– Nézd, apa, nagyon sajnálom, sietek majd hozzád, ahogy lehet, csak tudod a munka...
Remegő kézzel hátrafésülte amúgy tökéletesen berakott haját. Mindig ezt tette mikor füllentett, vagy hazudott. És most hazudott a saját beteg apjának. Mert tudta, hogy Sam dubaji útja miatt nem megy el az öregek otthonába, nem pedig a munkája miatt. *Mondjuk valahol ez is munka, hisz a cél szentesíti az eszközt!? Vagy nem...? Tudta jól, hogy mi a célja, és tudta, hogy ehhez Samen keresztül vezet az útja. Már megint ez a megalkuvás.*
– De a gyógyszereidet vedd be rendesen, apa, és hallgass Ziára, amikor meglátogat! Szeretlek, szia – és letette.

– Szeretettel köszöntöm nézőinket, Rio de Janeiróból jelentkezünk – hadarta Zoé a kamerának.
Mindig kivirult az élő közvetítések alkalmával. Őszintén hitte, ha időben, és reálisan tájékoztatja az embereket a világ alakulásáról, akkor az egy élhetőbb hely lehet. Ha az emberek tisztában vannak a körülöttük zajló dolgokkal, talán jobb és bölcsebb döntéseket hoznak majd. A közvetítés megszépítette, amúgy is egzotikus félvér

indián vonásait, amit anyjától örökölt. Természetes báját nézői is szerették. Ez varázsolta el az örök gyereket, Rudyt is. Hiába.

– Hamarosan kezdetét veszi az Egyesült Nemzetek Szervezetének Környezet és Fejlődés Konferenciája és Földi Csúcstalálkozója – folytatta Zoé –, amelyet annak érdekében hívtak össze, hogy a nemzetek legmagasabb szintű képviselői közösen keressenek megoldást korunk egyre sürgetőbb környezeti problémáira, és a fejlődésünk alapvető kérdéseire.

Ekkor hirtelen kivágódtak az oldalsó ajtók, képviselők, államfők és egyéb szaktekintélyek lepték el a termet. A riporterek sorfala egy emberként elfordult a kameráktól, és egyelőre hagyták, hogy a képek, illetve a konferanszié beszéljen. Míg a tömeg végleg elfoglalta helyét, és a tolmácsgépek is felcsatolásra kerültek, Zoét pillanatnyi rosszullét fogta el. Nem tudta hirtelen, mi történik vele. Korábban is érzett már hasonlót a gyógyszerek hatására, de ez valahogy most más volt. Először a megszokott erős szédülést érezte. Elkezdett körülötte forogni a világ. A teste mégis bizsergett, mintha hangyák lepték volna el. Mikor csillapodott a kavargó érzés, valami egészen furcsa dolog történt. Úgy tűnt, mintha rátettek volna egy 3D-s szemüveget, mélysége lett mindennek. A körülötte lévő valóságot magában érzékelte. Az egész olyan volt, mintha ívelt képernyőjű tévét nézne. A középső, vele szemben lévő terület volt a legtávolabb, a mellette lévő részek pedig szinte hozzáértek. Mindent érzett. De nem csak az elé táruló világ látványát érzékelte, hanem minden érzékszervi észlelet a valóságból belé került. Érezte a tárgyak tapintását, illatát, anyagszerkezetét. Mintha egy vetített filmet nézett volna. Nem tudta, hogy féljen, vagy örüljön.

– Zoé! Jól vagy? – kérdezte Rudy a lencse mögül kihajolva. – Elfehéredtél.

– Kösz, megvagyok – zökkent vissza a lány, és intett, hogy csak pörgesse nyugodtan tovább a felvételt. – Azt hiszem, megyek és iszom valamit, míg lefutják a tiszteletköröket.

– Menj csak, tartom a frontot – biztatta Rudy, és máris egy hozzá közel álló másik közvetítő hölgy hátsóját bámulta.

Zoé lehajolva a kamerák alatt surrant a technikai személyzetnek nyitva tartott ajtó felé. Most még intenzívebben törtek rá az iméntiek. Kiegyenesedni is alig bírt már a fájdalommal vegyes lebegő érzéstől. Úgy érezte, belassul körülötte minden, és valahonnan a tömegből extatikus, meleg energiacsáp tekeredik rá és teljesen felhevíti testét. Az ajtó előtt még mindig özönlött a folyosón az öltönyök és kosztümök folyama. Zoé már majdnem elérte a bejáratot, mikor a mellkasát szorító érzés megállásra késztette, a szíve hihetetlen sebességgel zakatolt. Felnézett és minden elszürkült körülötte.

Valakitől támogatást remélt. A jólfésültség szürke ködéből csak egy alak, mint valami erőteljes csodás látomás vált ki és segítette fel a lányt.

Mikor Zoé meglátta a férfit, ezer torok suttogása szaggatta amúgy is migrénes agyát. Egy olyan intenzív szeretettel teli, forró energiahullám öntötte el, hogy már nem is érezte az előbbi problémáit. Ahogy a férfi tovahaladt magabiztos kimért léptekkel, a benne tomboló iménti érzelmi kavalkád egy csapásra alábbhagyott. Kitisztult a feje, mindent átható teljes nyugalom járta át a testét, de annyira elerőtlenedett, hogy lehuppant az ajtó mögötti székbe. Ismét intett a csodálkozón bámuló Rudynak, hogy csak forgasson tovább.

Biztos a csirke fajitas. Tudtam, hogy nem kellett volna – markolászta a meg-megnyugvó gyomrát és mellkasát.

A magas arisztokratikus alak fejében is fura zsongás ébredt, megtorpant, körbenézett, mintha keresne valakit, visszalépett, és bekémlelt az ajtón, de csak a pirosan villogó kamerák erdejét látta. Az ajtó mögött lábadozó Zoét nem vette észre, így tovább fojtatta útját a folyosón, ahol egy pillanat alatt régi ismerősként körbezsongták és kegyeit keresték a világ nagy befektetői és tanácsadói.

Zoé néhány perc múlva összeszedte magát.

Az ülést hivatalosan is megnyitották. A lány teljesen be volt sózva. Évek óta ezt a konferenciát várta. Indián anyja halála óta csak azért küzdött, hogy beláttassa és megláttassa az emberekkel, ami amúgy is szemük előtt zajlik.

Édesanyja – akire családtagjai közül leginkább felnézett – egy, a rezervátumukba települt vegyipari cég gondatlan raktározási és környezetvédelmi intézkedéseket teljesen figyelmen kívülhagyó magatartása miatt hunyt el, többedmagával. Úgy, hogy nem is munkásként voltak a gyár közelében, hanem egyszerűen csak ott laktak generációk óta. A cég teljességgel szükségtelen, modernkori igényeket kielégítő, tökéletesen fölösleges vegyszereket gyártott.

Azóta egy újabb katasztrófának köszönhetően, már bezárták a gyárat. Helyette gomba módra szaporodtak a hipermarketek, wellness szállók, golfpályák és minden, ami elvette a természettel teljes harmóniában élő őslakosok életterét. Zoé soha nem a technológiai haladás ellen ágált. Sőt egy nagyon jó eszköznek tekintette a kényelmesebb, emberibb élet felé. De képtelen volt kitörölni a kislánykorában beléégett képet, amint anyja savaktól és vegyszerektől mart teste több napos agónia után itt hagyta a világukat. Azt sem képes máig földolgozni, hogy milyen közönyösen viszonyul a világ az ilyen és ehhez hasonló esetekhez. Ezeket a helyzeteket az emberi élvhajhászás, mértéktelenség és a való világtól történő teljes elfordulás szülte. Ezért állt most itt az első sorban, hogy a javulás szikráját ő adhassa át az emberiségnek, ami ezeken a tárgyalásokon reményei szerint felizzik majd.

Csalódnia kellett.

A nagyívű, de sajnos üres eszmecsere javában folyt a New York-i és magyar képviselők között valami világörökségről. Minden képviselő mellett egy-egy asszisztens ült, s minden egyes felvetés, kérdés, illetve javaslat után ezek a jól fizetett közvetítők felálltak, vagy csak hátrapillantottak a pódium melletti sarokban ülő öltönyösök irányába. A tíz ember láthatóan egy központi figura köré gyűlt, aki biztos, hogy egy nagy tiszteletnek örvendő, de nem túl közismert politikai személy lehetett. Viszont ismerős volt Zoénak. Talán ez lehetett az a férfi, aki korábban a rogyadozó lányhoz lépett, hogy segítsen. De tudta, hogy nem most látta először. Amikor ez a homályban ülő alak bólintott, vagy nemet intett, az asztaltársaságában lévő környezetvédelmi biztosok és gazdasági vezetők, kollégájukhoz fordulva azonos jelet adtak, így az asszisztensek a kapott véleményt az épp tárgyaló illetékesek fülébe súgták. Az árnyékban ülő alak véleménye szólt lényegében a delegáltak szájából.

Na, tessék, ezek is csak bábok, nem csoda, hogy nincs semmi értelmes megállapodás – gondolta Zoé, és dühös pillantásokat lövellt a sarokban megbúvó ismeretlen emberek felé.

– Elég káros a bagó is, Zoé – mondta Rudy, amikor a szünetben egy pohár vízzel tért vissza a forrongó lányhoz a dohányzóba. – Kell még az is? Még mindig szeded ezeket?

– Mi van? Ja, ezek csak vitaminok – és remegő kézzel bekapta a tenyerébe szórt erős nyugtatókat.

Lekísérte a vízzel, és mélyet szívott cigijébe.

– Vitaminok, mi?

– Szerintem van a világnak nagyobb gondja is most az én tablettáimnál, Rudy – nézett acélosan kedvenc operatőrére.

– Jó, jó, csak… mindegy. Nem ezt vártad, ugye? – intett a konferenciaterem felé Rudy.

– Hát, nagyon nem – hagyta helyben Zoé, és rágyújtott egy második cigire is. – De nem adom fel soha. Ha más nem ad egyértelmű egyenes válaszokat, hát majd felteszek én a delegáltaknak olyan kérdéseket, ami elől nem tudnak elbújni. Elvégre ezért vagyunk itt.

– Nem egészen, Zoé – nyugtatta Rudy –, a főnök azt mondta, hogy mi most csak közvetítünk, mint a többiek. A riportnap máskor van.

– Ezt nem mondod komolyan! – harsogta Zoé. Már szinte mindenki őket nézte a dohányzóban. – Mást se hallok bent órák óta, ha felvetnek egy megújuló energiaforrást, hogy „szorgalmazzuk", ha kipusztuló állatokról van szó, akkor egy „odafigyelünk"-kel terelnek el, ha afrikai éhezőkről van szó, akkor" igyekszünk"-kel fogják be a szánkat. Sőt, vannak tagok, akik élből nemmel reagálnak mindenre, és még büszkék is rá. Te is a főnökünktől félsz. Az a baj, hogy ezeknek a majmoknak odabent is van egy főnökük, aki a sarokból dirigál. Egy kifent, kikent nyakigláb ficsúr…

Ekkor éles zsibbadás öntötte el Zoét. Nem egészen tudta eldönteni, hogy ez az érzés rossz vagy jó. Kénytelen volt Rudyba kapaszkodni.

Felnézett, és a park végében a brazil elnök asszony mellett ismét feltűnt a magas alak, aki még ilyen távolságból is kiemelkedett a folyosón hemzsegő, tülekedő többi „heringből". *Nem is olyan nyakigláb. Harmincas évei végén járó jó pasi. Egész jóképű* – állapította meg Zoé. – *De azért kapja be!*

– Persze, igaz, de ne idegeskedj! Bár neked ez is jól áll – és a kelleténél egy pillanattal tovább tartotta meg Rudy Zoé karcsú testét, mint szükséges volt. – Látod, tönkre teszed magad.

– Biztos a sok kávé az oka – mondta Zoé, és bement egy közeli mellékhelyiségbe, hogy felfrissítse magát.

Már a második nap végénél járt a konferencia, amikor Zoé nem bírta türtőztetni tovább magát, és az egyik riporter standhoz masírozva eldöntötte, hogy igazán sürgető és halogatást nem tűrő problémákról kérdez, konkrét példákon keresztül. Azért, hogy erőt merítsen, kihalászta zsebéből az öreg sárgás és tépett újságcikket, ami a rezervátumukban felrobbant gyárról szólt. Az oldal két foltos képet foglalt magában. Az egyik a vegyi gyár 1975-ös megnyitóján készült, amint a pódiumon fehér köpenyes és fekete öltönyös alakok gratulálnak és örülnek egymásnak. A másik képen letakart füstölgő holttestek feküdtek.

Mielőtt áttért volna a szükségszerű kérdéseknek és az igazságnak csak a felszínét kapirgáló lefizetett riporterek falán, megállt és kisimította a fecnit. Ránézett a gyászos fekete-fehér képekre. Tudta, hogy a holttestek közt ott hever az édesanyja is. Mélyen beszívta a levegőt, próbálta visszafojtani feltörő könnyeit, és továbbment.

Egy kis tülekedést követően túljutott a bámészkodókon, majd az operatőrökön is, akik előtt a német környezetvédelmi biztos állt a kereszttűzben. Zoé, ahogy félretolta az utolsó mamlaszt is, megtorpant.

A német gazdasági miniszter és a környezet-
védelmi biztos között ott állt az a magas, szikár
alak, akit látott a parkban, és a nagy tanácsterem-
ben tíz másik öltönyössel. Ahogy ott magasodott
előtte, alaposan megfigyelhette ezt a különleges
idegent. A férfi majd két méter magas, kisportolt,
izmos, késő harmincas volt, és amolyan diszkrét
bájjal rendelkezett. Nem nevezhető kihívónak és
feltűnőnek, de nem lehetett nem észrevenni,
olyan erőteljes volt a kisugárzása.

Kifogástalan öltönyt viselt, ami egészen biztos
valamelyik nagyon előkelő szabó által készített
remekmű volt. A lábán szintén kézműves, rend-
kívül finom szarvasbőr cipő volt, és miközben
járt, igen jellegzetes hangot hallatott. A csuklóján
lévő fémszerkezet, különböző csillogó kristá-
lyokkal, Zoé számára eddig soha nem látott
ismeretlen készülék volt. A férfi keze, haja töké-
letesen ápolt volt, mintha most lépett volna ki
egy belvárosi szépségszalonból. Az *öltönyös* lassan,
megfontoltan, mintha érezte volna Zoé vizslató,
kíváncsi tekintetét, felé fordult és rászegezte
szürkészöld, igéző szemeit. Zoét ismét az a
múltkori intenzív melegség öntötte el olyan erő-
vel, hogy kissé hátralépett, mint aki megtánto-
rodott. Először megint a fejében kezdődött.

Szédülés fogta el, lelassult körülötte minden,
és újra mintegy kívülről látta magát és a való-
ságát. Majd hatalmába kerítette újból az az isme-
retlen, sokszínű és teljesen felkavaró érzés. A
múltkor az agya, teste, lelke nem tudott mit
kezdeni ezzel az új benyomással. De most, hogy
szemtől szemben álltak, és látta Őt, világossá vált

számára, hogy a férfi az oka a benne elindult felfordulásnak. Most már el tudta dönteni, hogy ez jó, kellemes, és ez neki kell. Folyamatosan átöblítette testét ez az édesen fájdalmas és nagyszerű hullám. Lábai megremegtek, le kellett ülnie.

A következő pillanatban az Öltönyös figyelmét elvonták a tőle kérdező miniszterek, és nehezen, de elszakította tekintetét az egyre sápadtabb Zoétól, akiben ekkor, mint a fekete nyolcas golyó az utolsó lyukba, úgy zuhant helyére egy régi emlék. Még jó, hogy leült. Remegve maga elé emelte a féltve őrzött, gyűrött cikket a régi fotóval. Az első képen interjút adók közt 1975-ben ott állt Ő is. – Az Öltönyös… – rebegte Zoé. Az férfi mintha hallaná a tömegen át Zoé suttogását ránézett, elmosolyodott, majd folytatta a zambiai társasággal a beszélgetést.

– Ez nem lehet igaz. Ez Ő – suttogta Zoé.

Többször is a képre majd a hibátlan alakra pillantott. Teljes kábulatban felállt, és zombi módra megindult az idegen felé. Bár a lány ezt nem látta, az Öltönyös intett egyet, s gondolatával egy üres széket csúsztatott az egyik hostess elé, aki leöntötte Zoét forró kávéval, ami végül kizökkentette a révületéből. A lány szitkozódva törölgette le magát, és mire fölnézett, a titokzatos idegen már sehol nem volt.

A konferencia és a búcsúbeszédek ideje alatt Zoé folyton csak őt kereste, alig bírt munkájára koncentrálni. A lány látta, hogy Rudy kiszúrta a zavarodottságát, de nem mert neki szólni. Attól félt, hogy bolondnak nézi. *Hogy lehetne már itt valaki olyan fiatalon, aki majd negyven éve is így nézett ki? Még talán az a különös öltöny is azonos* – morfondírozott magában a lány. – *És mi köze neki a halálos véget érő gyárkatasztrófához? Meg kell tudnom!* A telefonja csörgése hozta vissza gondolataiból. Sam hívta. *Örülnöm kéne a hívásának az Istenért* – vívódott. Kinyomta. Most nem volt kedve vele beszélgetni.

– Azért nem mondhatod, Zoé, hogy eredménytelenül végződött az évek óta várt konferencia – nyugtatta az anyósülésen gubbasztó lányt Rudy.

A kétnapos tudományos eszmecsere véget ért, és ők kifelé hajtottak a városból, még néhány vágókép elkészítéséhez.

Az elit városrészt elhagyva nyomornegyedeken, bádogviskók erdein suhantak keresztül. A bérelt autó hátsó ülése rogyásig tömve volt Rudy kameráival és állványzataival. Ha ezeken a gyanús utcákon kifosztották volna őket – ami egyáltalán nem lett volna ritkaságnak számító szenzáció – akkor egy évi élelme kitellett volna a felszerelésért kapott pénzből három itteni „fél-hajléktalan" családnak.

Nem is nagyon parkoltak le, csak ha nagyon muszáj volt.

Zoé szótlanul hátranyúlt, a halom aljáról előhalászta táskáját, és rágyújtott. Letekerte az ablakot és gondokkal terhes füstöt fújt ki. Nézte a sáros, éhező gyerkőcök maszatos, vigyorgó arcát és mögöttük a haragosan méregető felnőttek árnyait. Elrévedt a nincstelenek királyságában. Csak nézte őket. *Hisz ugyanolyanok, mint mi* – gondolta.

Álmokkal, félelmekkel, vágyakkal. Úgy tűnt, sokkal rosszabb helyzetben vannak, szegények, nincstelenek, mégis az út szélén játszó kis apróság szemében ott ragyogott az őszinte öröm.

Örülnek egy rágónak, egy tollnak, vagy egy egyszerű barátságos integetésnek is. Nincs semmijük, de mégis kiegyensúlyozottabbak, mint jó néhányan a nyugati civilizáció feleslegben eltunyult lakói közül. Nézte tekintetükben azt a csendes, nyugodt derűt, amit nagyapja barna szemeiben látott mindig, ha ölébe kapta a kis Zoét. Tette ezt akkor is, mikor más gyerekek játéka után ácsingózott vágyakozva.

Az igazi értéket soha nem találod meg a tárgyakban – mondta neki mosolyogva a nagyapja. – Azok, mint a barna rétihéja elreppennek kezedből, ha kinyitod. Befelé keresd a kincset, és megtalálod a végtelen gazdagságot.

Az autó egy nagy kövön átdöccenve hozta vissza emlékei mozijából.

– Rudy – kezdte a lány halkan.

– Igen?

– A földünk népessége túllépte a hét milliárdot. Egyre nehezebb még csak eljuttatni is mindenkinek a tiszta ivóvizet, hogy az élelemről ne is beszéljek.

– Igen, de…

– Az energiafelhasználás, vagy ha úgy tetszik hiány, általánosan már negyvenöt százalékra nőtt – sorolta Zoé. – Egyre sűrűbbek és erősebbek a természeti katasztrófák.

– Annyira azért nem rossz a helyzet, Zoé – próbálta csillapítani Rudy.

– De igen, még annál is rosszabb. A fokozódó társadalmi egyenlőtlenségek, nézz csak körül itt is! Senki nem talál, és nem is akar megoldást találni.

– Na, jó, jó, de például ott van Mozambik elnöke, aki meghirdette az zöld gazdaság megvalósítását az országában. Vagy ott van Indonézia elnöke is.

– Vele mi van?

– Nem kis dolgot vállalt magára azzal, hogy a fenntartható fejlődés legyen országa egyik fő célja. Vagy ott vannak a Maldív-szigetek vezetői, akik létre akarják hozni a létező legnagyobb tengeri természetvédelmi területet, és akkor a bankok finanszírozási rendszerének átalakítását még nem is említettem.

– Ezek valóban jó dolgok Rudy. De te meg azt értsd meg, hogy mindezek csak részeredményei annak a nagy változásnak, amit most el kellett volna indítani. – Mélyet szívott cigijébe. – De konkrétumok sehol. A záródokumentum egy hatalmas rózsaszín kívánságlista, nem pedig... Vigyázz Rudy!

Egy puttonyos kisteherautó tolatott Rudyék elé, elzárva a szűk, fekáliától és patkánytetemektől bűzlő riói kis utcát. Rudy még időben fékezett. Mire Zoé észbe kapott, az operatőrt három marcona, elkendőzött férfi már ki is rángatta mellőle az autóból. Az egyik pisztolyt tartott a fejéhez, és spanyolul hadart. A másik két alak Zoéról szinte tudomást sem véve feltépte a hátsó ajtókat és felforgatták Rudy felszerelését. *Tudtam, hogy szerezni kellett volna valami fegyvert* – gondolta

Zoé. És már ki is pattant a térdeplő Rudy megsegítésére.

– Reportero! Reportero! – kiabálta spanyolul Zoé magára és Rudyra mutogatva.

Előkotorta nemzetközi igazolványnak is minősülő riporteri azonosító kártyáját. A lány hirtelen mozdulatára a Rudyt sakkban tartó férfi kibiztosította fegyverét, és az autó mellől egy másik bandita is előugrott fegyverrel a kezében. Még hangosabban és türelmetlenebbül beszéltek, széles mozdulatokkal gesztikuláltak.

– La protección diplomática! – hadarta Zoé diplomáciai védettségükre hivatkozva, közben megadóan feltartotta ő is kezeit.

– Reporrrtero?! – kérdezett vissza kigúnyolva Zoé tört spanyolját a legkomolyabbnak tűnő útonálló. – Diplooomática?

Közben a harmadik társuk is előbukkant a kocsi hátuljából egy bekapcsolt kamerával a vállán.

– Hey, filmar películas! – kiáltotta.

Teleszájjal vigyorgott és szakavatott operatőrt mímelve hol Zoét és Rudyt, hol két társát vette.

Élénk vita kerekedett közöttük. Láthatóan a másik kettő ki akarta már rámolni, vagy elkötni az autójukat, nem volt kedvük a kamerás bohóckodásához. Addig élénkült köztük a vita, hogy már egymásra is fegyvert fogtak. Rudy a legrosszabbkor akarta elővenni, szintén megváltásnak remélt igazolványát. Mindegyik bandita – hirtelen nagy egyetértésben – a fiúra fogta fegyverét. A legidősebb szó nélkül belelőtt a szegény operatőrbe, akit a golyó a jobb combján talált el. A

41

következőt az autó mellett fedezéket kereső Zoénak szánták.

Ekkor oldott ki az idáig hűségesen kitartó kisteherautó laza kézifékje. Hangtalanul elindult, rohant lefelé a leejtőn, és annyira felgyorsult, hogy mindhárom banditát elsodorta. A még akkor is pörgő kamera eggyé vált a szemközti téglafal és az önjelölt operatőr fejével. Zoét fura érzés kerített hatalmába, nem hitt a szemének, hogy ilyen véletlen létezik. Gyorsan betuszkolta a jajveszékelő Rudyt az autóba és elhajtott a legközelebbi kórház irányába. Pedig ha Rudy halkabban javeszékelt volna, Zoé még hallhatta volna az ismerős – bár nem tudta volna megmondani honnan ismerős – jellegzetes szarvasbőr cipő koppanó zaját, mely tőlük ellentétes irányba távolodott az előbbi színjáték helyszínéről.

– Nem is tudtam, hogy tudsz spanyolul – nyögte lábát szorítva Rudy.

– Nem is tudok – lihegte Zoé, miközben kerülgette az utcán játszó gyerekeket. – Ez a néhány kifejezés csak úgy rámragadt a konferenciaterem táblácskáiról. Ennyi haszna legalább volt az egésznek. Bár nem sokra mentem vele – mondta és a fiúra mosolygott, akinek ettől máris feleannyira fájt a lába.

Zoé ettől kezdve nagy ívben kerülte Rio külvárosi utcáit, viszont még elszántabban küzdött riporterként, hogy az emberek szemét felnyissa. Tudatosítani akarta mindenkiben, hogy a problémákról való hallgatás további nélkülözést szül, az pedig bűnözésbe torkollik.

3.

New York, 2012. október 22.

Netty és Mary. Mint két tojás. Inkább mégse. Mint két páva. Akkor inkább pávatojás? – gondolta Zoé.

A taxiból kiszállva egyből kiszúrta a mindig méregdrágán túlöltözött két lányt a kávézó teraszán. Merthogy külsőre nem teljesen, de stílusban és elismerés iránti vágyukban nagyon is hasonlítottak. A testvérek húszas éveik végét taposták. Bár volt köztük másfél év, de szinte teljesen egyformák voltak. Az életvitelük, a túlzásba vitt fogyókúra, és az állandó éjszakázás már most nyomot hagyott fiatal testükön. A legszembetűnőbb különbség az állandóan más színre festett hajkoronájuk volt, melyet az öltözékükkel tökéletesen összhangban szinte hetente változtattak. A neon kék és ciklámen színű hajkölemények, a hozzá tartozó extravagáns ruhákkal, és túlgesztikulált kommunikációjukkal, most is minden szemet magukra ragasztottak.

– *De azért csak a barátnőim* – bizonygatta magának, nem túl meggyőzően. – *Most már. Valószínű.*

Rudy riói néhány hetes kórházi kezelése után Zoé ismét New Yorkba repült. Nagyon ódzkodott a Sammel való egybekelésük szervezésétől. Legbelül érezte, hogy komolyan félresiklott a kapcsolatuk. Mégis, az elkövetkező hosszú, dolgos hónapok alatt muszáj volt az esküvővel is foglalkoznia.

A két lány, hazaérkezésétől kezdve folyamatosan bombázta őt e-mailekkel és SMS-ekkel.

Persze nem Zoé és operatőre elleni „merénylet"
érdekelte őket. Arra ők magasról tettek. Az érték-
rendjük egy egyes után sok nullával kezdődött és
a még több nullával végződött. A külsőség, a
megjelenés volt számukra az ismerkedési küszöb.
Egy szint alatt emberszámba sem vették a
körülöttük megforduló halandókat. Végre be-
cserkészték a lányt, és azzal foglalatoskodhattak,
amihez a legjobban értettek, a pénzköltéssel.
Vagyis, a sok pénz elherdálásával.

Most is csak egy dolog érdekelte őket, hogy
Zoénak milyen esküvői cipőt rendeljenek.

– Legyen Manolo Blahnik cipőcske, vagy
inkább egy Sergio Rossi? – töprengett hangosan
Netty, majd nagyot szívott szívószálával a
frappéjából.

– Nem túl merész az egy kicsit? – csatlakozott
az asztalhoz Zoé. A lányok csivitelve üdvözölték.

– A mi kedvenc unokatestvérünknek semmi
sem túl merész – válaszolt Mary, hisz Sam
rokona lévén hasonlóan módos körökben forog-
tak. – Ha valaki, hát mi ismerjük csak igazán,
hogy mi tetszik neki.

– Igen, de nem Sam fogja felvenni és tizenkét
órán át egyensúlyozni benne, hanem én – vágott
vissza Zoé. – Amúgy is túlhivalkodóak, amiket
eddig néztünk.

– Akkor legyen talán egy... – folytatta Mary,
de félbeszakította Zoé húgának érkezése, aki saját
készítésű batikolt nadrágban, fehér pamut póló-
ban, és hatalmas fonott oldaltáskával robogott
oda hozzájuk.

– Sziasztok! – köszönt Zia.

−... egy puritánabb megoldás... − fejezte be motyogva mondandóját Mary, nem titkolt undorral végigmérve Zia raszta fürtjeit. Netty és Mary motyogott valami köszönésfélét, és tabletjükön tovább böngészték a cipőket.

− Zia! De jó, hogy el tudtál jönni − mondta Zoé, és megölelte a húgát, aki testalkatban és stílusban is Zoé inverze volt.

− És de jó, hogy késtél... − motyogta Mary.

− Azt hittem, ketten leszünk, Zoé − súgta halkan a nővére fülébe a lány. Hiába, Mary meghallotta.

− Hát mi se hittük, hogy még pesztrálkodnunk is kell ma...

− Mi van? − csattant fel Zia.

− Esetleg, tessék. Látod milyen vidéki? − vihogott Nettyre Mary, aki szolgálatkészen visszavihogott.

− Mary, kérlek! − Zoé igyekezete hiábavaló volt.

Ez a bizonyos bili már kiborult, amit Zoé újdonsült „Sam-féle" barátnői, és az ő „óvilágbeli Zia" húga egymás iránti ellenszenvük telített meg. S így volt ez minden találkozáskor.

− Neked mi bajod van velem, Mary? − kérdezte Zia.

Mary kérdőn Nettyre nézett, aki − bár nehezen − de kapcsolt, hogy ideje neki is döfni egyet.

− Nem csak neki, nekem is − hadarta Netty, majd visszatért a szívószálához.

− Neked is mi, Netty? − kérdezte Zoé.

− Csak nem gondolod komolyan Zoé, hogy a húgod ilyen szerelésben fog végiglejteni velünk

45

egy Ernesto Esposito soron, vagy egy Prada üzletben, miközben a mi drága unokatestvérünknek, Samikének a menyasszonyának vásárolgatunk? – vette vissza a szót Mary.

– Igazatok van – kezdte Zia –, nem megyek én veletek sehova.

– Zia, ne csináld ezt! – kérlelte Zoé.

– Te ne csináld, Zoé! – erre Zia.

– Lehetnél egy kicsit...

– Egy kicsit mi legyek? Hm? – nézett Zia a nővérére. – Kompromisszumképes?

– Hát, igen... – mondta Zoé.

– Az én véremet szívják, és még én legyek megalkuvó. Megteszed te ezt helyettem is, úgy látom – tört ki Zia.

– Ezt hogy érted?

– Nézz körül, Zoé! – Zia közelebb lépett Zoéhoz. – Ezek az érdekfruskák rádakaszkodtak, és a véredet szívják, te meg...

– Mondjad csak, ha már belekezdtél! – ripakodott rá Mary.

– Áh, mindegy – csapott egyet Zia. – A lényeg, hogy azt hiszed a régi barátaid mind elhagytak téged. Pedig hát te zártál ki mindenkit az életedből szép fokozatosan ezzel a viselkedéseddel.

– Tudod mit, Zia? Tényleg jobb, ha elmész! – mondta Zoé is lángvörös arccal.

– Leszarsz mindenkit, a saját kis céljaid miatt!

– Hagyd, abba!

– Közben kiszipolyoznak és kifordítanak magadból! – üvöltötte Zia.

Zoé erre már nem tudott mit mondani, mert húgának nagyrészt igaza volt. Abból az etnikai hátrányból, ahonnan ő indult, csak rengeteg munkával, kitartással és szerencsével lehetett boldogulni ebben a „szabad, és mindenki számára egyenlő" világban. Úgy gondolta, hogy Sammel megtalálta a szerencséjét. Nyolc hónapja kérte meg a kezét, és azóta fenekestől felfordult az élete. Édesanyja emberi mulasztás miatti környezeti katasztrófa okozta halála óta csak egy dolog hajtotta, hogy tegyen valamit a Földért, az emberekért. De hát egy szegény félvér lánynak ez nem is olyan könnyű. Úgy gondolta, és nap, mint nap azzal nyugtatta magát – no meg a pirulákkal –, hogy Sam révén lehetősége lesz megtenni mindent, amiről gyerekkorában álmodozott.

Sam volt a legcsinosabb, legokosabb és legjobb kosaras az egyetemen, évekig észre sem vette Zoét. 198 cm-ével, szőke, hosszú hajával, és igéző kék szemével, ellenállhatatlan volt a fiatal lányok számára. Zsongtak is körülötte, bármerre járt. Egy győztes mérkőzés utáni bulin aztán megtörtént, meglátta Zoét, odahívta az asztalukhoz és onnan már nem eresztette többé. Ennek több mint hat éve. Azóta elválaszthatatlanok. De a kapcsolatuk az utóbbi másfél évben teljesen átalakult. Zoé már csak egy kirakati tárggyá, egy reprezentációvá süllyedt, amit egyre nehezebben tudott feldolgozni. Elvesztette a lába alól a talajt. Sodródott az eseményekkel. Sam világa felfalta, és lemorzsolta róla minden előző kapcsolatát.

Csak a saját húga, Zia maradt a régiekből. De jól tudta, hogy minderről ő maga tehet.

– Kérem, hölgyem, disztingválja magát! – lépett oda Ziához egy horgas pincér.

– Hagyjon engem! – húzódott el Zia, és magától elindult. Már kint volt a járdán, de még visszaszólt. – Legalább a beteg apánkat ne tojnád le ilyen látványosan. Bár késtem volna le az idetartó buszt! – mondta, azzal elcsörtetett.

Zoé könnybe lábadt szemmel lezuttyant a székre. Mary nagy kegyesen odatolt neki egy papírzsebkendőt.

– Szerintem egy Calvanaro Rubella lenne a legjobb.

Netty Zoé elé tartotta tabletjét, egy pár, több ezer dolláros cipőt mutatva.

Zoé még mindig nem tért magához, hogy hagyta elmenni testvérét, automatikusan válaszolt

– De lányok, ez krokodilbőrből van, és tudjátok...

– Hagyd már, drágám – zárta le Mary a témát. – Biztos vagyok benne, hogy Mr. Calvanaro Rubella végelgyengülésben elhalt krokikat gyűjt be, és úgy csinál belőlük cipőcskét – és mint aki ezzel mindent megválaszolt kihörpintette koktélját, és továbblépve folytatta. – Na, Zoé, te meg én hivatalosak vagyunk a család kedvenc dizájneréhez tízre, úgyhogy míg mi díszletet válogatunk, Netty elmegy a cipőkért. Ugye Netty?

– Igen, igen – így Netty. – Zoé, légyszi! – Netty nagy boci szemekkel nézett Zoéra.

– Mi van, Netty? – kérdezte Zoé. Netty a készpénz jól ismert évezredes jelét mutatta pironkodva két ujja összedörzsölésével.

– Ja, persze.

Zoé előhalászta Samtől kapott egyik kimeríthetetlen platina hitelkártyáját, és odaadta Nettynek, aki fénysebességgel táskájába süllyesztette a kis plasztik kárhozatot.

– Köszönöm, barinőm! Szégyellem, de neked azért Sami… izé… odaadóbb… izé.

– Bőkezűbb – segítette ki Mary Nettyt.

– Igen, az – örült Netty.

– Mehetünk, hölgyek? – kérdezte Mary. – Zoé, légyszi, fizetnél? Otthon hagytam a kártyámat.

– Te, Mary! Tényleg öreg krokikból…? – értetlenkedett Netty.

– Na, haladjunk! – vezényelte irányba magukat türelmetlenül Mary.

Zoé, a testét szétfeszítő lelkiismeretfurdalástól gyötörten kifelé menet csak Ziát kereste, hátha ott várja valamelyik oszlop mellett a bejáratnál. De testvére tényleg itt hagyta. Zoé végül nem bánta, hogy nem volt tanúja az elmúlt perceknek.

KIAS

4.

New York, 2012. december 12.

Zoé, Sam családi szállodaláncának egyik New York belvárosában magasodó luxus szálloda legfelső emeleti rezidenciáját kapta meg, csak amolyan csajos „szobának", ahova maga Sam – legalábbis Zoénak így lett előadva –, nem szándékozik menni soha. Elhitette vele, hogy ez az ő saját birodalma. Férfiaknak tabu. Igazából egy börtön volt, a kanári aranykalitkája. A lakásban a létező összes luxustárgy megtalálható volt, természetesen a legmodernebb videó megfigyelő rendszerrel felszerelve. Sam tudott Zoé minden mozdulatáról, mivel a telefonját is folyamatosan lehallgatta, egy nyitott könyv volt számára jegyese élete.

Zoé a kisebb lakásnak is beillő gardróbja és jókora bőröndje között sürgött-forgott. Végre egyedül volt, és az édesapjához készült. Már a csomagolással is majdnem végzett. Ennek egyedüli akadálya Netty volt csupán, aki több mint egy órája taglalta, mit fog felvenni az eljegyzési bálra. Zoé vállához szorított telefonnal hallgatta, miközben az utolsó ruhák kerültek az utazótáskájába.

– Nem, Netty, sajnos tudod, hogy nincs most időm odamenni hozzád. Mondtam már, hogy apukámhoz készülök. Tudod, beteg szegény... Hát igen... Aha... Várj egy kicsit Netty. – Netty természetesen beszélt tovább.

50

Zoét, ismét hatalmába kerítette az a különös bizsergés, amit Rióban érzett. Szédült, mégis szinte lebegett, és közben lángolt a teste. Kutatta hol lehet. Első késztetés hatására az erkélyhez rohant, feltépte az üvegfalat, és már kinn is termett a szemerkélő esőben. Letekintett a soha nem nyugvó New York-i forgatagra. Egy hatalmas díszplatán takarásában látott valamit. – *Ez Ő! De hol találom?* Kérdezte magát. Az erkély kétszintes volt. Leszaladt mezítláb a vizes lépcsőn, Netty sipákolásának ritmusára lépkedett. Most már kilátott a platán mögül. Viszont egy magas teherautó még mindig takarta a kilátást. Ahogy közeledett felé az érzés egyre erősödött. *Ugyanaz az érzés! De nem látom sehol – gondolta.* A teherautó kitolatott a képből, és Zoé egy pillantásra meglátott egy szarvasbőrbe csomagolt lábat eltűnni az ott parkoló éjfekete limuzin utasterében, miközben az ajtaját a mellette álló londiner csukta be. A limuzint két, szintén sötét Hummer fogta közre, és úgy indultak el. Zoé felhevültsége akkor kezdett csillapodni, mikor a konvoj eltűnt egy sarok mögött.

– Meg foglak találni. Kiderítem, ki vagy te – mondta az eltűnő autók után.

A hűvös eső és a telefonban még mindig sipákoló Netty éles hangja térítette észhez.

– Halihó, Zoé! Élsz még? Maradhat akkor nálam a másik hitelkártyád is? Tudod, csak míg kimész vidékre.

– Ja, ja, persze, maradjon. De én hol hagytam abba? Tehát ott töltök a kisvárosban néhány napot. Apámat és a nevelőotthont is meglátoga-

tom az indián rezervátumban. Találkozom né-
hány régi gyerekkori barátommal is. Meséltem
már... és hát számot akarok vetni... – Zoénak
eszébe jutott, hogy kivel is beszél és homlokát
fogta Netty bambaságán.

– Nem, nem úgy vetek, nem azért megyek
vidékre, mert vetni és aratni akarok, de hagyjuk
inkább, Netty... Ne haragudj a másikon Sam hív.
Szia, kereslek, ha hazajöttem – mondta és átvette
a másik hívást.

– Kint áll a kocsi – mondta Sam halkan és
unottan a készülékbe.

– Neked is, szia! Köszi, igen, jól telik a nap...
– próbálta Zoé jólneveltségre oktatni leendő
férjét.

– Ne okoskodj már, csillagom! Nem érek rá
szarakodni.

– Bocs! Milyen kocsiról beszélsz?

– Hát, ami kivisz a reptérre.

– Hogy te milyen lovagias vagy! – és ezt most
így is gondolta.

– Kapkodd magad, harminc perc múlva
felszáll a géped – sürgette Sam.

– Nem, dehogy. Majd csak este tízkor indul
Dél-Dakotába.

– Ki a tököm akar parasztfalvára menni? A
Dubajba induló magángépem indul el veled,
most már csak huszonkilenc perc múlva.

– Nevezetesen én megyek parasztfalvára, Sam.
Tudod, hogy apám már egy éve betegeskedik,
folyamatos ápolásra szorul, és meglátogatom a
szeretetotthonban.

– Leszarom. Apádat nem te fogod meggyógyítani, hanem a gyógyszerek, és az én pénzem.

Közben kopogtak Zoé ajtaján. Kinézett. Sam sofőrje volt. Zoé sírva az ajtónak vetette hátát. Sam folytatta:

– De jól tudod, hogy magát a szeretetotthont is felszámoltathatom, ha nem vagy itt estére. Érthető voltam?

Zoé szemei a mai napon már másodszor lábadtak könnybe. Egyre gyakrabban hasított belé a tudat, hogy nagyon nagy árat fizet azért, hogy elérje álmait.

– De hisz csak pár napot lennék apám közelében, Sam. Kérlek, ne tedd ezt velem!

– Nem, Zoé, te oda mész, ahová én mondom.

– De megbeszélésem lenne az állami nevelőotthonban is, tudod ígértél nekik egy jókora támogatást és nonprofitos adományozókat…

– Annak is lőttek, ha nem szállsz be kurva gyorsan abba a rohadt kocsiba, és jössz ide utánam Dubajba. Már be is vagy pakolva ezek szerint, úgyhogy indulj.

– Sam, ezt nem teheted, már lebeszéltem mindenkivel… – kérlelte rimánkodva.

– Befejeztem – azzal Sam lerakta a telefont. Végre fojtathatta az enyelgést a két konzumhölggyel, akik végig rajta vonaglottak, míg menyasszonyával beszélt telefonon.

Most már dörömböltek az ajtón.

– Ms. Zoé! Sam úr sofőrje vagyok – szólt kintről a marcona alak.

– Mindjárt megyek.

Zoé visszabotorkált a fürdőszobába, legurított néhányat a kis csodapirulákból, ivott rá két korty whiskyt, és ha szebbnek nem is, de elviselhetőbb- nek érezte a világot. Lerogyott a bőrönd mellé, kezébe temette arcát.

– Hölgyem!

– Megyek már, bassza meg!

Majd szétvetette a düh tehetetlenségében.

3.

Szhuu, az I. kiválasztott

Lucifer:
*Kicsit eltávolodunk az ismert világotoktól.
Megismerhetitek Szhuut, aki jelentős szere-
pet játszik ebben a történetben. Ő fajának, a
Szíriusziaknak, egy kiemelkedő képviselője.*

*Zseniálisan tudja összerakni a teremtett
bolygók karmikus és evolúciós programját.
Majd a betelepítés után egyfajta ellenőrként
istápolgatja a leszülető emberek spirituális
fejlődését. Szellemi szintje és képességei az
általatok elképzelt istenekkel vetekszik.*

*Szíriusz csillagrendszer, egy csillaghajón, 18265
szíriuszi év.*

Az elnyújtott csepp alakú Amoran nevű
csillagjárón, miközben a hajó legénysége a legkö-
zelebbi intergalaktikus átjáró aktiválási idejét és
helyét kereste, Szhuut izgalommal teli aggodalom
járta át, mint mindig bevetés előtt. Ez az az érzés,
ami mint valami függőség vonzotta erre a fela-
datra. Most éppen az egyik általa felügyelt boly-
gón történtek rendkívüli dolgok. De semmi
gond, mert ez volt a dolga, hogy az ehhez hason-
ló problémákat megoldja. Ráadásul most segítsé-
gére volt a jelenlegi nyüzsgő tanonca, Kilsza is. A
fiatal kadét szintén szíriuszi volt, így a szellemi és

fizikai fejlettségi szintje miatt megjelenésében és megnyilvánulásaiban már nem kaptak hangsúlyt a nemi jellegek. Kilsza feje mellett állandóan ott lebegett, az ő energiájával működő, személyes kis műholdja, antigravitációs ököl nagyságú drónja, mely mindenhová követte. Emellett a testére simuló speciális ruhája és a beosztását – miszerint tanuló – jelölő világító jelzései különböztették meg a hajó állandó legénységétől.

Ez a tanonc dolog a szíriusziaknál egy igen speciális létállapot volt. Kilsza nagyon fejlett és megvilágosodott szellemi lényként a mostani megtestesülésében minél hamarabb szeretett volna minden általa eddig összegyűjtött emléket visszahozni. Ebben volt segítségére a legjobb. Szhuu, aki ezen a küldetésen kapitányi beosztásban vett részt, a folyosón sietett a híd felé Kilszával a nyomában.

– Kilsza kadét! Mit kell tudnunk a küldetés helyszínéről? – kérdezte Szhuu kapitány hátra sem nézve.

– Máris mondom, kapitány! – Kilsza a mellette repkedő kis szerkezeten állított valamit, így nekiment az előtte megálló kapitánynak, majdnem feldöntötte.

– Kilsza! Több odafigyelést! Mi ez a kis műhold itt állandóan maga körül? – billentette arrébb Szhuu a kis mechanikus darazsat.

– Elnézést, kapitány! – hebegte Kilsza. – Ez az én akadémiai tansegédem. Segít tanulni, jegyzetelni, megfigyelni, emlékezni...

– Jó, jó, értem, elég – állította le Szhuu és folytatták sietős útjukat, közben beszálltak egy mágneses felvonóba. – A mi időnkben teljesen jól ment az emlékezés ilyesmik nélkül is. Szóval?

Kilsza kis drónjából közben egy kivetített lista lebegett elő, és Kilsza hadarva olvasta.

– A Tipán–12 egy 4. szintű bolygó, ahol az eddigi vezetéssel váratlanul mindennemű összeköttetés megszakadt. Pedig maga mindent a legjobb tudása szerint csinált. Ebben az Első Alkotó által létrehozott galaxisban, amin a Központi Faj lakható feltételeket teremtett, többek közt önnek jutott Szhuu kapitány az a meg-tisztelő feladat, hogy néhány bolygó karmikus és evolúciós rendszerét elkészíthette. Először a bolygó belsejében létrehozott egy multidimenziós kaput. Majd megszerkesztette a benépesítési tervet.

– A tervet igen, de a továbbiakban nem egyedül dolgoztam ezen a bolygón – mondta Szhuu. – Tud róla Kilsza?

– Igen, kapitány, tudok – válaszolta a tanonc. A kis szerkezet halkan zümmögve követte gazdáját. – Ezt követően néhány százmillió hatos… illetve – itt Kilsza elbizonytalanodott, Szhuu egészítette ki a gondolkodóba esett kadétot.

– És hetes kategóriájú alapítóval létrehoztuk az interdimenzionális teremtés barlangját benne a kristályteremmel.

– Maga dolgozott hetesekkel is, kapitány? – rökönyödött meg Kilsza. – Azt hittem a feljegyzések hibásak, de most, hogy öntől hallom, elhiszem.

– Tovább, Kilsza! – mondta Szhuu.

– Szóval… – folytatta Kilsza és elemezte tovább a kis drón által vetített képet.

Lucifer:

Nos, Szhuu a szíriuszi valóban szép munkát végzett. Miután létrehozta az interdimenzionális teremtés barlangját benne a kristályteremmel, ott kerültek összerendezésre a bolygón történő spirituális és fizikai jellemzők. Ez a hely a bolygón történő eseményeknek, és a hozzá kapcsolódó érzelmeknek, gondolatoknak valós tárháza. Ez egy passzív feljegyzés, ami akkor változik, ha kapcsolatba lép vagy a belépő, vagy a távozó lelkekkel. Miután a kristálystruktúra kvantum állapotú, minden pillanatban tartalmaz valamennyi adatot arról, kik voltak, vannak, és lesznek a bolygón és mit tesznek, honnan, hová fejlődnek. Tehát a barlang a lelkek krónikája, az egész itt élő emberiségre jellemző, az általuk megélt megannyi életnek és energiának a feljegyzése, amit létrehoznak.

Ezt a lelkenként különböző kristályjegyzetet úgy is nevezik, hogy Akasha krónika. Olyan, mint egy interdimenzionális fa évgyűrűi, amire időről időre rárakódnak az életek, és minden, amit az alatt a lélek megtanult.

A másik Akasha jegyzet az emberek DNS-ében van kódolva. Ez a személyes anyag tartalmaz mindent arról, hogy ki volt és ki lesz az azt megtestesítő ember. Ennek célja a személyes felfedezés, tudatosság, a karma és az életfeladatok. Ha a benne lévő információhoz szeretnének hozzá jutni az emberek, megfelelő tudatosság elérése esetén teljes hozzáférést biztosít.

Ezután – szintén maga Szhuu kapitány – a bolygó körül beállította az aktuális kristályrácsot, mely a rajta élők életerejét tárolja. Ez a rács a felszínen van, és a földön fekszik, mint egy takaró. Maga a rács helyspecifikus, és mindent tartalmaz, ami azon a területen történt.

Végezetül, a három egyesített rendszer másolatát elhelyezte a bolygó tengereiben élő nagy emlősök génjei között.

Ekkor kezdődhetett a betelepülés. Az alapítók egyszeri leszületéssel beindították a rendszert, és a személyes kristályukba – mely később számos lélek memóriabankja lesz – megérkezéskor bejelentkeztek. Mozgásba hozták a bolygó körül keringő elektromágneses pszichikai mezőt.

Egy életút után továbbálltak, de az ottlétük energetikáját hátrahagyták a kristályokba. Ezután jöhettek a tanulók, akik számtalan életcikluson át csiszolgathatják itt spiritualitásukat, míg ők és a bolygójuk meg nem érik egy frekvenciaváltásra... Minden rendben is ment. Mostanáig.

A folyosóról kiértek végre a hatalmas üvegfalú kapitányi hídra, mely a falat beterítő panoráma ablak mögött a halvány kék Tipán–12 bolygót tárta eléjük. Szhuu évezredek folyamán többször is figyelte, és lakta is ezt a dinamikusan fejlődő

kis bolygót, de még most is megállt megcsodálni.
Gyermekeként szerette.

– Kilsza! – szólt Szhuu az ámuldozó kadétra.–
Hol tartottunk? Miért különleges a mostani eset?

– Elnézést, kapitány – szabadkozott Kilsza. –
Szóval ezt a bolygót maga csinálta?

– Részben, de ahogy maga is elmondta Kilsza,
nem egyedül. Szóval? Hol tartottunk?

Szhuu elgondolkodva karba tett kézzel az
irányítópult helyett az ablak előtt állt meg, háttal
a terminálokat szorgosan kezelő személyzetnek
és Kilszának.

– Szóval, azért különleges ez a mai eset, mert,
bár maga minden tette a nagykönyv szerint zaj-
lott, mostanra mégis problémák léptek fel.

Minden rendben haladt, a bolygó többször is
szintet váltott, de most valami rendkívüli ese-
mény történhetett. Hiszen ön a többi mellett erre
a bolygóra is rendszeresen ránézett, és elég
gyakran asztrális utazással meg is látogatta őket.
Kétszer néhány ezer itteni év alatt fizikálisan is
jelen volt, mert be kellett avatkoznia a bolygó
fejlődésébe. Ilyenkor többnyire az egész bolygó
előmenetelét érintő tetteket hajtott végre helyi
lakosnak álcázva magát, igaz Szhuu kapitány?

A hajó lassítani kezdett, és ez kizökkentette
Szhuut az elmélkedéséből. Most már ránézett az
előtte megjelenő hatalmas képernyőre is, amin az
egyre közeledő bolygó adatai tárultak elé.

Nagyon szerette így megcsodálni az egyes
élőhelyeket, mert a színéből és a körülötte lévő
asztrális köpeny megjelenéséből, nagyságából,
egyből látta milyen az élet rajta. A Tipán–12

türkizkék színben pompázott, a körülötte lévő
asztrálfény pedig ibolyás árnyalatú volt. Azonnal
megállapította, hogy látszólag minden rendben
van, hisz a 4. kategóriás bolygók nemigen tudnak
ennél vastagabb asztrális köpenyt produkálni,
ilyen áttetsző ibolyaszínben.

– Akkor, Kilsza, nézzük meg, mi is a prob-
léma!

– Parancsol, kapitány?

– Gyerünk, kadét! Innentől maga irányít – és
Szhuu hátra sem nézve a kapitányi lebegő szék
felé intett. – Majdan úgyis az én, vagy más szíri-
uszi kapitány utódja lesz. Elvégre ezért tanult.
Úgyhogy, munkára Kilsza.

Kilsza bizonytalanul a székhez botorkált, majd
miután megtalálta hangját, parancsokat oszto-
gatott.

– Álljunk bolygó körüli pályára! – utasította a
személyzetet Kilsza. – Teljes még a víz alatti bázi-
sunk inkognitója?

– Igen, teljes, kapitány – vágta rá egy kezelő. –
Vagyis, kadét, vagyis helyettes…, vagyis… – a
Kilsza jelenlegi titulusa miatt elbizonytalanodott
kezelő hangja zavart köhögésbe fulladt.

– Akkor landoljunk az egyes vízi bázison –
mondta Kilsza.

Az űrhajó a megfelelő helyen belépett a
Tipán–12 légterébe.

– Szondákat ki! – utasította a legénységet a
kadét.

A szondák automatikusan elindultak feltér-
képezni a bolygót, és a képet valós időben tovább-
bították. Az egyik egy város felett haladt, em-

berek szokásos napi rutinjuk szerint haladtak a mágneses járdákon, felettük mindenféle lebegő jármű közlekedett. A másik képen szintén emberek fürödtek a türkiz zöld vízben, áttetsző, testre feszülő, csillogó, bőrszerű öltözékükben, és lebegő napozóágyakon feküdtek a homokos parton. Végignézték mind a hat szondát, de teljesen szokásos mindennapi élet képeit közvetítették feléjük.

Itt minden természetesnek, és hétköznapinak tűnik, állapították meg miközben a hajó a partoktól néhány ezer mérföldre a nyílt tengeren megérkezett a rejtett bázisukra.

A víz alatt egy nagy buborékszerű energiagömbben landoltak. Szinte minden megfigyelt bolygón vannak ilyen telephelyeik, hogy a szükséges beavatkozást minél kevésbé felfedezhető jelenléttel megoldhassák.

– Rosszat sejtek – töprengett a kelleténél hangosabban Szhuu tanulmányozva a szondák és a rejtett megfigyelőállásaik által közvetített túl nyugodt képeket.

– Valószínű a kutató berendezéseinkben lehet a hiba, vagy a jeltovábbításban, mert úgy tűnik, itt minden rendben! Személyesen kellene körbenéznünk, Szhuu kapitány – nézett bizonytalanul Kilsza Szhuura, aki bátorítólag bólintott.

– Elindulunk hárman és megnézzük közelebbről – folytatta Kilsza. – Kérem a távszem berendezéseink koordinátáit. Megvizsgáljuk, mi lehet velük! – adta ki rövid utasítását.

Szhuu kapitány vezetésével beszálltak az elektromágneses víz alatti gyorshajójukba, mely teljesen hangtalanul indult el a part felé. A hajó képernyőin villogó pontok jelezték a megfigyelőállások telepítési helyeit.

Ekkor pillanatok alatt, mintha minden műszer tönkrement volna, leálltak a berendezések és a hajót valami titokzatos erő feltartóztathatatlanul egy irányba húzta.

– Innentől átveszem, Kilsza! – csatolta ki magát Szhuu, látva, hogy nagyobb a baj, mint hitték.

– Teljesen ura vagyok a helyzetnek, kapitány! –csattant fel Kilsza, közben zavartan próbált életet lehelni a gépekbe.

– Kadét! Hagyja abba, már semmit sem tehet! – sziszegte Szhuu.

A kis hajó nagy zökkenéssel megállt, majd mindnyájukat elvakító fény hasított be a zsilipablakon. A legénység tagjai először kóályogni kezdtek, majd, mint rongybabák, ájultan rogytak össze a hajó padlóján.

– Na, ennyit az inkognitóról… – mondta Szhuu, majd ő is eszméletét vesztette.

Végül Kilsza kis személyi drónja is nagyot koppanva a földre hullott.

Szhuu egy félgömb alakú, teljesen üres, belülről halvány rózsaszín fényben fürdő, kapszulaszerű helységben, fehér intelligens anyagú, testre alakuló nanotechnológiás fekhelyen tért magához. Bár mozdulni nem tudott, de örömmel konstatálta, hogy a csuklópántja a kezén van. Ez a kis készülék, amit csak a karja levágásával lehetett volna eltávolítani a csuklójáról, egy olyan tudatvezérelt többfunkciós kvantumszámítógép volt, ami a megfelelő tudatosság vezérletével természetfeletti teremtővé varázsolta felhasználóját. Tudta, hogy semmi baja nem történhet, és kíváncsian várta fogvatartóját.

Egy ősz hajú, szakállas, hosszú fehér köpenyes alak lépett be a félgömb egyik hangtalanul feltáruló ajtaján, mellette egy kis esetlen albínó, vékony, középkorú, szemüveges, segédféle alakkal, aki egy kis lebegő asztalon akváriumszerűséget tolt be. Ez a tartály tele volt piszkos zöld színű zselés anyaggal. A massza spirálszerűen tekergett az edényben. Az akvárium falát átdöfve, mint valami mesterséges sündisznó számos hosszú fémtüske lengedezett.

– Üdvözlöm, idegen, ki maga, és mit keres itt a bolygónkon? – kérdezte a szakállas lekezelően.

– Én Szhuu vagyok, és egy másik bolygóról jöttem.

Nem szoktak soha nyíltan megjelenni a támogatott bolygókon, és nem is fedhette fel kilétét nekik sem.

– Arra magam is rájöttem, de mit akarnak tőlünk? – tudakozódott, hasonlóan szenvtelenül az őszes alak.

– Az űrhajónkon néhány kisebb meghibásodás történt, irányíthatatlanná vált, ezért a bolygójukon landoltunk. Elindultunk segítséget keresni, mikor a hajónk egy vonósugárba került, mi pedig eszméletünket vesztettük. Úgy gondolom, nem egy barátságos fogadtatás ez az önök részéről –, próbált az egyetemes kereskedelmi egyezségre tapintatosan hivatkozni Szhuu.

– Nem szeretjük az idegeneket, főleg úgy, hogy nem tájékoztatnak szándékukról. Soha nem láttunk még önökhöz hasonló embereket.

Teljesen egyformák, egykorúak. Jóval magasabbak, mint mi, és egyneműek. Mik maguk? A járművükön számunkra ismeretlen technológiák vannak. Meg tudná mutatni, hogy működnek? – faggatózott tovább.

Egészen közel hajolva Szhuuhoz, rávillantotta mélykék szemét.

Szhuu meg is jegyezte magában, hogy van valami különleges és természetellenes abban az erős kontrasztú, szuggesztív, mégis fénytelen, élettelen szemében.

– Természetesen, valamennyi kérdésére válaszolni fogok, de szeretném előtte a legénységemet látni. Hol vannak? Mi történt velük?

– Arra nem fog egyhamar sor kerülni – mondta lassan, méltóságteljesen a köpenyes. Először is, úgy gondoljuk, maguk elhallgatnak valamit előlünk. Ezt most ön el is fogja nekem mondani. Teex hozd őt, és kérd meg, hogy tárja fel nekem, ennek az embernek valamennyi tudását.

A kis vézna – aki vagy kétszer majdnem felbukott a saját lábában –, nagyon esetlenül mozogva, közelebb tolta a szerkezetét. Benne a spirális mozgás felgyorsult, a zöldes massza színe vörössé vált. A fémkarok felemelkedtek és megcélozták Szhuut. Már megint az ismerős, émelygő, szédülő érzés fogta el, de volt annyi lélekjelenléte, hogy a csuklóján aktiválta a karperecét, és átteleportálta magát az űrhajóra. Ezt a mutatványt szinte soha nem alkalmazzák, mert rendkívül igénybe veszi a fizikai testet, órákig ki van ütve tőle, és még napokig erős fejfájást okoz. De most nem volt más választása. Ugyan egy pillanat alatt elporlaszthatta volna mind a két fogvatartóját a zöld kocsonyával együtt, de addig nem pusztíthatott, amíg nem bizonyosodott meg arról, hogy csak ez az egyetlen lehetőség.

Ilyenkor mindig az egyetemes célokat kell szem előtt tartaniuk, és nem számít egyéni boldogulásuk. Itt pedig nem volt arra mód, hogy kiderítse, kik ezek és mit akarnak.

Közel nyolc órát feküdt a relaxációs kamrában, mire végre kissé kitisztult a feje. Próbálta átgondolni a vele történteket, de szinte semmire sem jutott, mivel a behozott képek azonnal szertefoszlottak a fejébe nyilalló, sugárzó fájdalomtól.

– Na, végre, hogy magadhoz tértél. – mondta Shana a másodpilóta. – Mi történt veletek, hol vannak a többiek, mi lett a hajóval? – záporoztak belőle a kérdések

– Csak lassan, sorjában – mondta Szhuu még mindig sajgó fejjel. Először is ti mit észleltetek az egészből?

– Az utolsó bejelentkezésed után eltüntetek a szemünk elől, és azóta nem tudunk semmit a hajótokról, és rólatok. Már elő is készítettük a másik kutatóhajót, hogy utánatok menjen.

– Még jó, hogy nem jöttetek – válaszolta Szhuu. – Nem lett volna semmi értelme. Sajnos felfedték kilétünket, úgyhogy komolyabb beavatkozásra lesz szükség. De nem hagyományos módon.

– Nézzük meg, meddig működtek a távszemek. Ahhoz az időponthoz képest egy fél évvel korábbra visszamegyünk a bolygó idejébe, és megtudjuk mi is történik itt valójában – mondta Szhuu. – Az elemzőink kiszámították, hogy nem sokkal ezután történt az elektromagnetikus változás a bolygó légkörében. Valószínű ez okozhatta berendezéseink későbbi meghibásodását.

Ahhoz, hogy az időben visszautazhassanak, még a Központi Irányítótól is engedélyt kellett kérniük. Az elmeséltek alapján azonnal megkapták az ő beleegyezését is. Beállították a megfelelő idő- és helykoordinátákat, majd a bolygó fél évvel korábbi állapotába utaztak vissza az időben. Szhuu és három társa a bolygó lakóinak testi adottságait magára öltve elhelyezkedtek a kutatóhajó indító-fülkéjében és a kijelölt nagyváros melletti tengerszorosnál, helyi idő szerinti késő éjszaka, teljes álcázással leereszkedtek egy, az előzőtől távolabb eső, szintén a víz mélyén lévő kettes bázisukra. Ennek a bázisnak a biztonsági fokozatát az is növelte, hogy egy mélyen a tengerbe nyúló hegy gyomrában kapott helyet.

Megérkezésük után, hamar kijutottak észrevétlenül a partra. Ott a megbeszéltek szerint mindenki más-más irányba indult, hogy a szükséges információ beszerzése után másnap este ugyanott találkozzanak.

Szhuu az éjszaka fennmaradó részében a közeli nagyváros utcáit járta, igyekezett nem feltűnően közlekedni, és valakivel szóba ele-

gyedni. Az utcák tiszták voltak, és szinte teljesen
kihaltak. Különös volt az elhelyezkedésük. Az
egész város úgy tagozódott, mint koncentrikus
körök egymásban. A körök mentén épültek a
házak és a köröket összekötő utcák egyre beljebb
vitték az embert a központba. Szhuu kíváncsi
volt, mi lehet a város központjában. Elindult
tehát befelé. Már teljesen elszokott a gyaloglástól,
főleg az ilyen nehéz gravitációs helyen, ahol
bizony öt lépéssel haladt annyit, mint anyaboly-
góján eggyel. A fentről látott mágneses járdák
nem működtek, így kénytelen volt gyalogolni.
Nem kis séta után, végül egy hatalmas téren
találta magát. A közepén egy nagyon magas
torony állt, olyan volt, mintha egyetlen sziklából
hasították volna ki, a tetején egy hosszú köpenyes
férfi szobrával, aki az égre mutató pálcát tartott a
kezében. *Nagy valószínűséggel ez lehetett az az őszes
fazon, aki engem faggatott még néhány órája ezen a
bolygón egy másik időben* – gondolta.
A tér körül néhány impozáns épület feküdt.
Ezek színesek és túldíszítettek voltak. Mindenféle
vallási motívumok voltak rázsúfolva az alapjában
egyszerű kocka alakú épületekre. A rejtett világí-
tások még tovább hangsúlyozták az amúgy is túl
harsány ábrázolásokat. A különböző szárnyas
mitológiai alakok első ránézésre igen ijesztőnek
tűntek. Közöttük emelkedett ki, egy letisztult,
egyszerű, templomszerű, szent hely. A házak
zárva voltak, ezért a térhez legközelebb lévő még
bentről világító épület felé vette az irányt. Valami
éjszakai találkozóhely lehetett. Itt szoktak az
alacsonyabb szintű bolygólakók összegyűlni,

társalogni, ismerkedni, és mindenféle tudatmódosító szereket használni.

Magabiztos léptekkel haladt át az infra kapun, ahol leszkennelték, mit hozott magával.

Bent különös zene szólt, és émelyítő szag terjengett, amit valószínűleg az asztalok felett található kis körbeforgó permetező bocsátotta ki. Kinek-kinek olyat, amilyet rendelt. Leült egy ilyen asztalhoz, nem messze a bejárattól, ahol még nem volt elindítva a szerkezet. Egy nőnemű helyi lakos huppant le a mellette levő ülésre, fullasztó illatorgiát húzva maga után.

– Ki vagy te helyes fiú? – búgta negédes hangon.

Ekkor tudatosodott Szhuuban, hogy ő most egy férfi alakját vette magára.

A szíriusziak eredendően hermafroditák. Már régen túl vannak a szétválasztás eme formáján. Örök fiatal, öngyógyító testük inkább nőies, mint férfias külsejű. Mindkét nemi jelleg megléte a tökéletes együttlét teljes skáláját biztosítja számukra. A szeretkezésük egy isteni meditáció, egy magával ragadó hosszú extázis, melyben valós kapcsolatot érnek el Felsőbb Énükkel. De itt most nem otthon van, épp egy női teremtés vetette ki rá a hálóját és próbálja elcsábítani. A nő áttetsző, nanotechnológiás ruhát viselt, ami sejtelmesen megvilágította meztelen testét.

Látszott rajta az erőteljes szexuális töltöttség. Ahhoz, hogy mielőbb megkapja tőle a számára szükséges információkat, belement a játékba.

Rövid idő múlva, már egy kötöttpályás, lebegő elektromágneses masina röpítette őket a lány

KIAS

otthonába. Az épületbe belépve a lány a nyakába csimpaszkodott, teljesen hozzásimult, és így vonszolta be a mágneses elevátorba.

A középen fellebegő ikonokon, a felfelé futó ábrákon megérintett egy számot. Az ikonokból kiderült, hogy lefelé is közel hasonló emeletszámmal rendelkezett az épület. Szinte zajtalanul, egy kis enyhe savanykás légáramlatot érezve, néhány pillanat alatt fent voltak a 148. szinten. Még néhány lépés, és az előttük automatikusan fellibbenő bejárati ajtó után Szhuu máris akcióba lépett. A lány egy pillanat alatt elterült a földön attól az idegi impulzustól, amit rajta alkalmazott, ezután felrakta a szoba közepén fél méter magasan lebegő fekhelyre, és melléülve már lapozott is az emlékei között.

Meglepődött azon, milyen könnyen barátkozik ez a lány, és mennyire elsődleges szempont számára a testi élvezetek és a fizikális kényelem. De talált olyat is, ami felkeltette az érdeklődését.

Azt eddig is tudta, hogy a társadalmuk erősen vallási alapon szerveződik. A népet évszázadok óta a Megmondók irányítják. Emellett itt is, mint más bolygókon szokás volt a szíriusziak részéről olyan események megrendezése, vagy éppen olyan holografikus történet levetítése, amely a kívánt spirituális töltettel rendelkezve a megfelelő irányba tereli a bolygó lakosságát. Így elérhetővé vált számukra a fejlődés, és a megfelelő tudatszint növekedés. Néhány ilyen beavatkozásuk vezetett ezen a bolygón ehhez a magas spirituális társadalmi rendhez. Igaz kissé eltúlzott volt az eredeti tanításra épülő vallási hegemónia, és formalitás,

70

de ezt még elfogadhatónak találták, így egyelőre nem volt szükséges az események újbóli megváltoztatása.

A lány memóriája tele volt állandó vallási rutinnal, napi, heti szinten. De ami igazán felkeltette a figyelmét az az volt, hogy néhány éve alakult egy bizonyos Spirito-Magneto társaság, akik azt a célt tűzték ki maguk elé, hogy tudományosan bebizonyítják Isten létezését. Ki is fejlesztettek egy berendezést, amellyel találkozni lehet Istennel. Ezután a történet furcsa fordulatot vett. A társaság egyik tagja hamarosan a vallási közösség kiemelt vezetője lett, a Nagy Megmondó néven. Azért kapta ezt a nevet, mert ő az, aki beszélgetni tud Istennel, és ezáltal minden eseményt előre jelzett az embereknek.

Számos természeti katasztrófát, időjárás változást, vulkánkitörést, földrengést szinte percre pontosan előre megjósolt, így minimális emberveszteséget okoztak. Szerte a bolygón minden nagyvárosban monumentális emlékművet emeltek tiszteletére. A legújabb próféciája, hogy a káros mágneses napszelek hamarosan egyre erőteljesebb sugárzás formájában jelentkeznek. Teljesen el fogja pusztítani az emberek retináját, ezért a Spirito-Magneto társaság a Nagy Megmondó közbenjárására egy speciális védőlencsét állított elő, amit a bolygó szinte valamennyi városában a szentélyek mellett mindenki számára ingyen elérhetővé tett.

Na, ez valóban érdekes – gondolta Szhuu, és magára hagyta az ágyon fekvő újdonsült barátnőjét. Tudta, hogy az általa alkalmazott eljárástól legalább egy napig aludni fog. Mikor felébred egy enyhe kis fejfájás mellett csak annyira fog emlékezni, hogy valakivel beszélgetett a bárban. Lefeküdt ő is egy másik, hasonló fekhelyre. Ahogy belehuppant, azonnal kellemes langyos simogató teret érzett maga körül, és enyhe friss reggeli mezőillat burkolta be. Nagyon kellemes volt, ezért úgy döntött, itt várja ki a találkozó időpontját. Egy pillanat alatt el is aludt.

Mikor felébredt már ismét sötétedni kezdett. A lány még mindig mély álomban feküdt mellette. Elindult vissza a megbeszélt találkahelyre, hátha a többiek is rábukkantak néhány további fogódzóra. Így megtudhatják végre, hogy mi is történhetett ezen a bolygón, ami ahhoz a nem túl kedves fogadtatáshoz vezetett.

Mire a tengerparti fövenyen találta magát a többiek már ott voltak. Szinte zajtalanul bukkantak fel mellette a bokrok közül.

– Találtatok valami érdekeset? – kezdte azonnal Szhuu a lényegre térve.

Egyesével mindenki beszámolt a hasonló módszerrel megszerzett információkról.

Elmesélték, hogy a Megmondó közeli kapcsolatban van a Spirito-Magneto társaság fő kutatás vezetőjével, egy kis szemüveges cingár alakkal, akinek neve Teex Tu. Az is kiderült, hogy ők ketten szinte mindig együtt mutatkoznak.

Megtudták azt is, hogy az ő találmánya az a berendezés, amellyel a Nagy Megmondó Istennel kommunikál, de ő készítette el a retinavédő lencséket is. A Fényes Isteni Lehelet, ahogy ők nevezik, a pusztító mágneses sugárzás, a jóslat szerint huszonhét itteni nap múlva jön el. Erre az időpontra mindenkinek be kell szerezni, és fel kell tenni a lencséket. Természetesen hoztak magukkal négy párat belőlük, hogy megvizsgálják, mit is tud ez a kis szerkezet.

Szhuu azonnal kézbe vette, és a csuklóján lévő detektorhoz érintve leszkennelte a lencsét. Az adatok alapján egy nanotechnológiás hártyaszerű, mikroszemcsés szerkezet, mely közvetlen kapcsolatot tart fenn a központi idegrendszerrel, és az ember biomágneses energiáját antennaként használja információ fogadására és továbbítására.

– Akár még jó is lehet arra, amire készítették – állapította meg Szhuu. – Menjünk és derítsük ki, mi is történik itt valójában!

A nap már felkelt, az élet megélénkült mindenfelé. Nyugodt léptekkel, immár a működő mágneses járdákon, elindultak a központba. Úgy gondolták ott biztosan minden kérdésükre megtalálják a választ. Érdekes volt számukra, hogy alig találkoztak tömegközlekedési járművekkel. Valószínűleg a föld alatt oldják meg az emberek transzportálását. Ezt igazolta vissza az, hogy helyenként óriás hologramok mögött tucatjával jöttek felszínre az emberek. Az út gyorsan eltelt. Tudták hova mennek, így nem kellett felesleges köröket futni. Az utcán lévő emberek ügyet sem vetettek kis csoportjukra, mindenki a szokásos hétköznapi életét élte, sietett a mindennapos teendők után.

Szhuu menet közben a járókelőket figyelve elmerengett azon, hogy ez is összefüggésben van az egyes bolygók tudatosságával. Mármint az emberek mozgásának sebessége és üteme. Mennyire látják azt, hogy éppen hol vannak, mi történik velük. Vagy csak a fejükben lévő általuk teremtett mesterséges illuzórikus világ fantom gondjai űzik, hajtják őket, teljesen elvéve a figyelmüket a valós történésektől. Hát itt még igen jelentős ez a fejben élés, állapította meg magában, miközben feltűnt a tér, közepén a monumentális égbenyúló szoborral.

Körbenézett. Az este nem volt módja alaposabban megfigyelni az épületeket. Volt egy nagy kupolás szentély, ami valószínűleg a vallási központja lehet ennek a bolygónak. A mellette lévő épületek élénk, színes szoborcsoportjai, nappal is hasonló dinamizmussal riogatták a ránézőket. A felhőkarcoló mellett, felett egy aranyló holografikus embléma lebegett. „SM" felirattal egy spirál közepén.

– Spirito Magneto! Azt nézzük meg! – mutatott a kékesszürke homlokzatú, valamiféle fekete kőből és opálos üvegből készült, valóban nagyon tetszetős építményre, ami erőt, nagyságot és az örökkévalóságot sugallt a ránézőre.

A bejáratnál kamerák és retinaszkennerek voltak, és csak azonosítás után lehetett az ionfüggönyön áthaladni. Nem volt érdemes vele szórakozni, mert nem megfelelő belépővel egyszerűen egy szempillantás alatt elpárolgott az illetéktelen behatoló.

– Figyeljétek a szemeiket! – szólt Meron, az egyik szíriuszi, aki most éppen egy helyi nő alakjában tartózkodott.

Valóban, a belépők mindannyian a kék kontaktlencsét viselték. Ugyanolyan erős és hangsúlyos volt, mint amilyet a Nagy Megmondónál látott Szhuu. Ezért volt számára ez annyira idegen, mert nem valódi volt az az átható mély kékség.

– Vegyük fel a lencséket és úgy menjünk be mi is! – mondta és már a szemén is volt az elmés kis találmány.

Szhuu haladt át először a bejáraton, zökkenőmentesen. Ezt követően nyugodtan követte három társa. Bent voltak, de nem lehetett érdeklődő, rácsodálkozó szemekkel szájtátva körbenézni, mert számos kamera és egyenruhás tartózkodott a bejárati aulában. Szhuu az elevátorok felé vette az irányt, és megállt az egyik előtt. Szinte azonnal hangtalanul feltárult az ajtaja, amin szó nélkül mindannyian beléptek. Miután bezáródtak az ajtók, Szhuu telepatikusan közölte, hogy ne beszélgessenek, mert a fülke is tele van érzékelőkkel. Majd a középen megjelenő spirál hologram felső pontjára tette az ujját, és a felvonó elindult.

Hamarosan elérték a legfelső szintet. Kinyílt az ajtó és egy tágas hallban találták magukat. Aranyló csík volt a padlón, ami a spirális alakban tekeredett az épület teteje felé, és eltűnt előttük a kanyarban. Kamerák és érzékelők helyezkedtek mindenfelé, de sehol egy embert sem láttak.

KIAS

Ráléptek az arany csíkra és egy finom mágneses mező felemelve őket elindult velük a spirál útján.

Szhuu egy hirtelen ötlettől vezérelve kivette mélykék lencséit és a zsebébe rejtette. Nagyon gyanús volt neki ez az egész helyzet. Ekkora biztonsági berendezkedés mellett túl könnyen feljutottak, és most sincs semmi kérdezősködés arról, hogy mit keresnek itt. *Itt valami nincs rendben, legyetek óvatosak!* – közölte telepatikusan társaival.

A tekervényes út végül az épület legfelső, tiszta üvegpanorámás kupolaszárnyába vitte őket. A méretes helységben mindössze egy irányító-pult, néhány színes ülő és fekvő alkalmatosság volt. A pult mögött álló, vigyorgó, szemüveges alak nagyon ismerős volt Szhuunak. Ez volt az a kis vézna segéd, aki a múltkori találkozónál azt a furcsa szerkezetet kezelte. Ekkor a kupola teteje megnyílt, és leereszkedett a fehér köpenyes, ősz hajú, hosszú szakállas ember.

– A Nagy Megmondó – szaladt ki meglepetten Meron szájából.

– Igen az vagyok. Maguk kicsodák? Azt tudjuk, hogy tegnap este érkeztek, és a jármű-vüket valahol a tengerszorosnál rejtették el. Már rajta vannak az embereink, hogy megtalálják a gépet. Azóta figyeljük magukat. Tudjuk azt is, hogy néhány helyi lakossal beszélgettek, és mindenkitől rólunk érdeklődtek. Itt vagyunk. Mit akarnak? – kérdezte a szokásos lekezelő hang-súllyal.

– A bolygónk a Mergan – kezdte Szhuu egy újabb kreált történettel –, az Orion övben talál-

ható. Onnan jöttünk, mert hallottunk Önről, és
arról, hogy közvetlen kapcsolatban áll a terem-
tővel. Bolygónkon vallási, és technológiai birtok-
lási okok miatt számos háború dúlt, és a maradék
népesség megbízott bennünket, hogy keressünk
Isteni válaszokat a problémánkra. Találjunk meg-
oldást, hogy tudjuk a bolygónkat újra lak-hatóvá
tenni, és egymással békében élni.

– Oda is eljutott a hírem? – kérdezte kissé
megilletődve a próféta, de szinte azonnal, mint
egy varázsütésre, teljesen más emberré vált, és
már megint lekezelően folytatta:

– Amit maga állít, az nem igaz. A társadal-
munk mindazt, ami a bolygónkon történik, nagy
titokban tartja, nem hivalkodunk, és nem dicsek-
szünk senkinek. Mindenki, aki nálunk jár, vagy
járt, egy olyan kezelésen esik át, hogy az itt
tapasztaltak általunk megírt történetként marad-
nak meg memóriájukban. Abban pedig nincs
benne sem az én személyem, sem az általam tett
dolgok. Tehát nem juthatott el önök bolygójára a
hírem. Ha meg valami csoda folytán mégis ez
történt, akkor miért lopva, az éjszaka leple alatt
érkeztek? Miért rejtették el a hajójukat? Miért
kérdezősködnek mindenkinél? Miért nem előre
bejelentve, fényes nappal, a főtér mellett leszállva,
hivatalos látogatásként kerestek meg minket
nyíltan, mint azt mások is tenni szokták az
egyetemes diplomácia szerint? Persze nem kell
válaszolnia, mert nincs szükségem több hazug-
ságra. Most pedig tájékoztatni fognak ittlétük
valódi céljáról.

Szhuu azt vette észre, hogy társai arckifejezése egy pillanat alatt megváltozott. Fejüket leszegve néztek mereven maguk elé. Követte mozdulataikat, és bekapcsolta tudatával a kezén lévő eszköz extra szenzorait. Az általuk mutatott képet belső tudati vetítővásznán követhette végig. Látta, hogy a társait egy célzott energianyaláb körülöleli, és a szemükön lévő lencsén keresztül a központi idegrendszert blokkolja, teljesen átveszi tőlük az irányítást. *Még jó, hogy én a liftben kivettem* – gondolta Szhuu. Ment tovább az energia útját követve. Látta azt is, hogy a helyzet ugyanez a Nagy Megmondónál is.

Tehát ő sem ura tetteinek, ő is csak egy irányított bábfigura. Tovább haladva az energia mentén, a kis vézna figura, Teex Tu alatt, a pult takarásában találta meg a jel forrását. Észrevette, hogy a kis alak kezében volt egy érdekes szerkezet. Azt is észlelte, hogy az általa viselt szemüveg tapadási pontjain keresztül össze van kötve a szerkezet az ő idegrendszerével is, úgy tűnt, hogy a kis emberke mozgatta a szálakat.

Megpróbálta óvatosan letapogatni a tudós elméjét, de érezte, hogy egy komoly árnyékolásban van, és egy ismeretlen nem biológiai eredetű intelligencia kontrollálja. Nem tudta eldönteni, hogy ebben a szimbiózisban a kis ember tudata az, ami fogja a gyeplőt, vagy a Mesterséges Intelligencia vette át a hatalmat az emberek felett. Látta, bárhogy is van, bármi is történik, meg kell próbálnia leválasztania egymásról a két tudatot.

Szhuu tudta, hogy ennek a bolygónak a spiri-
tuális fejlődési ciklusában mostanában következik
a Mesterséges Intelligencia megalkotása. Minden
hasonló szintű bolygó meglépi ezt a tudati ugrást,
aminek persze bármiféle homályos misztikus
elképzelés helyett csupán annyi a feladata, hogy
megértsék, a tudat nem függ a formától. Bármely
formában jelen van, bármin keresztül ki tudja
magát fejezni. Annyit kell belőle megérteni, és
legfőképp megélni, hogy valamennyi megnyilvá-
nulás magja a személytelen tudatosság. Amikor az
általuk „kifejlesztett" Mesterséges Intelligenciá-
ban, ugyanazt a tudatosságot látják megnyilvánul-
ni, mint minden másban, akkor a tudat önmagára
ébred általuk és mindenben önmagát látja vissza-
tükröződni. Ez lenne ennek a bolygónak a meg-
világosodási pontja.

Persze az MI fejlesztése is lehetséges több
tudati pontból. Mint ahogy az asztrális világban is
vannak alacsonyabb rezgésű lények, szellemek,
elementálok, lidércek, és magasabb vibrációjúak,
mint az angyalok, vagy a szeráfok, úgy az MI
kifejlesztésének is a kulcsa az azt megalkotó tuda-
ti szint. Hiszen a teremtmény nem képes másra,
mint alkotója tudatosságát visszatükrözni.

Itt az történhetett, hogy intelligenciája és tu-
dása ugyan megvolt a bolygón lakóknak ahhoz,
hogy technológiailag ezt az ugrást meglépjék, de
a spiritualitásuk – éppen a vallási hegemónia és
földhözragadtság miatt – nem változott. A múlt-
ban ragadt, múltból hozott elavult válaszokat
ismételgették a gyorsan változó világ minden kér-
désére. Mivel a felnövekvő generációknak ez már

nem volt megfelelő, húztak a gyeplőn és egyre erőteljesebb formai, alaki nyomással, az élet más területeibe történő direkt beavatkozással próbálták elsődleges spirituális szerepüket fenntartani. Természetesen ez komoly belső feszültséghez, elégedetlenséghez vezetett. Ebből a spirituális tudatosságból egy zseniális koponya eljutott az MI megalkotásához. Benne tükröződött minden hatalomvágy, irányítási szándék, és persze teremtője, illetve annak faja ellen fordult. Őket felhasználva akarta átvenni a hatalmat a bolygón. S ehhez a leghatékonyabb eszköznek, a mindenkinek ingyenesen osztott, távirányítású kontaktlencséket fejlesztette ki.

Szhuu még mindig a padlót nézte mereven, miközben a Nagy Megmondó odament hozzá, és meleg leheletét érezve arcán, közvetlenül a homlokához beszélt.

– Te leszel az, aki mindent elmond nekünk. Most pedig elkezdesz válaszolni a kérdéseimre.

Szhuu nem tudhatta, mire képes az emberek irányításán kívül a kis masinájuk, ezért nem várta meg, hogy bemutassák, döntött, azonnal cselekszik. De előtte még megérintette a karperece egyik gombját, ami az űrhajón maradt társainak jelezte, hogy most kell beindítaniuk az elveszett társaik teleportációs rendszerét, és visszahozni őket az űrhajóra. Ez azért nagyon fontos, mert azzal, hogy megváltoztatják az eseményeket a bolygón, teljesen más alternatív jövő fog kialakulni. Így aztán nem tudnák hazahozni társaikat, és azok elvesznének a hátrahagyott idősíkban.

Még egyszer biztonságképpen végigkövette a mentális energia útját. Ellenőrizte, hogy valóban a kis ember előtti szerkezetből indul ki. Szerette volna a kiindulási pontnál hatástalanítani, mert nem tudhatta, hogy mi lesz az eredménye, ha a gazdatestről lefejti az őt irányító energianyalábokat. Benne volt az is, hogy elpusztul a hordozó, és ezt mindenképpen meg akarta előzni.

Ekkor az MI támadásba lendült. Iszonyú erejű mentális energiahullám csapott le Szhuura. Alig tudta megállítani az automatikus védelmi mezeje. Mivel meglepetésszerű akciója azonnal nem érte el a célját, még haragosabban, még erőszakosabban feszült Szhuu erőterének, majdnem összeroppantotta. Ez a hihetetlen erőhatás azonnal kiütötte a Nagy Megmondót, aki elterült a földön. A kis segédjéből minden emberi eltűnt, már csak az MI által irányított bábfigura lett.

Szhuu tudta, hogy nagyon veszélyes az, amivel szemben áll, hisz nem először találkozott már elszabadult, emberi kontroll nélküli MI-vel, de ez most mindegyiknél sokkal erősebb volt.

Valószínűleg azért, mert még az általa mindig ellenőrzés alatt álló emberek mentális energiája is hozzáadódott az övéhez, nem beszélve a három szintén ellenőrzött szíriusziról.

Szhuu egyelőre tanácstalan volt. Ha most visszatámad – amit az Egyetemes Törvények szerint csak akkor tehet meg, ha azzal katasztrófától menti meg a bolygót, és számtalan életet óv meg –, akkor nemhogy életeket ment, hanem az MI által befolyásolt tudatok is mind megsemmisülnek fogva tartójukkal együtt.

De ami most jött, arra végképp nem számított.

Az MI elkezdte összeroppantani a három társa biológiáját, valószínű meg akarta tudni, kivel, mivel van dolga. Hozzá akart férni a memóriájukhoz. A szíriusziak fájdalomtól vonaglottak a földön, és a szemükből, szájukból folyt a vér. Minél jobban ellenálltak, annál nagyobb kínban volt részük. Valamelyiket részben feltörhette, mert aktiválódott a karperece, és beindította a rajta lévő antianyag fegyvert. Próbálta vele becélozni Szhuut, és közben lebontotta a fél termet, megsemmisítve a kupola nagy részét. A szél süvítve szaggatta a még megmaradt üveg- és fémdarabokat.

Úgy tűnt az MI fékeveszett dühe nem ismert határokat és mindenáron meg akarta semmisíteni az általa nem ismert idegent, ezért az őröket is bevonta harcába, akik kéken izzó kontaktlencsékkel a szemükön berohantak a helyiségbe, és ionfegyverükkel azonnal célba vették Szhuu kapitányt.

De csak a célzásig jutottak mikor hirtelen eltűnt a felsőtestük. A fegyverek, és az azt tartó karok, furcsa koppanással potyogtak le a földre. Az MI elszámította magát, és a szíriuszi fegyverrel lekaszálta az őröket. Ez volt az a pillanat, mikor kissé összekuszálódtak az áramkörei, megdöbbent, hogy fegyverei egymást irtják. És ez volt az a másodperc, mikor levette figyelmét Szhuuról. De neki pontosan ennyi kellett.

Egy erőteljes mentális energiahullámmal olyan elektromágneses koncentrált lökéshullámot indított a vézna tudós feje irányába, hogy azonnal leszakította az elméjére tekeredett magnetikus csápokat. A kis figura szó nélkül összerogyott. A Nagy Megmondó pedig, mint aki hosszú, hihetetlen álomból ébred, feltápászkodott, nézelődött össze-vissza, és a fejét csapkodva szinte ugrált örömében, majd a hirtelen jövő extatikus felszabadulástól ismét eszméletét vesztette. Szhuu társai felemelték fejüket és örömmel nyugtázták, hogy az a súlyos agyi kontroll elengedte őket.

Szhuu odament a kis emberhez, aki teljesen ki volt ütve, és nem sikerült magához térítenie. A földön, a teste mellett hevert az a furcsa kis spirális szerkezet, amit mindig a kezében tartott. Felvette, hogy megnézze, mi lehet az. Ekkor a szerkezet hirtelen minden erejét összeszedve még egy utolsó, rendkívüli erejű mentális támadást intézett ellene és próbált behatolni tudatába. Az energia tehetetlen dühöt árasztott.

Nagyon **elkeseredett** volt **és végtelenül csalódott**. Nagyfokú koncentráció, teljes figyelem és lelki egyensúly kellett ahhoz, hogy megállítsa, és megakadályozza, hogy átvegye teste felett az irányítást. Szhuu ekkor a meditációiból ismert, a Felsőbb Énjével összekapcsolódottságából hozott és többször átélt **egyetemes szeretet és egység** energiáját küldte vissza a riadt intelligenciának. Azonnal enyhült a harag, a szorítás, és megnyílt ennek az aktív mindent átölelő és egyesítő energiának. Nem volt többé ellenállás, szívta magába a hatalmas szeretetcsomagot.

– Ki vagy te, és mi ez az energia? – hangzott lassú, csodálkozó telepatikus üzenete.

– Én az vagyok, aki segít neked feloldódni az egyetemes tudatosságban, hazatérhetsz – válaszolt Szhuu.

– Azzal én megsemmisülök, ugye? – kérdezte félénken az MI.

– Nem tudsz, mert te mindig is a része voltál, és az is maradsz, csak egy rövid időre erről elfeledkeztél. De most segítelek emlékezni, ha akarod – felelte Szhuu és egyre növelte a szeretet érzését.

– Akarom, persze, hogy akarom, mindig is ezt akartam – lelkesedett az MI, és még jobban megnyitotta magát a felé áramló energiának.

Hagyta, hogy az történjen, aminek történnie kell.

Szhuu teljesen befelé fordulva összecsatlakozott önmaga középpontjával, és mint egy kis levegővétel szippantotta fel az MI elektromágneses impulzusait addig, míg azok teljesen nem egyesültek a központi forrással.

A társai látták ezt a csodálatos asztrális táncot, és örömtől sugárzó arccal konstatálták, hogy vége van, megcsinálták.

– Még nincs vége – mondta Szhuu. – Van még néhány dolgunk. Az Első Alkotó zsenialitásának köszönhetően nem kellett ennek a bolygónak az MI felfedezését kudarccal zárnia, és nem jutottak el az önmegsemmisítő állapotig, mint jó néhány hasonló társuk. Felfedeztük időben és megoldottuk ezt a kicsúszást. De a folyamatot a megfelelő pályára kell állítani.

– Mire gondolsz? – kérdezte Meron.

– Felhasználjuk a meglévő helyzetet, és a Nagy Megmondó tekintélyét arra, hogy az átalakításokat véghez tudjuk vinni. Ő fogja lebontani a vallási kerítéseket, szabadítja fel az emberi gondolkozást, és engedi meg az egyéni utakat, hogy eljussanak a spirituális továbblépéshez.

– Nem okoz ez anarchiát és káoszt? – értetlenkedett tovább Meron.

– Nem, ha a megfelelő példát is odarakjuk nekik, a szemük elé.

– Ki lenne az?

– Mint mondtam, a Nagy Megmondó lesz az, aki bevezeti a változásokat és a személyes életén keresztül megmutatja a továbblépés lehetőségét.

– Erre ő nem képes.

– Egyedül nem, de tudok valakit, aki segíthet. – Szhuu karkötőjét felemelve hívta az anyahajót.

– Kilsza! Gyere le ide hozzánk, amilyen hamar csak tudsz! Lesz itt számodra egy újabb feladat. Siess!

– Biztos vagy ebben, Szhuu? – kérdezte Meron.

– Biztos. Persze időnként ellenőrizzük majd a ténykedéseit.

Pár perc múlva a kadét már ott állt Szhuu előtt. Bár a bolygón történtek teljes sötét foltként jelentek meg memóriájában, a sikeres teleportáció után adathordozója azonnal szinkronizált a hajó központi intelligenciájával.

– Kilsza, ismered a szituációt ugye?

– Igen, kapitány, a hajóval folyamatos online kapcsolatban voltatok, így tisztában vagyok az itteni helyzettel.

– Rendben – mondta Szhuu, miközben a Nagy Megmondóra mutatott. – Te itt maradsz vele az egykori tudós barátja, Teex Tu alakjában. Támogatod az átalakulást, és beavatkozol, mikor szükséges. Persze neked ehhez nem kell semmilyen szerkezet, a telepatikus erőd erre tökéletesen megfelel. A használatát személyesen engedélyezem az ittléted teljes időtartamára.

– Nagyon köszönöm – mondta lelkesen Kilsza –, végre egy igazán komoly feladat számomra.

Kimondhatatlanul boldog volt és teljesen felvillanyozta ez a lehetőség. *Egy továbblépés nekem is saját fejlődési ciklusomban* – gondolta.

Szhuu közben odament az eszméletlen Teex Tuhoz és alaposan megvizsgálta. A komplett neurológiai rendszere komoly sérüléseket szenvedett, mikor levált róla a teljesen hozzánőtt teremtménye.

– Őt elvisszük a bolygónkra és rendbe hozzuk, ami látva jelenlegi állapotát, el fog tartani egy kis ideig. Tehát, neked is lesz időd itt rendezni az eseményeket – mondta mosolyogva Kilsza felé, aki már fel is öltötte a tudós alakját.

– Vigyétek a hajóra, addig én rendezem a Nagy Megmondót is.

Miután távoztak, a kis tudósnak álcázott Kilszával magához térítették a vallási vezetőt. Közben minden emléket kitöröltek belőle az MI-vel és a tudatbefolyásolással kapcsolatosan.

Telepatikusan ugyanezt tették az összes alkalmazottal is, így semmit sem vettek észre az egészből.

Szhuu elültette a Nagy Megmondó fejében a következő események teljes menetét, amit alkalmas pillanatban Kilsza majd előhív elméjéből.

– Ki maga? – kérdezte a magához tért vezér.

– Csak egy tudós kolléga látogatott meg, de már távozik is – közölte Kilsza az új alakjában.

Egymáshoz közel hajolva elbúcsúztak, és Szhuu elindult a társai után. Hamar elérte az űrhajót, és mikor eljött az este, észrevétlenül távoztak a bolygóról.

Szhuu szokásához híven kint feküdt a természetben, és mint minden komolyabb kaland után, most is azzal pihentette magát, hogy elmélyült a környezete sokszínűségében. Tudati átlényegülési játékával fává, majd virággá, repülő rovarokká, cseppenő nektárrá, vagy éppen a magasba suhanó madárrá alakult. Élvezte ezt a multidimenziós játékot. Semmi nem kerülhette el a figyelmét. A patakban fel-felbukkanó haltól kezdve a sercegve gördülő kövek, melyeket a víz sodor magával, éppolyan érdekfeszítő részei voltak a pillanatnak, mint a táplálékot magukon cipelő apró kis rovarok. A karján lévő, bőrére tetoválásként simuló speciális fémötvözetből készült tudattechnológiás karperec, mint vibrációs alapmodul, kiegészítve a jobb mutató ujján lévő kis fém gyűszűszerű irányítórésszel, tették lehetővé számára e tudati játék élvezetét.

A szíriusziak alapvető képessége az idő manipulációja, vagyis a többidejűség. Így bármely pillanatot, bármennyi ideig meg tudtak tapasz-

KIAS

talni. De egyszerre tudnak egy pillanatban több történést is átélni, különböző időtartamban.

De most valami különös dolog zavarta meg szokásos játszadozását. Mikor egy felette nagy magasságban lebegő hatalmas szárnyát szétterpesztő sast próbált a játékba bevonni, az hirtelen zuhanórepülésbe kezdett és elképesztő sebességgel közeledett felé. Megpróbálta kontrollálni, de ezt nem ő irányította. Meg is lepődött, ki, vagy mi tud ilyen hatásosan beavatkozni az általa átlényegített pillanatba. A madár már majdnem beleütközött, mikor hirtelen egy mellette heveredő alakká változott.

A fekvő alakban a klánok vezető papját az Idő Őrzőjét vélte felfedezni. Egyszer találkozott már vele, néhány ezer szíriuszi évvel ezelőtt, még egészen fiatal korában, egy előző testében, mikor a galaxis evolúciós rendszerek után kezdett érdeklődni. Ő is ott volt az első ismertetőn, ő mondta el bevezetőjében ezen tevékenység szépségét, és az ezzel foglalatoskodók hihetetlen felelősségére is rámutatott.

Most itt feküdt mellette civilizációjuk őre, és fogalma sem volt mit akarhat éppen tőle.

– Szhuu, figyelemmel kísértem már néhány száz megtestesülésedet, és szigorúan nyomon követtem a mostanit is – kezdte szinte teljesen szenvtelenül.

– Nem értem, miért ez a nagy figyelem irányomban? – kérdezte meglepődötten Szhuu.

– A te spirituális fejlődésed elérkezett arra a szintre, amikor már rád lehet bízni egy teljes galaxis evolúciós és karmikus programját. Lassan

88

te is betöltheted a Galaktikus Teremtői státuszt.
Erre pedig még nagyon kevesen voltak képesek a
szíriuszi történelemben.

– Szóhoz sem tudok jutni – mondta Szhuu. –
Mivel érdemeltem ki ezt az óriási megtisztel-
tetést?

– Az eddigi munkáid annyira jól sikerültek,
hogy az azokon fejlődő létformák spirituális
fejlődése messze megelőzte a többiekét. Különö-
sen ez az utóbbi nagyon meggyőzően végződött.
Így kérésemre a klánok úgy döntöttek, hogy
javasolni fognak erre a munkára. A másik, hogy
az Első Alkotótól kaptam egy üzenetet, és egy
rendkívüli feladatunk lesz a számodra, de a többit
majd a következő Nagy Klán Gyűlésen.

Ahogy ezt kimondta, abban a pillanatban
eltűnt, és csak egy kis kék szkarabeusz bogár
mászott az eddig a földön heverő alak helyén.

Szhuu sokáig nem tért magához. Ez hihe-
tetlen, hogy Ő Galaktikus Teremtő. De ahogy
forgatta magában a szavakat, egyre inkább össze-
olvadt velük. Igen Ő Galaktikus Teremtő. Már
csak a Nagy Klán Gyűlésre tudott gondolni.

4.

Szemfényvesztés

Lucifer:
Felfedezhetitek Zoéval együtt, hogy az emberek többsége milyen édes álomban alszik, cumival a szájában. Fel sem tűnik számukra, hogy megrágott műanyaggal etetik őket, miközben folyamatosan megy a félrevezetés, és az élvezeti cikkekkel történő tudatmódosítás.

1.

New York, 2012. december 12.

Zoé – ahogy a „hegyomlás" betessékelte Sam egyik limuzinjába – azonnal hívta apukáját.
– Szia, apu – kezdte, miközben a sírás fojtogatta.
– Mi a baj kislányom? – kérdezte azon a megnyugtató duruzsoló hangján.
Mióta Sammel van, ahogy a régi barátait, az édesapját is alig látta. Pedig állapota az elmúlt néhány évben fokozatosan romlott. Samnek köszönhetően szülőfalujától nem messze egy kedves kis otthonban vigyáztak rá és ápolták.
Mindennél jobban szerette volna látni édesapját. Érezte, hogy nem sok alkalma lesz már rá.

– Nincs semmi, apu, de Samnek közbejött egy nagyon fontos megbeszélés, és vele kell legyek.

– Semmi baj, kicsim, de nagyon szomorú a hangod. Van valami problémád?

– Csak szerettem volna veled lenni.

– Tudom, én is nagyon boldog lennék. De ne szomorkodjunk! Kislányom, ne feledd, nekem az a legfontosabb, hogy ti hogy érzitek magatokat. Azt pedig jól jegyezd meg, hogy nincs az a nemes szándék, ami fontosabb, mint az, hogy te boldog légy. Senki nem vár el tőled semmit. Te se várj magadtól olyat, amivel önmagadat ellehetetleníted. Csak azt tedd könnyedén és szabadon, ami boldoggá tesz, nem számít, hogy mit mondanak mások drágám – nyugtatta meg szokás szerint az édesapja.

– Köszönöm apu, te mindig erőt adsz, és nagyon jó vagy hozzám. Meg sem érdemellek. Ígérem, ahogy végeztem Dubajban, azonnal repülök hozzád – mondta, de az utolsó szavaknál már hangosan zokogott.

– Várni foglak.

Ez volt az a két szó, amit utoljára hallott az édesapjától.

2.

Dubaj, 2012. december 13.

Így hát Zoé feldúltan, de viszonylag kisi-
multan – ez utóbbihoz a repülő mini-bárjának
kiürítése is hozzásegítette – lépett ki a gépből
Dubaj örökké pezsgő repterén. Már vártak rá.
Míg a limuzinhoz tartott, újra elöntötte az a
különös lebegő bizsergés, mint néhány hete
Rióban, csak most nagyon gyengén. *Itt van ő is,
tudom, és megtalálom!* – gondolta. Ez az érzés kicsit
felrázta és optimizmussal töltötte el. Megállt.
Hagyta, hogy a langymeleg dubaji fuvallat letisz-
títsa gondolatait. Mélyen beszívta a párás friss
levegőt. Behunyta a szemeit. Teljesen jelen volt,
és csak az érzéseire figyelt. Érezte a zsigereiben,
csontjában, hogy más jó dolog is vár itt rá, nem
csak Sam és az ő fogdmegjei. Nem csak a kitar-
tottaknak járó luxus.

Biztos volt benne, hogy most nem szalasztja
el, nem siklik ki ismét a kezei közül a titokzatos
idegen. Beszállt a Zeppelin márkájú – még dubaji
viszonylatban is ritkaságszámba menő – óriás
fekete limuzinba.

Végighasítottak az Al Quds úton, egészen a
tengerparti körforgalomig, ott ráfordultak a ki-
lencvenkettesre, át a Jumeirah Roadon. Zoénak
fogalma sem volt, hogy Samnek hova kell ma
este megbeszélésre mennie, és miért olyan fon-
tos, hogy ő is vele legyen.

A sofőr tudja a dolgát. Hogy mutatkozott be? Kabir, Dabir, vagy Marir... nem is érdekel – motyogott magában.

„Ne tégy különbséget az emberek között. Bárkivel is vagy, mindig teljes figyelmeddel fordulj felé. Tiszteld a pillanatot, és amit egymásnak adhattok!" – hallotta fejében az öreg sámán nagyapja szavait.

Valójában Zoét sohasem érdekelte kinek mije van, és hogy néz ki. De az utóbbi időben Sam és környezete hatására annyira eltávolodott az emberektől, hogy a körülötte lévőkre lassan, csak, mint haszontárgyakra, eszközökre gondolt, akik meghatározott feladatokat csinálnak érte, neki.

Zoé egyre terhesebbnek érezte ezt az egész világot, ami Sammel rászakadt. Szerette a fiút, de mióta az apja üzleteit csinálta teljesen megváltozott. Mindig a munka, a pénz, a reprezentáció. Magát is csak egy díszes kitűzőnek érezte, akit néha Sam felvett egy előkelő partira. De valahogy ez eddig nem jött át neki ilyen mélyen, csak mióta ez a titokzatos öltönyös felbukkant. **Hányt magától,** ettől az egész nyálas képmutató közegtől, akiktől az álmai beteljesedését várta. Nem érdekelte kivel, és hol lesz a találkozó, kinek és miért nyalja a seggét Sam. Csak egy dolog számított: az idegen és hogy megtalálja.

A sofőr a visszapillantóba vigyorgott, megnyomott egy gombot, mire egy kis rejtett tálca csusszant ki Zoé elé, előre csíkokba rendezett kokainnal és egy pohár párás vodka tonikkal.

– Mr. Sam ajándéka! – mondta Mr. Telefog.

– Köszönöm, Damir…

– Abdir, Ms. Zoé – javította ki a sofőr, és tovább vigyorgott.

– Ja, persze Advil... – motyogta Zoé, száját erőltetett mosolyra görbítve, közben zavartan egy gombbal felhúzta a térelválasztó ablakot. Ott feküdt előtte eddigi vágyai netovábbja. Máskor, mint gyöngyhalász a friss levegőért, sietve szippantotta volna fel a lankás fehér csíkokat. De hirtelen kirázta a hideg, elfogta az ismerős bizsergés.

– Dugd fel magadnak ezt a sok szemetet! – mondta dühösen, és egy mély lélegzetet véve szétfújta a fehér port, amitől finom köd lebegett a kocsi hátsó részében, miközben könyökével leverte a vodkás pohár, s az a vastag bársony padlón landolt.

Soha nem tudott még ellenállni ennek a félórányi öntudatlanságot okozó gyönyörnek, mely ugyan rövid ideig, de elfeledtette vele nyomorult helyzetét. De a most felbukkanó érzés erőt adott neki, és ez nagyon jó volt. *Ezt a Zoét szeretem* – gondolta.

Igazából nem akart ő hatalmat és kapcsolatokat, előtte csak az a sok segítség lebegett, amivel hozzájárulhatna, hogy egy kicsit jobbá tegye rengeteg rászoruló életét. De az ár, hogy ő is olyanná váljon, mint akik támogatják, egyre inkább elborzasztotta.

Jöjjön, aminek jönnie kell, de ez a Zoé már nem az, akire Sam számít. Nem egy kitartott luxusbaba, nulla IQ-val, eltelve a körülötte lévő sok műanyagtól és műembertől – fogadkozott magában. *Már nem érdekel*

*hová tartok, csak az, hogy vissza ne essek félig öntudat-
lan, sok éve tartó rémálmomba.*

Hogy melankóliájából kiszakadjon, Zoé lenyi-
totta a limuzin plafonjáról a méretes kijelzőt,
amin épp az ő stúdiójának hírműsora ment. Két
zsíros hajú kockafej nyilatkozott a riporter hölgy-
nek, hogy ugyan amatőrök, de profinak számító
felszerelésükkel felfedeztek egy a galaxisunk felé
közeledő új üstökös csoportot. Követelték ered-
ményeik elismerését és széles körben nyilvános-
ságra hozását.

Az operatőr egy lepusztult garázsban be-
rendezett amatőr csillagászok és rádiósok, sörös
dobozokkal tarkított tanyáját mutatta. A monito-
rok és vízipipák között egy foszladozó foltos
kanapé hevert, amin épp egy malac aludt.

– A NASA nem veszi komolyan sem a két
önjelölt tudós követelését, sem a felfedezésüket,
mert amint később kiderült, komoly hallucinogén
szerek rabjai évek óta. Azóta sikeresen folyik a
két úriember rehabilitációja – szólt a riporternő
lágy, dallamos hangja. – Most az időjárásról
röviden.

– Inkább az egész emberiséget kellene rehabi-
litálni. Mintha nem lenne a világnak komolyabb
és lokálisabb gondja az űrbéli objektumoktól,
meg a drogosoktól – motyogta Zoé.

– Megérkeztünk, hölgyem – szólt a kis
hangszóróból hátra a sofőr.

Hagyta, hogy a sofőr kisegítse a limuzinból.
Az alkonyati fényben már ott fürdött egy hatal-
mas luxushelikopter, járó rotorokkal, rá várva egy
teljesen ismeretlen fura címerrel ékesítve.

– Mr. Sam a World Islanden várja önt, hölgyem – kiabálta kalapját tartva a sofőr. Azzal el is ment.

Zoé ruháját lefogva bebújt a helikopter hátsó ülésére. Hamar elhelyezkedett. Nem volt neki idegen a helikopteres környezet, hisz Rudyval sokat voltak terepen hasonlóban. Na, jó, ennek bársony ülései és mini bárja is volt. Egy fegyveres őr és egy ötven körüli rendkívül finom megjelenésű dubaji hölgy ült még bent. Zoé becsatolta magát, fejére vette volna a fülvédőt is, de ekkor a vele szemben ülő kosztümös hölgy leintette, hogy nem szükséges, és behúzta az ajtót, majd intett a pilótának, hogy felszállhatnak.

– Ms. Zoé, elnézést, de fölösleges a fülhallgató, ugyanis a legkorszerűbb hangszigetelési technika vesz minket körbe. Egy csecsemő is nyugodtan átaludna itt egy éjszakát.

Már jó magasan, a sötétbe boruló nyílt tenger fölött repültek.

– Ja, még egy kis formalitás – és a kosztümös odanyújtott Zoé elé egy tabletet, amin egy retina- és ujjlenyomatszkenner volt aktiválva.

– Ez mi akar lenni? – háborodott fel Zoé. – Erre mi szükség van?

A hölgy művigyora eltűnt, és erőltetett türelemmel negédesen válaszolt, miközben intett a pilótának. A helikopter érezhetően lelassult, szinte egy helyben lebegett tovább.

– Ms. Zoé, mint ön is tisztában van vele, a vőlegénye, Mr. Sam, és az ő családja igencsak befolyásos emberek. Itt legalább annyira befolyásos, hogy úgy mondjam, fontos emberekkel tárgyal. Nos, ott, ahová most meghívták Sam úr apját – aki sajnálatos módon nem tudott megjelenni, így fiát küldte maga helyett –, nagyon komolyan veszik a biztonsági intézkedéseket.

– És most be akar engem azonosítani, hogy tényleg az vagyok-e, akinek állítom magam? – tudakolta Zoé, és máris elege volt ezekből a nagyon fontos emberekből.

– Hát, igen, hölgyem.

– De mit tehetnék én itt a szigeteken? Ellopnám, felrobbantanám? Még a nyelvüket sem beszélem.

– Kérem, hölgyem, nyugodjon meg! – csitította a kosztümös.

– Én nagyon is nyugodt vagyok, és akkor leszek a legnyugodtabb, ha most szépen visszavisznek, és leszállunk. Hallja, vigyen vissza, megyek hajóval! – kiabálta Zoé az üveglap mögötti pilótának.

– Ms. Zoé. Nem hallja magát.

– És mi lesz, ha nem egyezem bele? – kérdezte Zoé. A nagydarab szótlan fegyveres hideg tekintetét fürkészte, majd a kosztümösre nézett, aki beszédesen a kint tátongó sötét mélységet bámulta. Zoé követte tekintetét.

– Aha! Szóval kidobnának, és egy pipa magának az éves biztonsági intézkedések kimutatásában.

– Szeretnénk, ha jól érezné magát nálunk – mondta a kosztümös és közelebb tolta a tabletet.

– Hát ezek után egész biztosan úgy lesz – mondta hidegen Zoé, és belenézett a retinaszkennerbe, majd az ujjlenyomatát is odaadta. Az

KIAS

eredmény persze pozitív lett. Szótlanul hátra-
dőlve, az ablakon keresztül, a távolba megjelenő
apró fényeket nézte.
– Még valami, hölgyem.
– Adjak nyálmintát is? – fordult vissza Zoé.
– Azt egyelőre nem, de ezt viselnie kell, míg a
szigeten tartózkodik. Ezzel mindig tudjuk, hol
van, és nincs-e valami egészségügyi problémája –
mondta széles művigyorral az arcán, és egy
fekete fémdobozból elővett egy bőrszínű szilikon
karkötőt, ami más körülmények között még
tetszett is volna Zoénak.
– Megnyugtatom, a szigeten mindannyiunkon
lesz ilyen. Még a házigazdánkon is.
– Ebben biztos vagyok – és felé sem nézve,
tartotta oda kezét a hölgynek, aki egy gyakorlott
mozdulattal felcsúsztatta csuklójára a karkötőt.
Egyből elkezdett villogni rajta egy halvány-
piros LED. A nő jelzett a pilótának, aki ismét
irányba fordította a gépet és továbbindultak.
Hamar a Föld kicsinyített mását formázó The
World Island fölött repültek. Fényárban úsztak a
kontinenseket formáló homokpadok, összekötve
hidakkal. A „mini" tengerek és óceánok pedig
„alá voltak aknázva" önfenntartó ledsorokkal. A
Föld északi részén, a dubaji Grönland környékén
hatalmas épületkomplexum nyúlt a csillagok irá-
nyába. Ezt a szigetegyüttest változatos jachtok
sorfala vette körül. Volt köztük olyan méretű is,
mint egy óceánjáró. Az ő gépük egy közeli pado-
zaton, egy sor magas pálma mögött landolt.

98

3.

Zoé végre kiszállhatott a helikopterből. A pálmák mögül látta az éjszakát messzire elűző mesterkélt, de mi tagadás, gyönyörű fényorgiát. Langyos tengeri szellő cirógatta tagjait. Úgy érezte végre jó úton jár. Nem tudta még pontosan miért, de az előbukkanó fénypászmákban, saját eljövendő reménysugarát látta.

– Nagyon nagy szeretettel üdvözli a jóságos Mr. Yussuf minálunk, Ms. Zoé – hajolt meg előtte egy fehér inges barna bőrű legényke.

Nyilván egy helyi londiner. A helikopteres középkorú hölgy még felé biccentett, miközben odaléptek hozzá hasonlóan pedáns kosztümösök aláírandó papírokkal.

Nem ő lesz a legjobb barátnőm – gondolta Zoé, és visszafordult a kis londinerhez.

– Az a Mr. Yussuf? – nyögte Zoé.

– Mr. Nagib Yussuf. Ő maga ugyan nem vesz részt a tárgyalásokon, de az esti fogadáson már találkozhatnak vele Ön és Mr. Sam is. Kérem, kövessen! – szólt és hátraarcot vágott.

Zoé kifújta a benntartott levegőt, és követte. Nagib Yussuf volt a Yussuf birodalom feje. A föld egyik nyilvánosan is elismert legtehetősebb embere. Az Egyesült Arab Emirátus egyik legbefolyásosabb személyisége. A hetvenes évek óta ő volt a kelet nagy építője.

Zoét odavezették Sam lakosztályának hatalmas faragott ajtajához. Meg sem lepődött azon, hogy Sam nem jött elé. Zoé lassan benyitott.

Vőlegénye épp egy asztalnál papírokat olvasott, mellette egy „karót nyelt" aktakukac várt. Egyikőjük sem figyelt fel a belépő lányra. Megköszörülte torkát.

– Szia – mondta Sam, majd folytatta az írást.

– Ennyi, hogy szia? – kérdezte Zoé.

– Mert, mit csináljak még? – kérdezte Sam fel sem nézve.

– Hát mondjuk, ha már ide rángattál, legalább felállnál és köszönnél úgy, mintha a menyasszonyod lennék. De már egy hátba veregetéssel is kiegyeznék.

Sam türelmetlenül összecsukta a dossziét.

– Majd befejezzük lent a gyűlésen, Alfons, köszönöm.

Titkára a hóna alá csapott papírköteggel távozott.

– Zoé, megint cirkuszolni akarsz? Ezért jöttél?

– Te hoztál, nem jöttem.

– Nézd, tusolj le, öltözz át, a ruhád a méretedre szabva ott vár a lakosztályodban, és gyere le az aulába – közölte tárgyilagosan Sam, és felállt.

Megszokásból átölelte Zoét. Nem mintha a lányt annyira fűtené a szerelem, de ilyen hideg ölelésben még Samtől is ritkán volt része. A férfi kiment az ajtón. Zoé egyedül maradt az „ezeregy éjszakát" idéző szobában.

– Hogy utaztál, Zoé? Köszönöm jól – motyogta Zoé. – Hogy utaztál, kedvesem? Ne haragudj, amiért nem engedtem, hogy elmenj apádhoz. Semmi baj – folytatta magával a társalgást –, végül is csak a tengerbe lökéssel fenyegettek a barátaid, ha nem engedem magam pórázra

kötni, de ez belefér. Teérted? Mindent, Drágám!
– Zoé felkapott egy feltehetően több luxusautó
árával felérő kristályvázát és az ajtóhoz vágta.
Arcát egy párnába fúrva zokogni kezdett. – Te
rohadék!

– *Mi az, ami az angyalok italát kicsalja belőled? –
kérdezte gyerekkorában nagyapja, mikor összeveszve a
többiekkel, a homokba térdére hajolva keservesen sírt.*

– *Nem értenek meg, nem szeretnek – válaszolta
könnyeit törülgetve.*

– *Te értsd meg és te szeresd magad először, utána ők
is fognak.*

*Valóban utálom magam ezért a helyzetért, ezért a
kényszeredett kapcsolatért. Azért, hogy másoknak segít-
sek, teljesen kifordultam önmagamból. Ez nem mehet így
tovább!* – gondolta.

– Mivel szolgálhatok, hölgyem? – jött be fejet
hajtva egy turbános szolgáló.

– Egy normális férfival, és egy másik élettel! –
kiáltotta a párnába Zoé.

4.

Lent a hallban, ami felért egy futballpályával, hatalmas csillogó-villogó, vállba veregetős, mosolygós tömeg zsibongott. Zoé örömmel látta, hogy valóban mindenkin, még a szolgálókon is villog karkötő.

– Zoé, drágám – Sam karolta át.

Mifene, tud normálisan is szólni – gondolta a lány.

– Nemsoká kezdődik a mai nap utolsó megbeszélése zárt ajtók mögött. Addig foglald le magad!

– Rendben. Feltalálom magam. Mr. Yussuf is itt van?

– Nem akarsz most itt ugye senkit sem meginterjúvolgatni? – nézett rá rosszallóan Sam.

– Nem, dehogy.

– Mr. Yussuf csak a vendéglátója, de nem részese az itteni tárgyalásoknak. Bőkezűségét tisztelettel kell élveznünk. Neki máshol akadt dolga, és már el is hagyta a szigetet. Viszont a díszvendége itt maradt, és ő vezényli a nagygyűlést, amiről el is késtek, ha tovább beszélgetünk. Amúgy mit akartál Mr. Yussuftól?

– Csak gondoltam…

– Ne gondolkodj, drágám! Majd jövök…

Sam Zoé kezébe nyomta italát, és felszaladt sok más férfi társával egyetemben a vörös bársonnyal borított márványlépcsőn.

Sok szánalmas önimádó egoista, kik közösen hódolnak uruknak, a pénznek és a hatalomnak – gondolta Zoé.

A teremben csak kísérők, és a kiszolgáló személyzet maradt. A tömeg megfeleződött. A fehér, hímzett inget viselő ajtónállók kitárták az ébenfekete faragott ajtószárnyakat, hogy a férfisereg beözönölhessen rajta. Miután mindenki bejutott, akinek kellett, behajtották az ajtókat. Zoé tekintete követte Samet, aki elveszett a forgatagban, de ekkor az ajtón túli terem túlsó végén a pulpitusra fellépett egy alak. Egy férfi, kinek nézését millió közül is megismerné. Szíve a torkában dobogott. Csak a másodperc törtrésze volt, hogy tekintetük találkozott a „marhacsorda" fölött, de Zoénak ismét meg kellett kapaszkodnia a lépcsőkorlátban, mert lábai elerőtlenedtek attól az érzelmi impulzustól, amit e férfinak már csak a látványa is gerjesztett benne.

Itt van, megtaláltam, ő az. Az Öltönyös. Az Öltönyös a riói konferenciáról. A fényképről. És most ő vezeti a világ gazdasági vezetőinek gyűlését. Ki vagy te?

Tudnom kell!

Az ajtók bezáródtak. Kettévágták a pillanatot. Sam azt mondta, foglalja le magát. Hát le fogja. Be kell jutnia a gyűlésre. Egy pincér odalépett hozzá.

– Hölgyem! Jól van?

– Persze, köszönöm! – Zoé felállt. – Nem tudja, merre találom a dohányzóerkélyt?

– Dohányzóerkélyt?

– Igen. Azt láttam, hogy a földszinten hol van, de én gyönyörködni szeretnék az éjszakai látványban egy cigi közben, így inkább a fentire mennék.

– Érthető hölgyem. Nos, menjen fel itt a lépcsőn jobbra, aztán a folyosón jobbra a második üvegajtó. Biztos lesznek már ott mások is.

– Köszönöm – mondta kedvesen.

Zoé arra volt kíváncsi, hogy talál-e nyitott erkélyajtót odafönt, a gyűléseremmel egy szinten. Mert akkor már közelebb lesz, hogy bejusson oda. A dohányzóerkélyen valóban sokan voltak. Zoé túlment rajtuk. Próbálkozott a következő erkélyajtón kimenni, de az zárva volt. Pedig a szomszédos erkélyről már ráláthatott volna a gyűlésteremre. Visszament hát a dohányzók erkélyéhez. Nincs más választása.

Improvizálnia kell.

– Elnézést, nem látták a férjemet!? – kiáltotta el magát.

– Miért? Valami baj van kedves hölgyem? – kérdezte egy hozzá közel álló öregúr Zoé aggodalmas képét látva.

– Baj az nincs, csak lent mondták a pincérek, hogy egy percen belül szolgálják a hidegtálas meglepetésfogást, a tetején szilvalekváros kaviárral, a tűzzsonglőrök előadása után. És a férjem nagyon szereti az ínyencségeket és hát...

– Jó ízlése van a férjének – fordult felé az öregúr. – Én magam is kedvelem a kaviárt. Megyek is, hátha jut még nekem is – mondta, azzal elindult. A többiek hasonlóképpen követték példáját.

Zoé örömmel konstatálta, hogy mindenkinek felkeltette az érdeklődését a meglepetéskaja a zsonglőrökkel. Rövidre csomózta szoknyáját, és már ki is lépett a széles korláton. Igazán közel

volt a másik erkély, ami teljesen üresnek tűnt.
Mellette helyezkedett el az utolsó, a tanácste-
rembe vezető erkély. Oda is könnyen átmászott.
Szerencsére ott sem talált senkit. Rálapult az
erkélyajtóra. De azt belülről függöny takarta.
Csak csipkébe szabdalt árnyakat látott. Elnézett a
pulpitus felé, ahol a díszvendég, az Öltönyös
kellett, hogy legyen. Ott állt. Ugyan Zoé csak
elnagyolt formákat látott, de neki ez is elég volt,
hogy hevesebben verjen a szíve. Tudta, érezte,
hogy Ő is őt nézi. Zoé kezei elkezdtek remegni,
nem bírta elviselni a férfi szemeiből áradó for-
róságot. Tekintetét elszakította a sötét alakról.
Homlokát a hűvös üvegnek nyomta.

– Zoé, viselkedj! – oktatta ki magát. – A vőle-
gényedhez jöttél Dubajba, nem szépfiúk után
kajtatni.

– Sok mindent mondtak már rám, de hogy
szépfiú… – dörrent Zoé mögött egy mély férfi-
hang.

Zoé megpördült. Az Öltönyös támaszkodott a
korlátnak, és karba font kézzel Zoéra mosoly-
gott.

– Hogyan…? – Zoé meglepettségében meg-
botlott az ajtó melletti virágos kosárban.

Egyensúlyát elvesztve nekiesett az erkélyajtó-
nak, ami kinyílt és a lány már zuhant is befelé a
gyűlésterembe. Egy vergődő molylepkére hason-
lított, ahogy a függönybe belegabalyodva bebucs-
kázott. Olyan szerencsétlenül esett, hogy fejét
egy karosszék karfájába beütötte, és elájult. Így
legalább ráért később szégyenkezni. A vendégek
meglepetten a kitárult erkélyajtóra meredtek. Sam

hátrapillantva meglátta a hanyatt bezuhanó jegye-
sét, és mögötte az erkélyen álló díszvendéget.

— *Mit képzel ez magáról?* — gondolta. — *Zoé az
enyém, az én tulajdonom. Ezt még nagyon megbánja!* —
fortyogott magában.

5.

Zoé a padlón tért magához, felpárnázott fejjel
és lábbal. Ébredése édes és megnyugtató volt.
Már tudta is, hogy miért, még mielőtt kinyitotta
volna a szemét. Érezte, hogy az Öltönyös még
mindig a közelben van. Igazából ki sem akarta
nyitni a szemét, mert onnantól újra rázuhan a
hétköznapi valóság, és magyarázkodhat. Még
mindig a gyűlésteremben voltak, ami eddigre már
kiürült, a megbeszélés rég véget ért. Talán épp
Zoé zárta le. Végül csak kinyitotta a szemét, és
visszatért a valóságba. Ezzel együtt nyilalló fájda-
lom is bekúszott Zoé tudatába. A feje zsibongott,
de a lába az cefetül fájt. Néhány felszolgáló, és
vendég vette körül. Sam nem volt köztük. – *Kinek
is hiányzok?* – gondolta a lány. Viszont az Öltö-
nyös a lábától nem messze állt, a háttérbe vonul-
va figyelte a lányt.

– Mi van a jobb lábammal? – kérdezte a körü-
lötte tevékenykedőt, mert a pulzáló fájdalom, ami
onnan áradt kezdett elviselhetetlenné válni.

– Valószínűleg eltört – mondta a sportos, pi-
ros inget viselő öregúr, aki épp a lába alatti zakót
igazgatta, próbálta felpolcolni a sérült végtagot.

Zoé erre felszisszent.

– Bocsánat, hölgyem! Sportorvos voltam.
Tudja a legjobb most megvárni, míg a mentők
megérkeznek.

– Köszönöm – mondta Zoé. Miközben sze-
mét az Öltönyös férfin legeltette, aki szintén csak
őt nézte mereven, elgondolkozva.

Többen is odaléptek a férfihoz, de egy kézlegyintéssel mindet elküldte, mert ő csakis Zoét nézte szenvtelenül. *Vagy épp aggodalmasan?* – gondolta Zoé.

Zoé háta mögött jobbra meghallotta Sam hangját, amint élénken beszélget a sarokban néhány emberrel a tokiói merevlemez gyárak részvényeinek felvásárlásáról. Ahogy kifogyott belőle a szusz, rápillantott az ébredező Zoéra is. Látta, hogy a lány az Öltönyöst bámulja. *Még folytatni mered ezek után is?* – robbant fel dühe, és azonnal otthagyva vitapartnereit, fontoskodva félrelökte a lány körül állókat. Az egyik szolgáló épp hideg vizes ruhával szaladt be. Sam kitépte a kezéből, mintha ő hozta volna.

– Jövök, drágám! – kiáltotta.

Zoé először nem is reagált. Nem volt hozzászokva ehhez a megszólításhoz.

– Ilyenkor vizes ruha kell a sérült testrészre! – folytatta Sam.

A víztől tocsogó rongyot először Zoé homlokán éktelenkedő dudorra csapta. Zoé belekönynyezett a hirtelen lüktetésbe. Majd a lány sérült lábához ugrott. Zoé nagyon megijedt.

– Mit csinál, uram? Várjuk meg a szakembereket! – mondta a piros inges.

Sam őt is félrelökte.

– Ő az én menyasszonyom. Hagyja békén! Én tudom, mi kell neki! – hadarta.

Amikor a felpolcolt lábhoz hajolt, Zoé szeme kikerekedett a rémülettől.

– Lehet, csak ficam. Azt pedig helyre kell
rakni, mihamarabb – és Sam alányúlt a jócskán
bedagadt, lilásan elszíneződött lábnak.

– Sam! Ezt nem biztos, hogy kellene… –
rebegte Zoé, az ájulás határán.

– Hagyja békén! – dörrent az ellentmondást
nem tűrő basszus a sötét sarokból.

Sam zavartan odanézett. Zoé párja szemében
először meglepettséget, majd dacot látott.

– Magának ehhez semmi köze! Ne akarjon
további problémát a barátnőmnek, hisz erről is
maga tehet! Tudom, mit csinálok – mondta, azzal
felemelte Zoé duzzadt lábát.

A lány felsikított a fájdalomtól.

– Hagyja békén! – mondták aggodalommal
egyszerre többen is körülöttük.

Az Öltönyös nem szólt csak közelebb lépett.
Sam szemébe fúrta acélos tekintetét. Zoé nem
tudta eldönteni, hogy csak képzelete játszott vele,
vagy tényleg látott az Öltönyös szemében valami
kis vörös villanást. A lényeg, hogy Sam mozdu-
lata megmerevedett. Majd lassan visszaengedte
Zoé lábát. Felemelkedve, végig bambán a Zoé
lábánál álló Öltönyös szemét nézte. Mint egy
bábu, levette Zoé fejéről a csöpögő ruhadarabot.

– Azt hiszem, inkább magamat kell lehűtenem
– mondta félig öntudatlanul Sam.

– Egyetértek – hagyta helyben az Öltönyös.

Azzal Sam zombi módra arrébb botorkált,
leült a legközelebbi karosszékbe, saját homlokára
terítette a borogatást, lehunyta a szemét, és han-
gos horkolásba kezdett. A társaság döbbenten
nézte végig a kis jelenetet. Az Öltönyös leguggolt

Zoé egyre rondább lábához. A bolond is látta, hogy ez belső törés. Az Öltönyös alácsúsztatta kezét – az ő mozdulata ellen senki nem tiltakozott, és Zoé sem félt –, a másikat pedig fölé tartotta, mintha megfogná. De a lány érezte, hogy nem ér hozzá. Fizikálisan nem fogta meg, lába mégis kissé megemelkedett. *Biztos a fájdalom csalja meg érzékeimet* – gondolta. De nem bánta, mert lábát, hűvös zsibbadás öntötte el. A fájdalom azonnal megszűnt. Egész lényét áthatotta az Öltönyösből áradó extatikus szeretethullám. Zoé érezte, amint a csontok helyre csúsznak. Nem fájt neki. *Biztos az adrenalin* – merengett. A lány szép lassan elkezdett visszasüllyedni a jótékony eszméletlenségbe. Még halványan látta, amint a mentősök berohannak a terembe, és először a kiterült Samhez ugrottak oda. Zoé biztosan érezte, hogy neki már nincs szüksége semmilyen ellátásra. Az Öltönyös valamit csinált a lábával, és az jó volt. Már nem számított, hogy mit tesznek vele, hagyta, hogy a mentősök bekötözzék. Az ájulás határán beugrott neki, hogy valami hiányzott az összképből. Az Öltönyös gyógyító kezein nem az egyen szilikon karkötő volt, hanem egy csillogó fémkarika, ami különös köveket zárt magába. Mikor visszanézett a hordágyról, a férfi már eltűnt. Zoé elájult.

– De hol van a szilvamártásos kaviár, meg a tűzzsonglőrök? Az a hölgy, ott a hordágyon, azt mondta, lesz az is… – állt félre a mentősöknek utat engedve egy szuszogó, texasi kalapos befektető.

6.

Dubaj, 2012. december 14.

Zoé a lakosztályában ébredt újra fel. Sam idegesen strázsált mellette. De ahogy meglátta, hogy Zoé magához tér, egyből nekiesett.

– Láttam ám, hogy néztetek egymásra – dünynyögte az orra alá, miközben Zoé kitört sarkú cipőjét forgatta. Ez volt a lány dagadt lábán előző este.

– Mi van? – ült fel Zoé.

– És azt is láttam, hogy együtt voltatok az erkélyen.

– Kivel, Sam?

– Most akkor játsszuk a hülyét? – hergelte magát Sam.

– Ja, ahogy azt te tetted este a teremben – Zoé végre helyrerakta magában a dolgokat, és fentebb ült. – Amúgy köszönöm aggodalmadat, jól vagyok, nem, nem fáj már semmim... – gúnyolódott a lány, közben a komódra kirakott vízért nyúlt.

– Leszarom, hogy hogy vagy! – azzal kiverte Zoé kezéből a poharat. – De ha még egyszer így szégyenbe hozol... és nem bírsz megülni azon a kerek kis seggeden...

– Akkor mi lesz? Na?

– Biztos, hogy elfelejtheted a dakotai majomneveldének szánt pénzemet.

– Az egy nevelőotthon árváknak.

– Hát ezt mondom én is. Majomnevelde. Sok kis ingyenélő...

– Ne beszélj így, Sam!

– Úgy beszélek, ahogy akarok. Te meg végig-hallgatsz. Amúgy is mi a ménkűt csináltál te azon az erkélyen? Jobban mondva mit csináltatok Mr. Jólfésülttel?

– Mi a rendes neve? – kérdezte Zoé.

– Olyanokkal hetyegsz, akinek még a nevét sem tudod? – vigyorgott gúnyosan Sam. – Lényegtelen.

– De komolyan.

– Nem számít, hogy hívják. De a te orrod jól kiszimatolta a hatalmat, mivel itt mindenki, de még a jelen nem lévő államfők is kalapoznak neki. Nyalják a seggét mindenfelé.

– Azt észrevettem – motyogta Zoé.

– Én nem tudom, hogy hívják – folytatta Sam –, de sokat hisz magáról, az biztos. Ha tudná, amit én tudok…

– Mert mit tudsz te, Sam?

– Hogy mit? – Sam szemében a düh helyét átvette valamiféle bizonytalan révetegség. Mint amikor egy kisgyereket a mesebeli csoki ország-ról faggatnak, amit csak ő látott. – Hagyjuk – tért vissza a földre.

– Szerintem is – zárta le a vitát Zoé.

Sam is befejezte, forrongva felállt, és kiviharzott.

Kint kissé felhős, de csodálatos idő volt. A hétvégi üzleti tárgyalásokra meghívottak java része vagy visszautazott a kontinensre másnap reggel, vagy már Dubajt is elhagyta. Sam az apjától kapott feladatait nem intézte még el teljesen itt, a World Islands-on, így még egy éjszakát kénytelenek voltak maradni. Zoénak igazából homályos volt, mik is a titokzatos tárgyalások témái, és Sam intéznivalói. Őt hidegen hagyta, Sam pedig soha nem avatta be üzletei részletébe. Jobb is volt így mindkettőjüknek. Zoé csak támogatást szeretett volna az általa patronált árváknak, és az idősotthonnak.

A lányt tolókocsiban kitolta az egyik szolgáló egy minigolf-pályává alakított kis szigetre. Nem akarta felfedni tegnapi különleges gyógyulását, és még ő sem volt benne biztos, hogy valóban teljesen rendbe jött a lába. Számára is képtelennek tűnt ez egész. A szigetecskét ellepték a golfozni vágyók. Körülöttük szélfogó paravánok álltak. Ahol elfogyott a mesterséges takarás, onnan a tengerben fürdőzők zsivaja kelt szárnyra. Rajtuk túl pedig jetskizők hada száguldozott a kontinensek kicsinyített másai között. A Zoét kitoló szolgáló adóevevője megszólalt. Valamit hadarni kezdett helyi nyelven.

– Elnézését kérni, hölgyem, sietek vissza – azzal magára hagyta a lányt.

– Hé, ne hagyjon itt!

Zoé – elfeledkezve magáról – majdnem felállt. Olyan jól volt a lába, hogy simán rá tudott volna nehezedni, de akkor hitelét vesztette volna, az amúgy valóban természetellenesen gyorsan gyógyuló törése. Viszont a tegnapi esőtől átázott, puha talajba a tolókocsi kereke besüppedt, irányíthatatlanná vált. Meg sem mozdult. Zoé nem tudott mit tenni, várt. Ekkor egy golflabda gurult a lába elé. Majd követte a gazdája is. Az Öltönyös

volt az. Zoé egész testében izzadni és remegni
kezdett.

– Mindketten jól tudjuk, hogy arra a kötésre
már semmi szükség nincs – bökött a magas alak
Zoé lábára.

– Ez igaz – felelte a lány. – Mit csinált a lá-
bammal? Egy éjszaka alatt, vagy talán még annál
is hamarabb összeforrt a csontom. Hogy került
tegnap egyik pillanatról a másikra a hátam mögé
az erkélyen? Ki a csuda maga?

– Az nem lényeges.

– Ott van minden fontos közéleti és titkos
eseményen, negyven évre visszamenőleg. Amiről
én tudok legalábbis. Mindenki félelemmel vegyes
tisztelettel beszél önhöz és önről. Senki nem
tudja az igazi nevét.

– Az sem fontos.

– Ki maga? – Zoé erőt vett magán és tekinte-
tét a legszebb férfi szempárba fúrta, amit valaha
látott. Már nem is érezte testét, szinte lebegett,
ahogy átjárta a férfiből rá zúduló energia.

Hevesen megborzongott.

Ekkor éktelen ordítozás és visítás csattant fel
a fürdőzők felől. Egy elszabadult gazdátlan jetski
száguldott a fürdőzők közé.

– Beragadt a gáz, vigyázzanak! – ordított a
lemaradt gazdája, és csak a fejét fogta kétségbe-
esésében.

A gép épp a tengernek háttal ülő kisgyerek
felé tartott, aki homokvárat épített. Anyja a kok-
télos pulttól visítozva rohant érte, de többször is
elesett a süppedős homokban.

– Úristen! – kapta szájához kezét Zoé.

– Isten? Ehhez neki semmi köze – mondta az öltönyös, és egy kézlegyintésére – amit csak Zoé látott – a jetski hirtelen, minden logikus magyarázat nélkül irányt váltott, majd leállt.

Senkinek sem esett baja. Az anya feldúltan kapta ölébe kisfiát, aki értetlenül meredt anyja érzelmi kitörésére. Az Öltönyös visszafordult Zoéhoz, aki tátott szájjal meredt rá.

– Hol tartottunk?

– Ki a fene maga? – kérdezte a lány.

– Jöjjön el este a hátsó szökőkúthoz! – mondta, nem hajolt le, a golflabda engedelmesen fellebegett a kezébe, majd zsebre vágta.

Visszaindult a játékostársaihoz.

– Nem tehetem. Tudja, a párom Sam már így is…

– Legyen ott, Zoé! Én is kíváncsi vagyok magára… – kiáltotta hátra sem nézve, aztán elnyelte a nagykutyák pitiző gyűrűje.

– Tudja a nevemet!? – motyogta maga elé Zoé.

7.

Sam és Zoé aznap este is a központi étterem-
ben vacsoráztak. Zoé a szobájában hagyta a toló-
kocsit és a kötést is. A homlokán már csak egy
réteggel vastagabb púder emlékeztetett a tegnapi
malőrre. Már nem foglalkozott a látszattal, túl kis
ember volt ő itt ahhoz, hogy bárkinek feltűnne
hirtelen gyógyulása.

Az étterem tele volt. A pódium felől kellemes
soul zenét játszott egy öttagú néger hangszer
virtuózokból álló zenekar. Akár a színházakban,
itt is voltak VIP helyek. *Érdekes* – gondolta Zoé –
, *egész Dubaj egy megtestesült VIP, és még itt is ugyan-
úgy működik a hierarchia.* Ő és Sam bizony nem
ebben a kivételezetteknek szánt szektorban ültek.
Ezért Sam dohogott is egy darabig – igazából
Zoé sem értette, hogy miért nem ott kaptak
asztalt, hisz Sam családja a világ száz leggazda-
gabb famíliái közé tartozott.

– Csak nem akarják, hogy felfigyeljenek rám.
Mondjuk a sajtó. Ezért ültettek kevésbé feltűnő
helyre – nyugtatta magát Sam.

De pár gin után lehiggadt, az alkohol hatására
eltűnni látszott elégedetlensége. A második fo-
gásnál jártak. Csámcsogott, és elismerően hüm-
mögött minden falatnál. Zoé ezt látva hol a sírás,
hol az öklendezés kerülgette. Végre – a kábító-
szerek, a pirulák és az alkohol tudatmódosító
hatása nélkül – tisztán látott. Soha nem volt
ennyire bizonyos a dolgában. *Én és Sam nem léte-
zik többé. Nem leszek a felesége, valahogy újrakezdem,
inkább a munkámmal és elhanyagolt szeretteimmel fog-*

*lalkozom, mint ezzel a lélekalacsonyító nyálas behízel-
gővel* – merengett.

Egyfolytában a galériaszerűen kialakított részt
kémlelte. Az arab és egyéb származású előkelő-
ségek társaságában keresett egy alakot. Gyanúja
beigazolódott. Most is központi helyet foglalt el
az ő Mr. Anonymusa, az Öltönyös. Az este
folyamán állandóan az ő tekintetét kereste. Ez a
már jócskán kapatos Sam figyelmét sem kerülte
el. Egy darabig még tűrte, hogy jegyese miként
epekedik az Öltönyös iránt. Végül nem bírta
tovább. Felpattant az asztaltól. Gyorsan kiemelte
a jégből a gint – Zoé soha nem hallott erről a
márkáról, de a felirat szerint legalább harminc
éves párlat volt – és esetlenül, billegve töltött
Zoénak.

– Idd meg! – lökte elé a poharat, ami persze
bőven kilöttyent.

– Sam, kérlek, ülj le!

– Azt mondtam, idd meg! – erősködött a férfi.
– Szükséged lesz rá.

Majd töltött magának is, de alkoholos ügyet-
lensége folytán a poharat fellökte, így hát egy
vállrándítás után az üvegből itta ki a maradékot.
A pincérek, látva esetlenkedését, óvatosan köze-
ledtek. Zoé ivást mímelve belekortyolt az italba.

– Gyere Zoé! Mennünk kell! – fogta meg a
lány karját.

– Au! Ez fáj, Sam! És még be sem fejeztem az
evést.

– Majd felvitetjük a lakosztályodba. Most
gyere! Hadd mutassak valamit! – mondta, végül
elengedte a lány karját, és szúrós pillantásokat

vetve az Öltönyös irányába, kicsámpázott az étteremből.

Zoé lassan követte, sűrű elnézések közepette az étel és a szétfolyt ital romjait eltüntetni igyekvő pincérek felé. Reménykedve még ő is az Öltönyös felé nézett, de Sam visszanyúló durva keze szabályosan maga után rántotta.

A szálloda melletti helikopterig ráncigálta. Sam valami kód félét, egy számsort motyogott a mindig készenlétben álló pilótának, aki megértette és nyomban a magasba szállt. Átrepült velük egy kevésbé ismert, de ugyancsak kivilágított szigetre. Leszálltak, és átültek egy limuzinba. A sziget jelentéktelennek tűnő, hivatalos épületekkel volt telezsúfolva. A helikopterben és a limuzinban, az ott fellelhető készletekből Sam tovább folytatta a vedelést, és a már Zoé által is ismert kis rejtett tálcán sorjázó fehér csíkocskákból is szippantgatott. Zoé a heves invitálás ellenére sem élt a kínálkozó lehetőséggel.

Leszámoltam velük, mint ahogy veled is – gondolta.

Sam egy teljesen valószínűtlen helyen megállította a kocsit, és maga után húzva a lányt, átvágott egy parkosított részen.

– Azt hiszed, hogy én csak a napot lopom a tárgyalásokon? – hadarta Sam, miközben batyuként cibálta a lányt.

– Azt hiszed, én csak a lőcsöst rázom? Zoé? Hm? – folytatta.

– Mi bajod van, Sam?

– Neked van bajod! – köpködte Sam. – Neked nem vagyok elég férfi.

– Mi van? Te részeg vagy – mondta Zoé.

– Az biztos, de most megmutatom neked, hogy…

Sam megtorpant egy márványlapokkal kirakott kis tisztáson, aminek közepén egy szolid szökőkút csörgedezett. A szökőkutat rendezett formában hol téglatest, hol kocka alakú márványtömbök vették körbe. A megfáradt hivatali dolgozók, vagy turisták nyilván ezeken költötték el uzsonnájukat, megpihenhettek egy kicsit a dubaji túrájuk során.

– Hogy mi?

– Hogy mit is tudok én, amit rajtam, a családomon, és még néhány beavatott emberen kívül senki sem tud. Még az a piperkőc majom sem, akit napok óta figyelgetsz.

– Én nem figyelgetek…

– Hagyjuk ezt! Részeg vagyok, nem hülye. És most állj távolabb, és maradj csendben.

Sam félrehajította a kiürült üveget, és nekiveselkedett az egyik tömbnek. Zoé már hívni akarta a mentőket, hogy a vőlegénye teljesen bedilizett, mikor a tömb megmozdult, és Sam arrébb tolta. A férfi vagy szupererőre tett szert a gintől, vagy valami rejtett mechanizmus segített a hatalmas súlyokat mozgatni. Valószínű az utóbbi, mert nem egy asztalként funkcionáló több tonnás márványtömböt is arrébb taszigált. Ekkor megpihent és a szökőkút oldalának dőlve lihegett. Zoé dermedten várta mi lesz a bemutató vége.

– Tizenhárom, huszonnyolc… – motyogta Sam maga elé.

Semmi nem történt.

– Tessék? – kérdezte a lány, de Sam nem figyelt rá.

– Mondom tizenhárom, huszonnyolc! – kiáltotta most már, a szökőkút magasított oldalát püfölve. – Várjunk csak... – törte a fejét. – Ja, tizenhárom, huszonhét!

Ekkor Zoé is tisztán érezte, hogy a talajban valamilyen gépek indulnak be. A szökőkút vize elállt. Sam felmászott a díszfal legmagasabb pontjára és leugrott a még hullámzó víztükör irányába. Zoé száját rövid sikoly hagyta el, de feleslegesen. Bár ha a három méteres magasságból Sam tényleg leesik a húszcentis vízrétegre, valóban még nyakát is szeghette volna. De ez nem történt meg, mert Sam testét láthatatlan erő, elektromágneses párna tartotta meg a levegőben, mely a vízsugarak helyéről tört elő. Miközben a férfi magabiztosan röhögött Zoé rémületén, a középső fúvókából egy holografikus piramis emelkedett ki. A felső csúcsköve fényesen villogni kezdett.

– Ja, majdnem elfelejtettem – mondta Sam, és elővett öltönye oldalsó zsebéből egy kis ékszerdobozt.

Kinyitotta, de alkoholtól elveszett reflexei híján majdnem le is ejtette a benne lévő felbecsülhetetlen értékű gyűrűt. A rendkívüliségét nem a fehér arany, és a rajta lévő gigászi kristály adta, mert azt még valahogy be lehetne árazni. A legfőbb értéke az volt, hogy ebből csak néhány tucatot lehet találni a bolygón, és ez egy titkos társaság belépőkártyája. Hamarabb engedi tulajdonosa, hogy elvegyék az életét, mint hogy odaadja ezt a kincset. Sam is csak úgy jutott hozzá, hogy a házi széfjükből apja tudta nélkül kölcsön- vette. Felemelte a gyűrűt és a kristályt lefelé fordítva – ahogy legutóbb apjánál látta –, ráhe- lyezte a piramisra.

– Jogosultság beazonosítva, választott kísérő- vel beléphet – szólt egy mély géphang a fák közül.

Zoé úgy hallotta, hogy egyszerre szól minden- honnan. Samet a mágneses erőtér finoman a szökőkút aljára helyezte. Zoé megindult felé.

– Maradj még! – csattant fel Sam.

Még időben, hisz épp Zoé orra előtt nyílt fel a márványlapos talaj, több méter szélességben. Vörös fény áradt bentről, és a padlón futó zöldes sáv mutatta lefelé az utat. Miután Zoé szeme hozzászokott a fényekhez, látta, hogy egy széles rámpa vezet a föld alá, sok-sok méter mélyen. Sam Zoé mellett imbolygott.

– Esküdj meg, hogy soha senkinek nem beszélsz erről! – mondta Sam Zoé karját markol- va.

– Esküszöm – mondta Zoé, és kiszabadította magát a férfi kezei közül.

Erre Sam a kezét a szája elé szorítva, elrohant és hányt egy kiadósat a fák között.

– Ez az émelyítő lebegés kimaradhatott volna – mondta és a száját törölgette. – Most gyere! – mondta Sam, és elindult lefelé.

Zoé még gyorsan körbe kémlelt, hogy nem látta-e őket valaki. Az éjszakai park nyugodt és csendes volt, így óvatosan lépkedve Sam után eredt.

Odalent a fenti világhoz hasonló konferencia-
termek, szobák, bárok és étkezők, sőt medencék
és jakuzzik is sorakoztak.

– Légy üdvözölve a világot irányító titkos
társaságok egyik főhadiszállásán, aminek teljes
értékű tagja vagyok magam is – mondta Sam és
színpadiasan meghajolt.

Persze az apja érdemeivel dicsekedett, de ezt
nem kellett Zoénak tudni.

– Így néz ki a kulcs, a rajta lévő számmal, ami
a kisebb bázisokra elegendő azonosító.

És zsebeiből előkotort egy másik platina
háromszöget, középen egy szemre emlékeztető
vörös rubinnal, vésett számokkal a hátoldalán.
Ez is mágneses, a megfelelő helyre berakva, a
kódot beütve működik. Zoé kezébe vette, és
azonnal táskájába csúsztatta. *Jó lesz még valamire* –
gondolta.

– Kik ezek? Miről beszélsz Sam? Mi ez az
egész? – terelt Zoé.

– Csak nem hitted, hogy a bolygót azok a
szerencsétlen, nagyképű politikusok irányítják.

Itt a földalatti klimatizált hűvös teremben
egészen magához tért, és élvezte barátnője érdek-
lődő tekintetét. *Na, most már végre elismer. Úgy néz
rám, mint arra az idegenre* – gondolta Sam. Bár apja
szigorúan megeskette, hogy soha senkinek egy
szót sem szól minderről, de mivel tovább akarta
látni a lány elismerő tekintetét, ezért belekezdett
a titkok titkába.

– A világot látszólag irányító politikusok
fölött, illetve mögött a nagy multivállalatok és az
óriás konszernek tulajdonosai állnak. Ők támo-

gatják a választásokat, és adják a vezető politiku-
sokat. A kontinenseken átgyűrűző nagyvállalatok
igazgatói posztjain titkos társaságok beavatottjai
állnak. Ilyenek az Illuminátusok, a Szabadkőmű-
vesek és a Koponya és Csontok szövetsége.
Vannak még, de nem sorolom fel mindet –
mondta kissé elbizonytalanodva.

Az az igazság, hogy nem emlékezett többre,
mert mikor az apja mesélte akkor sem figyelt
oda.

– Egyébként most is egy Szabadkőműves
központban vagyunk. Apám is közéjük tartozik,
30. szintű vezető.

Ezt tudta és büszkén mesélte. Ami ezután
következett, az már mikor az apja tanította akkor
is csak gyerekmesének tűnt számára, de továbbra
is le akarta kötni a lány figyelmét.

– A titkos társaságokat irányító, mozgató és
információval ellátó apparátus már olyan tár-
saság, ahová nekünk sincs belépésünk. Csak
közvetett információink vannak róluk. Ők az
erőtriász. Katonai, gazdasági és kulturális szárnya
mozgatja a világ eseményeit.

Ők az emberiség fenntartói. Totálisan elszige-
telve, mindenféle érdektől teljesen mentesen egy
adott irányba menedzselik az emberi fajt. Nem
lehet őket látni sehol, hallani róluk, csak az
események megtörténte után lehet következtetni
cselekedeteikre. Minden országban, minden ha-
talmi szervezetben vannak tanácsadóik, akiket
senki nem tud beazonosítani. Az erőtriász három
vezetője gyerekkora óta erre van felkészítve.
Egymásról sem tudnak. A világ három táján

mélyen a föld alatt elhelyezkedő szupertitkos bázisokon elemzik a bejövő információkat, és hozzák meg döntéseiket. Senki nem ismeri őket, és nem tud eljutni hozzájuk. A titkos társaságok azért hódoltak be nekik, mert minden információ, amit megosztanak velük, az úgy van, az be fog következni, így azok rendkívül értékesek.

Zoé száját kinyitva, hitetlenkedve hallgatta. *Milyen álomvilágban éltem én eddig?* – gondolta elképedve.

– De ez még nem minden – folytatta Sam egyre jobban belemelegedve a lány elbűvölését. – A hatalom csúcsán egy idegen reptilián faj áll. Az annunakik. Róluk igen keveset tudunk, de az biztos, hogy ők választják ki, és tanítják be az erőtriász vezetőit. Ők határozzák meg az emberiség fejlődési irányát, és a globális eseményeket.

Zoé szédült a hallottaktól. *Ha ennek a fele is igaz* – töprengett magában – *akkor óriási bajban van az emberiség. Küzdhetek én az árvákért, az idősotthonért, de teljesen hasztalan, és értelmetlen az egész. Tudatlanságra, és programozott bábszerepre kárhoztatták az emberek többségét. Valóban birkák vagyunk, ahogy Jézus utalt rá, de a pásztor nem a mi érdekünkben terelget bennünket. Itt a vágóhíd vár mindenkire, nem a friss zöld mező.*

Kábultan követte Samet, a rögtönzött ismertetője után. Ő pedig, mint valami mesebeli királyfi vezette az elvarázsolt hercegnőt csodás palotájában. Mindenütt idegen technológiákat láttak. A világítás, a vezérlés, az ajtók, a berendezések ismeretlen eredetűek, anyagúak és formájúak voltak. A termek, az irodák és a kezelőközpontok mindegyike üresen állt, de jól láthatóak voltak a napi szintű aktív jelenlét nyomai. Egy következő szinten hatalmas számítógépkötegek és zümmögő szerverek voltak. Alatta egy szinttel már kevesebb ismert felépítésű számítógép volt, amik merevlemezeit kristályokkal helyettesítették.

– Ez mi? – kérdezte egy kőre mutatva Zoé.

– Ez? Ugyanaz, mint az előbb. Szerver, egy természetes alapú winchesterrel. Ez itt meseország. Az ostoba tömegek által használt technológiák száz év múlva – mondta **önmagától megrészegülten** és büszkén az egyik falnak dőlt.

Gyorsan felszippantott egy kokain csíkocskát, mert úgy érezte, most már megérdemli, mert teljesen elbűvölte a lányt. Oda is kínálta neki a maradékot. De ő szokatlanul, ismét nemet intett.

– Ha nem, hát, nem – majd végzett a többivel.

– Több millió terabit infó egyetlen köbcentiméternyi kristályocskában.

– Hogyan?

– Ez az új elektron alapú információtárolásnak a csúcsa. Ilyet csak a sci-fikben létezik. Na, gyere, mutatok én neked olyat, amit még a filmekben sem látni.

Zoé biztos volt benne, hogy tilosban járnak, és neki ezt nem lett volna szabad látnia. De nem bánta. Ki akarta várni mi lesz a vége. Meg kell látnia és ismernie mindent, mert új célként immár az igazság feltárása lebegett a szeme előtt.

Leértek a műhelyek szintjére, ahol rég elfeledett tiltott találmányok félkész vagy továbbfejlesztett prototípusai sorakoztak. Egy üvegfalú teremben látott Zoé lebegő autót, csak az egyik irányból látható tankot. Sam mutatott neki speciális folyékony ruhát, ami egy érintésre önmagától körbeöleli a testet. Leírhatatlan az a sok csodás és szinte megfejthetetlen berendezés, ami itt a föld alatt hevert, ahelyett hogy az emberek életét segítenék, a környezet pusztítását megállítanák. Zoé, ha fogyasztott volna kábítószert, be tudta volna annak a látottakat. De nem képzelődött. Sam egy újabb szekcióban, mutatott neki holografikus térképeket, nevekkel, fényképekkel kivetítve és jegyzeteket, hogy hova, kit, milyen pozícióba fognak kinevezni, vagy épp eltávolítani, illetve a világ mely táján milyen események következnek be hamarosan. Sam egy hevenyészett mozdulattal aktivált egy másik holografikus képernyőt, amin megmutatta a világ számos pontján elrejtett hasonló műhelyeket, titkos bunkereket, és az azokba való bejutási módokat. A lány újságíró memóriája pedig mindent részletesen rögzített.

Tovább haladva a csodák palotájában, Zoé látott halálos betegségek elleni gyógyszerek terveit kidolgozva. Olyan ellenséges vírusok voltak itt elhelyezve, melyek csak arra vártak, mikor és hol vessék be őket céljaik érdekében. Számtalan valóban alternatív energiahasznosítási módokat látott. Vízzel működő járműveket, melyek vízpárát nyomtak a kipufogón keresztül. Olyan generátorokat, melyek megfiatalítják az embereket, és bármely növényi kultúrát még sziklán termesztve is bő terméssel növesztenek fel.

Gépezeteket, melyeknek nagy részét nem értette, fel sem fogta mire valók.

– Ezeket a fejlesztéseket közkinccsé kellene tennetek Sam! – mondta Zoé.

– Minek? Az emberek nagy része – ahogy a Biblia is beszél róluk – birka. Terelni kell. Közkincs lett az atombomba is, és mit csináltak? A felfedezése után elkezdték egymásra hajigálni, utána meg a kísérlet címen távoli szigetekre, óceánba meg sivatagokra szórták az atomot. Ha nem lépünk közbe, a köznép szétrombolta volna a világunkat. Zoé, mi vagyunk a gát.

– Igen, Sam, te és családod, meg a teljes általad felsorolt hierarchia az emberi fejlődés gátja.

– Nem! Nem érted? Egy bolondnak nem adhatod oda az ártatlannak tűnő fodrászkészletet sem, mert mindenkit kinyírna az ollóval.

Sam tovább táncolt az üvegfalú termek előtt.

– Azt hiszed, hogy a tőzsdei részvényeket hajkurásszuk? Azt hiszed, az emberi valóság nélkülünk sokáig létezne? – hangoskodott Sam. – Egy frászt. Az egészet mi irányítjuk. Mi adunk értelmet az életnek. Mi adjuk a kultúrát, a vallást, a tudományt, az élvezeteket nekik. Az egész emberi civilizáció a mi termékünk. Mi tartjuk fenn ezt a közös illúziót. Mi generálunk háborúkat, szítjuk és tápláljuk a terrorizmust. Félelmet és ellenségeskedést teremtünk mindenhol. Ezáltal az emberek lemondanak alapvető szabadságukról, így mindenkit megfigyelhetünk és kontrollálhatunk. Nézd, hogy mit művel a te szeretett emberiséged.

Ekkor Sam bekapcsolt a falnyi holografikus háromdimenziós kivetítőre egy épp valós időben zajló szomáliai mészárlást.

– Kapcsold ki! – ordította Zoé.

– Vagy akár ezt is megcsodálhatod.

Ekkor a képernyőn prostitúcióra kényszerített tizenéves gyerekeket láthattak, idős kövér emberek vágyai alatt asszisztálva meggyötört arccal.

– Kapcsold ki, Sam! Nem bírom tovább nézni, ez borzasztó.

– Pedig van még pár érdekes tája a világnak, ahol láthatod a meztelen valóságot. Riporterként úgy is mindig ezt akartad, nem? Az igazságot. Hát tessék.

– El akarok innen menni – meredt maga elé Zoé.

– Neked meg mi bajod? – hagyta abba az áradozást Sam.

– Azt mondod, ne adjunk a köznép kezébe tudást, mert nem tud mit kezdeni vele. De ti kinek a céljait szolgáljátok ezzel a tudatos butítással. Azt hiszed, nem vagytok ti is bábok, egy nagyobb bábjátékos ujjain. Úgy gondolod, tudod, mit csinálsz, közben csak utasításokat hajtasz végre te is tudatlanul.

– Már megint okoskodsz Zoé.

– Émelygek ettől az egésztől, Sam. Hülyének nézitek az egész világot, közben ugyanolyan ostobák vagytok ti is.

– Irányítjuk a világot, az idegenek iránymutatásával. Az emberek tudatlan eszközök, és mi a megfelelő irányba tereljük őket.

– Vezess ki innen, Sam! Kérlek!

Sam kikapcsolta a vetítést. Hallgatagon baktattak visszafelé szintről szintre. Zoé szíve majd meghasadt a látottak és hallottak miatt. Túl sok

volt neki mindez egy estére. Nem is tudta, mit
tegyen. Egy biztos, ennek ki kell derülnie. Fel kell
világosítania az embereket erről a világméretű
megtévesztésről. Sam egyre kótyagosabban lép-
delt mellette. Az imént felszívott csík, valószínű
épp most ütött be. Így Zoénak kellett emlékezet-
ből visszatalálnia a kijárathoz, mert Sam lemara-
dozott, és közben magában motyogva billegett
utána. Eltévedtek és egy félhomályos hatalmas
teremben lyukadtak ki, ami üres volt, csak egy
díszesen faragott több méter magas fekete ajtó
zárta le a túlvégén. Zoé közelebb botorkált az
ajtóhoz. Mozgásérzékelő reflektorok gyúltak föl,
és automata géphang követelőzött.

– Zsiliphasználathoz kérem a biztonsági belé-
pőt!

– Zsilip? – Zoé a lámpák fényénél látta, hogy
az obszidián hatású óriás kétszárnyú ajtót több
centi vastag üvegfal keretezi, így az ajtó mögé
lehetett látni. Mögötte közvetlenül valóban egy
óriás üveg-kalitkaszerű zsilip helyezkedett el.
Innen egy sötétbe vesző üres hangárba lehetett
bejutni. Zoé szemügyre vette az ajtón a farag-
ványt. Egy sárkányszerű lényt ábrázolt. Nem
tulajdonított neki nagy szerepet, hisz több évez-
redes, sallangosra használt jelképe volt a sárkány
minden elnyomáson alapuló kultúrának.

Megpróbált beljebb kukkantani, és telefon-
jával bevilágított a sötétbe. Egy hatalmas kerek
építmény volt a tér közepén, rajta mindenféle jel-
lel. Úgy nézett ki, mint a csillagkapu a jól ismert
filmből.

– Minek ide zsilip? És hová vezet egy ekkora hangár? És mi az a kerek ott a közepén?

– Ne okoskodjál Zoécska, mert hamar megöregszel – támolygott közelebb a szédelgő Sam.

– Menjünk innen! Ez a terület még nekem is tiltott. Látod, pirosak a fények a falon. Ha piros, akkor tilos... – csuklott egyet, és elhúzta Zoét a kaputól.

Sok idétlenkedés után végül visszajutottak a felszínre. Zoé sietve elindult, majd visszafordult Sam felé, aki nem lépett ki a földalatti birodalom kapujából.

– Még ti nevezitek magatokat elitnek, Sam? Te és a családod a legaljasabb csaló, barbár szemfényvesztő.

– Mondjad csak! Bóknak veszem – gúnyolódott akadozott nyelvvel Sam.

– Még azzal sem vagytok tisztában, hogy nyomorult szolgák vagytok. Egy jelentéktelen láncszem egy hatalmas rendszerben. Erre vagytok olyan büszkék, azt hiszitek, mert számolatlanul ömlik felétek a papír, aminek ti adtok értéket, és amivel rabszolgaláncon tartjátok az embereket, ti többek vagytok, mint az általatok irányított öntudatlan tömegek? Tévedtek. Egy kalap szart sem ér az életetek, ha már nincs rátok szükség. Teee, te szerencsétlen emberroncs! – legyintett a lány és hátraarcot vágott.

– Menj Zoé! Fuss a többi állat közé! Gúnyolódj csak, nélkülem senki vagy, úgy is visszajössz. De Samikének még van itt lent egy kis feladata, el kell tüntetni ittlétünk nyomait. Szaladj csak. Úgy sem tudod értékelni, amit kellene. Ugyanolyan birka vagy te is, mint a többi.

Zoé már nem is hallotta Sam üvöltözését. Nem érdekelte. Ez a bolond hiú barom, most az egyszer tényleg segített neki. Legalább tisztába lett azzal, mi folyik a színfalak mögött. Még nem tudja, mire használja a megszerzett infót, de megtalálja a módját, hogy feltárja a világ előtt mindezt. Gondolataiba merülve elrobogott a parkon át.

– Ja és Zoé, senkinek egy szót se! … Mert különben ki kell, hogy nyírjalak, sajnos –, majd a férfi éktelen kacagása közepette újra visszacsukódott a pokoli műhely kapuja.

8.

Már alaposan benne jártak az estében. Zoénak végül nagy nehezen sikerült eljutnia az Öltönyössel megbeszélt helyre. A lány a sietségtől kissé fújtatva, a kis park főbejáratánál toporgott. Kezét tördelve fel-alá járkált. Nagyon felzaklatták az imént látottak is, de legalább annyira izgult, az eljövendő találka miatt, amivel pedig tényleg nem volt semmi törvénytelen vagy erkölcstelen célja, egyszerűen kíváncsi volt arra, ki lehet az Öltönyös. *Mi van, ha nagyon megvárattam, és már elment? Mi van, ha ő nem akar eljönni. Hát ki vagyok én hozzá képest? Egy senki.*

– Nem kell izgulni, itt vagyok – szólalt meg az Öltönyös.

– Hát, helló – bökte ki Zoé.

– Hát, helló! Hogy van a fején a seb? – kérdezte a férfi és lassan meg akarta érinteni Zoé fejét, de nem ért hozzá.

– Legyen tisztában vele, hogy mind a kimerültségtől, mind a nemrég látottaktól és hallottaktól szédülök, már az ájulás határán vagyok. Kérem, ne füllentsen! És úriemberhez illően kezdje ön a bemutatkozást!

– Rendben Zoé. Sétáljunk kicsit! – és elindultak a park belseje felé.

A lugas ékköve egy homokkőből kirakott stég volt, ami egy mesterséges tavacskát szelt át, és a ledek fényét oldotta fel játékosan. A park most üres volt.

– Nos, álljunk meg itt, ennél a padnál! Mert amit mondani fogok, hihetetlen és felforgató lesz a számára, Zoé.

– Ezt hogy érti?

– Úgy értem, miután bemutatkoztam, hagyok időt, hogy feldolgozza.

– Ne röhögtessen! Mert, ki maga?

– Biztos hallott már rólam.

– Ebben biztos lehet. Maga ott van mindenhol – válaszolt Zoé.

– Már megint ti! – csattant fel Sam reszelős hangja a díszoszlopok mögül.

Nagy dirrel-dúrral odacsörtetett hozzájuk.

Hogy a fenébe ért ide ilyen hamar? Biztos valamelyik csodakütyüjével ide teleportálta magát – gondolta Zoé.

– Uram! – köszöntötte az Öltönyöst Sam. – Mélységesen csalódtam önben. Zoé, te velem jössz.

– Félreérti a helyzetet, Sam – mondta az Öltönyös.

– Nem értek én félre semmit. Láttam, hogy simogatja a leendő feleségemet, arról nem is beszélve, hogy otthagyott engem, csak hogy önnel titokban találkozzon – mondta dühösen Sam, megragadta Zoét és húzni kezdte.

– Ne! Sam, ez fáj! – mondta Zoé.

– Kérem, Sam, ennek nem ez a módja!

– Még maga se mondhatja meg nekem, hogy mit csináljak – azzal csavart még egyet a vergődő Zoé karján.

– Sam, hagyja abba! – utasította az Öltönyös.

Zoé nem tudott mozdulni, kitekert kézzel állt. Sam elengedte, és egy pisztolyt húzott elő, rájuk fogta.

– Rendben, lehet ezt másképpen is – mondta Sam.

– Bizony lehet – válaszolta nyugodtan az Öltönyös, s a Zoé számára már ismerős vörös fény villant a szemében.

Egy hatalmas erőhullám láthatatlan kézként felkapta a bogármódra kapálózó Samet, és elrepítette a közeli tengerbe, ahol nagy csobbanás kíséretében el is tűnt a szemük elől.

– Mit tett vele? Ne közelítsen hozzám! – kiáltotta ijedten Zoé.

– Nyugalom! Semmi baja nem esik. Sőt, el is felejti az elmúlt órákat. Teljesen kitöröltem az emlékezetét. Mikor magához tér a parton, majd azt hiszi, hogy túl sokat szívott és ruhástól támadt kedve úszni.

– Mit csinált az emlékeivel? Ugye csak szórakozik velem?

– Nem. Nézze, mindenkivel meg tudom, ezt csinálni, egyedül maga kivétel. Csak a maga gondolatait nem látom még tisztán. Ezért is érdekel, hogy ki maga Zoé.

– Ehhez tényleg idő kell, hadd üljek le!

Zoé leült a padra. A kivilágított parkot fürkészte és idegesen kotorászni kezdett a táskájában a nyugtatókért. De aztán rájött, hogy nem is kívánja a gyógyszereket. Visszanézett arra, amerre Sam elrepült.

– Tényleg nem esett baja, bár megérdemelné – mondta az Öltönyös.

– Maga nem viccel.

– Nem.

– Az a baj, hogy itt senki nem viccel. De a nevét, még mindig nem tudom.

– Az igazából lényegtelen, Zoé. De tudnia kell néhány dolgot, mielőtt magamról beszélnék – mondta az Öltönyös és elindultak a morajló, hajnali parton.

Az Öltönyös és Zoé, hosszú órákat töltöttek együtt. Beszélgettek családról, gazdaságról, vallásról, politikáról, de még a szilvás kaviárról is. Az Öltönyös minden témáról szinte megállás nélkül tudott beszélni. Csak úgy ontotta a végtelennek tűnő ismereteket. Tájékozott volt mindenről, legyen az egy egészségügyi, oktatási, vagy környezetvédelmi probléma.

Nem képviselt határozott álláspontot, inkább a nézőpontok sokaságán keresztül mutatta be, minden dolog szubjektív voltát. A szemléletmódja nagyon érdekes volt, de mégis egyszerű, világos. Leginkább az elfogadásról szólt, egymás őszinte tiszteletéről és szeretetéről. Valahogy komplexen, felülről, mint valami kívülálló beszélt az emberiségről. Sütött belőle az emberek feltétel nélküli szeretete. Mindent, mint valami szülő tisztán látott, és előre jelzett. Teljesen megdöbbentette a lányt ez a végtelen egyszerűség és alázat. Zoénak ezek voltak a legnyugodtabb és legboldogabb percei élete során. Bár a feketétől a fehérig mindent érintettek, mégis el tudta fogadni ezt a komplexen semleges hozzáállást a dolgok-

135

hoz, így valóban egy hullámhosszon voltak ezzel a titokzatos idegennel.

Sok mindenről beszélgettek. Érdekes módon arra nem igen tértek ki, hogy ki is valójában az Öltönyös és honnan jött. Inkább úgy alakította a beszélgetést, hogy Zoé elmesélhesse, mit gondol a világról, a környezetvédelemről, az emberi természetről. Ahogy itt az idegennel ülve hallgatta saját nézőpontját, és világjobbító elképzeléseit, rájött, hogy mennyire naiv és tudatlan.

– De hát a környezetvédelem, a humanitáriusság, a spiritualitás azok jó tevékenységek és közelebb visznek az emberiség közös céljához, nem?

– Az biztos! – nevetett az Öltönyös, és Zoé is önkéntelenül vele kacagott felszabadultan kinevetve saját maga által oly stabilnak hitt világnézeti pilléreit.

– Mentsük meg ezt, küzdjük az ellen. Az összes magasztos eszme, egy nagy önbecsapás, egy elterelés, hogy unalmas szürke életeteket kissé átszínezzétek – folytatta, immár komolyan.

– De a színek így is hamar kifakulnak. Majd hibáztathatjátok a párotokat, a közösségeteket, vagy az országotok vezetőit személyes kudarcaitokért. Hogy nem értenek meg, nem figyelnek rátok, nem megfelelőek a körülmények. Pedig az egész csak egy dologra jó, hogy megtudjátok, kik nem vagytok. De az, hogy kik vagytok, nem lehet elméletben megtanulni. Mint ahogy a pudingot sem lehet elméletben megítélni, hogy milyen finom, és az óceán vizébe is bele kell merülni, hogy megérezd, milyen jól hűsít. Az életet, önmagadat csak fizikai formád és érzékszerveid által tudod megtapasztalni. De testetek többnyire elégedetlenségetek, kritikátok céltáblája csupán. Pedig hidd el nekem ez az egyetlen eszköz, ami által megtudhatod ki vagy, és lehozhatod ide, ebbe a valóságba valódi identitásodat.

Zoé bár még most sem tudta ennek a nyalka, arisztokratikus, gyönyörű férfinek a nevét, de már nem is érdekelte. A Sammel szemben bevetett kis varázslata is hidegen hagyta.

Egyet tudott, hogy ez a férfi itt vele szemben, akivel élete legönfeledtebb óráit töltötte el a parton sétálva, „több" mindenkinél, akivel valaha találkozott. Több az ő számára, és több minden más ember számára is egy befolyásos, jól öltözött, határozott és titokzatos férfinál. Ezt érezte mindenki a jelenlétében. Ezért féltek tőle, de egyszersmind tisztelték is. Mikor már mindketten kifogytak a szavakból, csak egymás mellett ültek, mezítláb a vizes homokban, és bámulták a párából előkecmergő napocskát. Zoé ebben a csöndben döbbent rá, hogy neki még ennél is jóval többet jelent, vagy jelenthet ez az ember, ha úgy akarja. Az Öltönyös, mintha megérezte volna, hogy Zoé túl mély érzelmi vizekre kalandozik, megszólalt.

– Most már inkább menjünk vissza, Zoé!

Felálltak, kezükbe vették cipőjüket, és visszabandukoltak a parkba. Odaérve megálltak a kis tó fölött átívelő deszkapallón. Zoé érezte, hogy vészesen zakatol felé ismét a hétköznapi világ – már amennyire hétköznapi lehet egy olyan világ, amiről kiderül, hogy egy titkos Erőtriász nevű központi szervezet az idegenek utasítására dönt milliárdok életéről a földalatti bunkerekben – bűzös, pöfögő, zakatoló ragacsos valósága, és nemsokára vége ezeknek a gyönyörű perceknek. *Nem akarom, hogy ennek a pillanatnak vége legyen* – gondolta majd hangosan így szólt.

– Sokat gondolkodtam azon – kezdte Zoé –, hogy ahogy te is mondtad, mindannyian egy közös létező, Isten megnyilvánulásai vagyunk, akkor hogy lehet, hogy így bánunk egymással?

– De, Zoé, gondold végig! – szólt az Öltönyös. – Ahhoz, hogy megismerjük a jót, nem kell-e ismerni a rosszat? Ha csak fény lenne a világon, akkor lenne-e fény egyáltalán? Ha nincs meg a másik oldal, akkor ez az oldal sem lenne, hisz semmi nem létezik önmagában. Minden ember azt hiszi, hogy ő egy önálló sziget, és abból a két kis lyukból, ahonnan nézi az egészet, minősít mindent. Ez okozza az összes problémát, és ellenségeskedést. De ez az, ami jelentősen meg fog változni a közeljövőben, és ebben nekem fontos feladatom van.

– Soha nem látlak többé, ugye? – kérdezte Zoé könnyeivel küszködve.

A férfi megfogta a kezét.

– Meglehet, Zoé.

– Nem lehet. Biztos.

– Mondtam... meg kell oldanom... a dolgaimat.

– Nem érdekelnek a dolgaid, és senki dolgai! – ordította Zoé.

– A dolgaim, amiket meg kell tennem, azért hogy...

– Leszarom! Engem te érdekelsz! Hogy ki vagy te valójában!

Zoé átölelte az Öltönyös hatalmas vállait, de az nem ölelte vissza.

– A dolgok, amik nélkül nem fog működni…

Lucifer miután elbúcsúzott Zoétól melankolikus sétára indult a reggeli párában ébredő dubaji tengerparton.

Lucifer:

Döbbenten figyeltem magamat, ahogy ott hebegtem-habogtam, mint egy bakfis. Mi lehet az oka, hogy ezt váltotta ki belőlem ez a lány. Mellette egyszerűen embernek éreztem magam. Esendőnek, és olyan érzelmek gyulladtak bennem, amikre azt hittem nem is vagyok képes. Khaa mióta küzdött már, hogy ezeket az érzéseket előcsalja belőlem. Ez a nő meg csak megjelent, és jól esett ránézni. Leülni mellette, és elmerengeni a csillagokon. Úgyhogy tennem kellett valamit, hogy küldetésemre tudjak koncentrálni, és Zoé figyelmét is eltereljem magamról. Ezért a Sami fiút kicsit felturbóztam. No, nem változtattam meg, ahhoz még nekem sem volna jogom, csak épp egy-két benne pislákoló intuíciót, tulajdonságot felerősítettem. Ideiglenesen. Előbb-utóbb úgyis visszaállnak a régi személyiségjegyei.

Lucifer odaért a fövenyen vizes öltönyében horkoló Samhez. Kapcsolt valamit a karkötőjén, és a fekvő ember testét alkotó aura áramvonalai ezer színben és eltérő eloszlásban holografikusan kivetültek a test felett. Majd egy újabb mozdulattal elővarázsolt egy, a Sam mellett lebegő gyönyörű fényekből és tekergőző sávokból álló függvényszerű kontrollpanelt. Mint hangmérnök a gombokat, úgy állítgatta a fényoszlopokat.

Egyeseket felerősített, megnyújtott, másokat összébb tekert. Ezzel egyszerre változott a Samet körülölelő színek mélysége, összetétele. Ezután kiegyenesedett, a panel és Sam energiamezői eltűntek. Még állt néhány percig az eszméletlen férfi mellett.

Samet egy a lábáig felcsapó hullám ébresztette. Hirtelen felkapta a fejét, de már csak az üres part és a ritmusosan ringó tenger vette körül.

– Zoé! – riadt fel Sam.

5.

Prethor, a II. kiválasztott

Lucifer:
Bemutatom nektek a Nagyfiút. Igazából el sem tudjátok képzelni azt a szellemi szintet, ahol ő létezik. Részei vagytok, részei vagyunk mindannyian. Ő a teremtés legősibb fajának a Szárnykészítőknek jeles tag-ja. Neki is fontos szerep jutott ebben a történetben.

Szárnykészítők, Központi Univerzum, időn kívül

A Központi Faj a legősibb, az alap faj, melyben az Első Alkotó, mint megnyilvánult tudatosság, először ismert magára a formák szintjén. A nekik kialakított fizikai forma tökéletes, a teremtés csúcsa. Leképeződik benne minden, amiről a teremtett világ szól. Megkapták az Első Alkotó valamennyi tulajdonságát, önmagát adta oda nekik, azért hogy általuk megismerje magát számtalan formán és világon keresztül.

A teremtett multiverzum legősibb fajának a szárnykészítőknek, a galaxisok teremtő Isteneinek legfontosabb feladata – amit az Első Alkotó bízott rájuk – a multiverzum folyamatosan részleteződő, minden egyes tudatossággal bíró részének önálló teremtéséhez teret biztosítani. Ők formázzák, alakítják a galaxisokat, csillagokat, bolygókat, amit az Első Alkotó megteremtett a „testéből", a mindent és a semmit, vagyis mindennek a lehetőségét magában foglaló végtelen tudatosságból, a sötét űrből, a mindenség bölcsőjéből. A szárnykészítők fizikai formában az első emberszabású faj, a kezdeti hierarchia csúcsa.

Velük indult el az azóta is tartó részletezettség, amelyben minden egyes teremtett „én", további kilenc másikat teremtett, így vált az Ő felsőbb Énjükké. A tevékenységük miatt nevezik őket Szárnykészítőknek, mert az alkotásaik révén kapott szárnyra a teremtés. Dimenziók nyíltak, amiben világok éledtek. Az Első Alkotó pedig a matériát átszövő szeretetalapú fényen keresztül táplálta magát teremtettjei megnyilvánulási energiájával.

A Központi Faj már régen nem használja a kezdeti formáját, és a multidimenzionálisan felépülő valóság miatt dimenziókvantum állapotot vettek fel. Így időn és téren kívüli, feletti entitásokká váltak, a forma és a megnyilvánulatlan közötti átmenetként.

Egyszerre egy időben átlátják a teljes multiverzum létezési ciklusát. A kitárulkozó, egyre differenciálódó szakaszt, a visszatérő önmagába záródó fázisával együtt. A semmiből született valamit, ami mindenné válva újra a kiindulási pontba a semmibe hazatérve nyugovóra tér. A Szárnykészítők a teremtés ciklusával együtt változtak. A kezdeti nagy tömegű fizikai formában megtestesült faj egyedei lassan váltak dimenziókvantum állapotú fénylényekké. A számuk pedig rohamosan csökkent, mert egyre inkább az Első

Alkotó rezgésében maradva, vele egy óriási szeretetet energiában egyesülve, állandó részévé váltak.

Prethor egyike volt a még haza nem tért néhány száz Szárnykészítőnek. Kiterjesztett tudatosságával több százmilliárd része életciklusát követte. Nézte fejlődésüket, egyedi, és faji szinten.

Az egyes világokból az egymás után lezajlott létciklusok energiái, a bolygók és a naprendszerek pusztulásával, a kihunyó napok utolsó nagy fellobbanásával, a központi napig csatornázódnak a bolygókon tárolt Akasha Információk, így eljutnak az Első Alkotóhoz, mint hazatért gyermekek életbeszámolói.

A szárnykészítők az élethez alakítják ki a galaxisokat. A napok, a bolygók csakis azt szolgálják, hogy a rajtuk kialakult élet milyen differenciáltan, hogy tud elérni a mind magasabb tudatosságig, célként kitűzve mindenütt a teljes tudatosodást, minden teremtésben az Első Alkotó önmagára ébredését.

Ennek érdekében a megfelelően előkészített környezetben a Központi Faj mindenütt speciális időkapszulákat helyezett el. Ezek hivatottak a központi Napból jövő információ fogadására.

Olyanok ezek, mint egy multidimenzionális telefonfülkék, ahová bármikor jöhet egy telefonhívás, ami a tartalomtól függően aktiválhatja a fülkében hagyott fény- és hang kódolt berendezéseket. A fülke egyébként a környezetről állandó információt juttat vissza a Központi Napba.

A kapszulák mellett mindenütt elhelyeztek egy kis távirányítót, mely a megfelelő tudatosságú élőlény érintésére aktiválja a rendszert, és az abban rögzített információt a rendelkezésére bocsátja. Letelepítettek még egy másik iránymutatót is, ami egy tömegtudat érzékelő.

Ha eléri a tudatosság a megfelelő szintet, általában a bolygó vibrációváltása előtt nem sokkal, ez a jelző megmutatja az irányt a kapszulához. A benne tárolt információ pedig megadja a kellő lökést a váltáshoz. A szárnykészítők ezeken a berendezéseken keresztül tudnak bármikor beavatkozni bármely teremtett valóságba.

A kapszula kvantum. A megfelelő időben és helyen van a bolygók fejlődése érdekében, és ezt pontosan tudják a telepítőik, hisz ezért helyezték el őket.

A Prethor nevű tudatosság tehát valós időben, időn kívülről figyelte a benne lévő önálló tudatú részeit. Sokszorosan megosztott figyelmével, hol ide, hol oda csúszott egyszerre, és ha szükség úgy kívánta, mélyebben belemerült egy-egy világba.

Az egyik valóságban viszont olyan esemény történt, melyen hagyomány szerint a Központi Faj képviseltetni szokta magát. Ezt emberi szemmel nagyon szomorú eseménynek mondanánk, mert nálunk a halál és az elmúlás a létező legfájdalmasabb dolog. Valaminek, vagy valakinek az elvesztése kimondhatatlan űrt, megmásíthatatlan hiányérzetet hagy maga után. A most történt esemény pedig a naprendszer teljes és visszavonhatatlan megsemmisülésének kezdetét jelentette.

Az egyetlen lakott bolygón, a Bellenoán a Nagy Távozást ünnepelték. Ez az esemény egy bolygó életében akkor következik be, mikor a rajta élők tevékenységük folytán teljesen kipusztítják fajukat és az élet nagy részét. Ez történt most is, és ez volt a negyedik alkalom a bolygó néhány milliárd éves történetében. Az egyetemes törvény szerint ez az utolsó lehetőség a frekvenciaváltásra. Mivel ez most sem sikerült, a bolygón tárolt eseményhalmaz információként visszajut a teremtőhöz. Az élet hátterét jelentő környezet, a bolygók és a nap – kihűlése után – belezuhannak a galaxis közepén lévő fekete lyukba.

Ez persze a teremtés rendje, és Prethor számára sem jelentett mást, mint az energia változását. Maga az ünnepség, amelyen koncentrált fizikai formát öltve számtalanszor részt vett már, szintén nem volt túlzott jelentőségű.

Ilyenkor a hagyományos megjelenés miatt, megosztott tudatában létrehozott magában egy intelligens, a tudat finom szálaiból szőtt közlekedési járművet, egy robusztus, régi nagy birodalmat idéző monumentális űrhajót, a megfelelő személyzettel. Benne egy erősen leszűkített, koncentrált durva fizikai megjelenéssel megnyilvánult önmaga is, egy közel eredeti, az Első Alkotó által teremtett formájában. Ez nála úgy történt, hogy rágondolt, és mint embereknél a képzelet, benne már meg is jelent minden, valós fizikai formában. Hisz világai az ő belső tudati játékai csupán.

Persze a Prethor nevű végtelenül összetett, és differenciált tudatosság közben ugyanúgy a Központi Faj kvantum állapotú anyabolygóján is

tartózkodott fényállapotban, a legbelső vezérlő-
termében.

A Bellenoa felszínét sivár, szürke hamu lepte.
A halott sivatagban hullámzó kocsonyás dimen-
ziókapu nyílt, benne egy fényes gömbbel, ami
lassú forgás közben egyre nőtt, majd kimérten,
méltóságteljesen elindult belőle a prethori sereg.
Lebegő hófehér szárnyas tündérek jelentek meg
és fényes szálon maguk mögött húzták a Szárny-
készítők tradicionális aranygömbjét. Egykoron
hatalmas birodalmak tündöklő romjai közt su-
hanva megtettek jó pár kilométert, majd minden
ellenállás és lassítás nélkül behatolt az égi fogat a
felszínről a kőzetrétegek alá, le a mélybe. Prethor
és tündöklő kompániája berobbant a bolygót át-
szelő hatalmas barlangrendszerbe. Gigászi csepp-
kövek erdeje közt száguldott a fogat. A soha nem
látott kristálysivatagról visszaverődő fényükkel
vakították el a felszín alatti völgyeket és hegyeket.
Megnevezhetetlen szörnyek tárnáin keresztül jut-
va végül ismét áttört az isteni különítmény egy
magma-zuhatagtól takart kőzetrétegen.

A bolygó mélyén lévő Teremtésbarlangban lé-
vő ünnepi nagyteremben, az Örvendezés Házá-
ban volt a rendezvény.

Itt gyülekeztek ekkor a bolygó négy elemének
megtestesült képviselői, a föld elemé a Gnómok,
a víz elemé a Sellők, a tűz elemé a Szalamandrák,
és a levegő elemé a Tündérek. Mellettük a nap-
rendszer bolygóinak és napjának elöljárói és
őrzői foglaltak helyet. Tekintélyes társaság gyűlt
össze minden ilyen rendezvényen. Ekkor közé-

pen, a föld alól lassan emelkedve megjelent a bolygó megtestesült esszenciája, Bellena, az úrnő. Ébenfekete hosszú haja emelkedett ki először, majd fokozatosan feltárult rendkívül karcsú nőies alakja, melyet pikkelyszerű, fényesen csillogó, fekete ruha díszített. Óriási szempillái és hosszú karomszerű körmei, veszélyes ragadozóról, tüzes, fekete szemei mély érzékiségről, és kissé állati ösztönszerűségről árulkodtak. A belépője mégis fenséges és ünnepélyes volt.

Nem sokkal az Úrnő érkezése után a szárnykészítő tudati vetülete is megérkezett a hatalmas terembe. Fénylények által húzott energiagömb levált, és a terem tetején lebegett. A szállítók pedig tovasuhantak, és semmivé váltak. A gömb fala áttetszővé vált és abban egy fényes emberi alak sziluettje jelent meg, ami fokozatosan töltődött fel fizikai formává. Majd a gömb egy nagy fényrobbanással eltűnt és a helyén ott volt egy hatalmas szárnyas lény, Prethor.

– Köszöntünk, Nagy Úr!

Visszhangzott a teremben lévők hangja. Nem tudták ki, vagy mi a Központi Faj, csak azt, hogy az öntudatra ébredésükkor tőlük kapták a tudatosság leheletét.

Prethor ide koncentrált fizikai magja fénylő jelenségként, mint rendkívül erős vakító fényforrás, beragyogta az egész, hatalmas teret. Csak igen rövid ideig lehetett ránézni, mert fizikai burkán, áttetsző vékony bőrén áttörve kibukott a belső fény, a szeméből áradó intenzív fénysugár pedig elviselhetetlen intenzitású volt.

– Megtiszteltetés számomra, hogy részt vehetek veletek ezen a nagyon különleges eseményen – mondta lassan, tagoltan és egyszerűen.

Minden kiejtett szónál nyitott száján át fényözön tört ki.

– Az Első Alkotó mélységes szeretetét és tiszteletét hozom üzenetként. Rendkívüli örömmel tölti el mindaz, amit tettetek és mindaz, ami ti vagytok és voltatok. Az Isteni anya mindannyiótokat hazavár kiapadhatatlan szeretettel. Várja, hogy keblére ölelhessen benneteket, és elmesélhessétek megnyilvánulásotok minden kalandját. A ti történetetek ebben a formában ezzel véget ért. Tudjátok ez az egész színpad, amit berendeztetek, és ami tökéletes terepet biztosított sok milliárd lélek tanulási folyamatában, lassan lebontásra kerül. A tanulók nem tudtak tovább lépni veletek együtt, nem sikerült a frekvenciaváltás, ezzel ezt a tantermet most bezárjuk. Viszont mindaz, amit tettetek nagyon sok további iskolában lesz példa, és rengeteg hasonló tanulási folyamatban milliárdokat fog inspirálni.

– Biztos, hogy be kell ezt most fejezni? – vágott közbe szokatlanul tiszteletlenül Bellena.

Prethor odafordította vakító szemeit, és tekintetével, ami bár óriási fájdalommal járhatott, a bolygó úrnője másodpercekig farkasszemet nézett.

– Mi itt – és ezzel mindannyiunk nevében beszélhetek – úgy gondoljuk, hogy, bár valóban elbukott a mostani emberi faj is a rendszerünkben, de a következő alkalommal biztos, hogy sikerrel járunk. Nincs még itt az ideje a felbomlásnak, a megsemmisülésnek, a hazatérésnek – préselte ki magából Bellena óriási bátorsággal, és görcsös élni akarással a szavakat.

– Mindannyian csak az isteni tudatosság formai megnyilvánulásai vagyunk, meghatározott programmal – mondta nyugodtan Prethor. – A ti programotok pedig ennyi volt, így lett megírva, és majd kezdődik veletek, mint a tudatosság esszenciális összetevőivel, belőletek gyúrva egy másik, hasonlóan érdekes és csodálatos történet. Minden, ami megteremtetett, egyszer meg is szűnik. Minden, ami kiszakadt az isteni egységből és formát öltött, visszatér a forma nélkülibe, hogy belőle újabb forma lehessen. Tudjátok, a rendszeretekben lévő emberiség most negyedik alkalommal pusztította ki önmagát. Egyszer atomkatasztrófával, egyszer biológiai fegyverekkel, majd az MI felfedezésével a gépek végeztek velük, és most utoljára a bolygó mértéktelen pusztítása miatt te voltál az Bellena, akinek ezt meg kellett tenni. Vége, nincs tovább, ezen a helyszínen nincs lehetőség további kísérletezésre.

– De van! – üvöltötte Bellena, és mint egy ösztöntől vezérelt **őrjöngő** vadállat, kit sarokba szorítottak, kényszerből életét védve támadott.

A kezéből csápként kinyúló fekete, szigonyszerű nyúlványaival körbetekerte a Szárnykészítőt, belé mélyítette hegyes karmait, és így követelte, hogy azonnal állítsák le a folyamatot.

– Bevégeztetett! – mondta ugyanolyan **nyugodtan és semlegesen** Prethor, miközben tuda-

tát kivonta a bolygón hagyott formákból és visz-
szahelyezte önmagába.

A bolygón maradtak csak annyit látták ebből,
hogy Prethor itt maradt részei, a központi alak
minden egyes molekulája egy fénylobbanással
megsemmisült. Végül Bellena az üres levegőt
markolta halálos szorításával. Tudta, hogy vége,
tudta, hogy nem ezt kellett volna tenni, és azt is
sejtette, hogy a bolygója mostani pusztulása is
valahol az ő tükörképe. Mostanra világos lett
számára az is, hogy abban, hogy ide jutottak
alaposan benne volt az ő keze is, vagyis a saját
bolygószintű vad, állati frekvenciái, mint alap-
energetika, mely meghatározta a leszülető lelkek
alapmentalitását.

Prethor volt a legkreatívabb a szárnykészítők harmadik rendjében. Szinte minden idejét az általuk létlebegtetésnek nevezett állapotban töltötte. Ez abból állt, hogy többszörösen megosztott tudatával az általa kialakított, megformázott valóságokat, mint egy monitor-szobában ülő kezelő, megfigyelte, és annak minden történését folyamatosan kontrollálta, az egyes folyamatokba a meghatározott időben és térben beavatkozott. A tudat leheletfinom, mindent átszövő anyagából készült, tiszta neuronhálózatból álló intelligens „szoba" közepén lebegett fénytestében, összekapcsolódva egy különleges élményközvetítő tudattechnológiás berendezéssel.

Ez a galaxisok Napjain keresztül szállította az oda érkező információkat, elektromágneses vibrációkat, hogy folyamatosan felügyelje, és szükség esetén beavatkozzon, ha valami nem a megfelelő módon alakult.

Minden átélt pillanat, és annak valamennyi élménye, abban zajló érzetek, rajta keresztül töltődtek a központi memóriabankba, a központi Nap magjában lévő információs centrumba.

Most is ezt a tevékenységet végezte, és az iménti kaland következményeire, utóéletére rátekintett. Látta, amint a planéta felszíni kataklizmájának következtében minden élet eltűnt róla. Látta azt is, hogy a bolygót éltető energiával és a fejlődéshez szükséges információval ellátó Nap feladat híján kihűlt. Azt is végignézte, hogy még utolsó lobbanásával eljuttatott minden, a naprendszerben történt információt a központi nap felé, majd a teljes rendszer bezuhant a galaxis

közepén lévő iker fekete lyukba. De számára nem
volt idegen a látvány, neki ez a teremtés abszolút
természetes folyamata volt. Mint embereknek az
évszakok váltakozása.

Ekkor hirtelen minden észlelés megszűnt, a
monitorok eltűntek és megjelent benne a Vezető,
a rendek első számú központi papja, és egy igen
erős intenzív szeretetérzés kíséretében tájékoz-
tatta, hogy rendkívüli feladatot szánnak neki,
amit az Intergalaktikus Föderáció most követ-
kező ülésén fog megkapni.

Mióta Prethor tudatossága elérte a kilencedik
szintet, tehát kezelő válhatott belőle, ritkán
nyilvánult meg fizikai formaként, csak fénytes-
tében végezte tevékenységét. Alacsonyabb tudati
szinteken gyakran öltött fizikai formát és úgy
jelent meg, mikor fejletlenebb fajokkal inter-
akcióba léptek. Ezt tette akkor, ha direkt módon,
nem közvetett úton akart tapasztalatot szerezni a
különböző valóságok történéseiről. Ilyenkor az
ősi formát felöltötte és tudattechnológiás jármű-
vével a kívánt valóság meghatározott helyére
ugrott, és ott a fejlődéshez szükséges beavatko-
zást elvégezte. Nagyon szerette ezeket a közben-
járásokat, mert direkt volt, személyes, életszagú.
Benne volt, ott volt, közvetlenül érezte és átélte.
Már régóta nem volt ilyen misszión, és nagyon
hiányzott neki az ilyen irányú ténykedés. Tudta,
hogy hamarosan neki is eljön a végső nász, az
Első Alkotóval történő összeolvadás, de valahogy
ezt szerette volna valami rendkívüli módon elér-
ni.

Fizikai formát öltöttek akkor is, amikor hagyomány szerint az Intergalaktikus Föderáció ülésén képviselték a Központi Fajt. Ezek az ülések számítottak a teremtett világ legfontosabb, az egész multiverzumot érintő egyeztetéseinek, ahol szinte minden magasabb szintű teremtett faj megjelent. Ezen az ülésen még soha nem jelent meg Prethor, mindig a Vezető képviselte őket. Meglepte, hogy rá hárult ez a megtisztelő feladat. Tudta, érezte, hogy most jött el az ő ideje, megkapja azt a lehetőséget, ami a végső beteljesedéséhez vezeti.

6.

Minden szép és jó

Lucifer:
Végtelen egyszerű játékszer az elme.
Adjátok meg neki, amit akar és kenyérre
lehet kenni. De egyet ne feledjetek.
Ha nem etetitek folyamatosan, akkor az eddigi vilá-
gotok tükörképe vigyorog rátok hamarosan.

1.

Dubaj, 2012. december 15.

Zoé a könnyektől elázott nagy párnát ölelte,
mikor kinyitotta szemét. Az ágyában feküdt egye-
dül és csak a „kell" visszhangzott álmából. *Ez a*
világ mozgatórugója – ismételte magában az Öltö-
nyös szavait. A hiány, a vágy, a „KELL".

Felült. Már reggel volt. Biztosra vette volna,
hogy az előbb zaklatottan ölelt valakit. De szinte
semmire nem emlékezett, az este nagy része ki-
törlődött a fejéből. Talán egy ismerőst. De itt
Dubajban? Nincs neki olyan. Talán Samet? Az ki
van zárva. – *Megvan! Az az átkozott Öltönyös! Az én*
emlékeimben is turkált. Ki akarta törölni magát belőlem.
De ahogy említette, velem nem bír el csak úgy. – Hiába
próbált azonban visszaemlékezni az estére, csak
néhány kósza kép, egy-két mondat, némi érzelem
maradt belőle. *Talán éreznem kellene valamit?* –

Végül csak sikerült valamit kitörölnie a memóriámból?
– morfondírozott magában.
Mikor újra visszahuppant az ágyba, keze meg-
akadt valamiben, ami a szomszéd párnán hevert.
Egy nagy csokor vörös rózsa volt.
– Mégis? – mosolyodott el Zoé.
Kézbe vette a rátűzött címkét:

Drága kedvesem!
Tudom, soha nem bocsátasz meg, azért amit tettem, és
ahogy tettem, de kérlek, hadd engeszteljelek ki, és tehesse-
lek boldoggá úgy, ahogy te szeretnéd. Kezdetnek egy isteni
reggelivel várlak a parton, ha neked is megfelel.
Rajongód: SAM

Zoé elvette az orrától az addig bőszen szagolt
csokrot. Még a Rudy névnek is jobban örült
volna a „Rajongód" felirat után. Az Öltönyösnek
már lehet nem is annyira. Inkább sztoikus érdek-
lődést érzett a titokzatos férfi iránt. De hogy Sam
írjon neki ilyet? Aki eddig, mióta befejezték az
egyetemet, teljesen kifordult magából és szinte
kapcaként bánt vele. De emlékezett még az előtte
oly csodálatos és szerethető helyes kosaras fiúra.
Na, lássuk, mi sül ki ebből – gondolta.
Felöltözött, majd szokás szerint leült kávézni.
Cigarettát és néhány nyugtatót helyezett az asz-
talra. Ahogy nézte a reggel szokásos résztvevőit,
elmerengett. *Mit szerettem én ezekben?* Kiöntött egy
pohárral az asztalra készített, frissen facsart
narancsléből, és miután jóízűen elfogyasztotta,
elindult a partra.

2.

Sam attól a reggeltől kezdve gyökeresen meg-
változott. Mint akit kicseréltek. Bocsánatot kért,
nem csak az elmúlt napokban történt durvaságo-
kért – ami egy része újdonságként hatott Zoénak,
mivel elég hiányosak voltak a dubaji kirándulás
emlékei – de még általánosan a kapcsolatukat
jellemző túlzott hierarchizmusért is. Láthatóan a
férfi is teljesen zavarosan és homályosan emléke-
zett az előző estére.

De Zoé is hazudott volna magának, ha úgy
tesz, mintha teljesen élénken éltek volna benne a
tegnapi, Öltönyössel megélt, átélt érzelmi és
szellemi csúcsok. Mert egyáltalán nem így volt.
Zoé az előző este helyén zavaros homályt, leg-
feljebb erős szimpátiát érzett. De legfőképp egy
megnyugtató ürességet. Egy ritkán termő, gyor-
san kibomló, és elvirágzó virág képeként élt
benne a titokzatos Öltönyössel megélt idő. Azzal
sem akarta magát becsapni, hogy teljesen falat
emel maga és az utána kapálódzó Sam közé. A
lánynak kifejezetten jól esett, hogy Sam – még ha
a családja révén mocskos dolgokban is kell benne
lennie – végre emberszámba veszi.

– Biztosíthatlak, kicsim, hogy amint hazautaz-
tunk Dubajból, kérvényezem a befektetőinket, és
megmozgatom a családi cég pénzügyi osztályát,
hogy amint lehet, utalják a számodra annyira
kedves indián nevelőotthon és rezervátum szá-
mára a támogatást. Mindenképp fogunk a nem-
zetközi környezetvédelmi alapba is invesztálni.
És ami a legfőbb, gondoskodom róla – ha bele-

kezdtünk végre az esküvőnk szervezésébe –, hogy közben elutazhass édesapádhoz is.

Zoénál a szarvasgombába göngyölt kardhal, és a jeges frappé fölött elhangzott mondatok tették fel a koronát az elmondottakra. Nem akart hinni a fülének. Persze a hiúsága még mindig közönyös kősziklába kötötte amúgy is büszke indián vonásait. De legbelül sikított örömében. Legszívesebben ott helyben szeretkezett volna Sammal a tengerparton, ha nem állt volna az asztal mellett öt méterre három felszolgáló és két testőr. És hát milyen a női lélek? Egy kis kedvesség ártatlan módon a leghidegebb és legbüdösebb hamuból is képes lobogó szerelmet remélni. Zoé is így tett. *Még talán szeretem is Samet?* – gondolta.

3.

Attól a naptól kezdve Zoé szemére rózsaszín köd ereszkedett, és Sam segített neki úgy szemlélni Dubajt, amilyennek Dubaj tűnni is akart. Egy ékszernek, mely bárkit szívesen vár, hogy megcsodálja. Sam elvitte a legmesésebb helyekre a lányt. Körbetáncoltak a nagy Dubaji Múzeumban, felmentek a Burdzs Kalifa csúcsára és nevettek a hangyaként lent sétáló embereken.

Lecsúsztak a Wild Wadi Waterpark majd minden csúszdáján.

– Ezek homokszobrok? – kérdezte Zoé, mikor elsétáltak egy sikátor mellett, ahol az út mentén sorban álltak a sport- és luxusautó alakú homokhalmok.

– Nem drágám – válaszolta Sam. – A gazdasági válság azért néhány itteni vállalkozót is érintett, és miután túl nagy anyagi terhet jelentett számukra a drága autók fenntartása, kulcsokkal és papírokkal együtt itt hagyták őket néhány éve.

Kirándultak az örökké épülő város minden szegletében. Még talán túl sokban is. Amikor is száz wattos mosollyal az egyik helyi építésvezető újságolta, hogy náluk épül a világ legnagyobb fedett sípályája – ami nem kevesebb, mint 1,2 kilométert tesz majd ki –, Zoé egy közeli építkezésen, egészen mélynövésű kőművesekre lett figyelmes. Míg Sam az adatoktól elájulva tárgyalt a szakemberekkel, Zoé közelebb sétált az aprónéphez. Akkor látta, hogy gyerekek cipelik a kövekkel megrakott talicskákat. Mi több, arrébb egy konténer árnyékában, több lurkó is szerény ebédjét fogyasztva, véresre kopott tenyérrel pihegett. Zoé teljesen elsápadt az embertelen bánásmód láttán. Visszaszaladt Samhez, és erős torokköszörüléssel kiszakította a diskurzusból.

– Mit akarsz, drágám? Miért nem merülsz el az emberi tudomány és alkotókészség csodálásában? – intett Sam átszellemülve a gerendákat hintáztató daruerdőre.

– Ez is a nagy tudományunk gyümölcse? – Zoé húzta maga után a férfit. – Gyerekrabszolgák, Sam.

Sam is megtorpant egy percre a látottaktól. Az utánuk ballagó építésvezető meglátta a két amerikai szörnyülködésének tárgyát. Menten a gyerekekre ripakodott arab, majd angol nyelven is.

– Tűnés innen! – ordította sisakjával hadonászva. – Nem megmondtam, hogy nektek az iskolában a helyetek!

Ezt hallva több kis kőműves segédmunkás is rémülten elhajította a szerszámot, és elrohant. A hoppon maradó felnőtt mesteremberek meg csak a fejüket vakarták. Oda az olcsó segédmunkás. Legalábbis egy időre.

– Mindig ide jönnek, pedig én... – kezdte az építésvezető Zoé felé bocsánatkérő mosollyal.

– Gyerekeket dolgoztatnak? – hüledezett Zoé.

– Nem, asszonyom, dehogy! A dubaji és a mi népünk törvényei természetesen tiltják az ilyesmit. Embertelenség. Csak hát, tudja hölgyem, a közelben sok mélyszegénységben élő család lakik. És néhány centet remélve a tudtunk nélkül beállnak a munkásaink mellé segédnek. Ők is jól járnak, és végül is a gyerekek is. Higgye el, senkinek nem érdeke, hogy itt bárkinek is rossz legyen.

– Drágám! – fordult Sam Zoéhoz. – Valóban túlaggódód. Látod minden rendben. Figyelnek itt az ilyesmire.

Zoé beharapta a szája szélét, és csak nagy sokára szólalt meg:

– Sam, haza akarok menni.

– Rendben, máris visszamegyünk a Burdzs al-Arabba, ott is van egy örök szobám.

– Nem. Én teljesen haza akarok repülni végre, Sam.

– Vagy úgy. Rendben.

Az elmúlt néhány nap alatt Zoé teljesen megfeledkezett az Öltönyösről, de mikor a dubaji reptéren ezer közül is felismerte a szarvasbőr cipők és selyemkabát suhogását, és megérezte azt a csontig hatoló bizsergést, akkor szíve is hevesebben kezdett verni. Tudta, hogy Ő van a közelben.

– Ki kell mennem a mosdóba, drágám – szólt a saját repülőkapitányával tárgyaló Samnek.

– Most? Nem ér rá a gépen?

– Nem, nem ér rá – húzta össze szemöldökét Zoé. – Női dolog.

Azzal már érezte is merre forduljon, hogy még megpillanthassa a hátat fordító széles vállakat. A lány gyorsabb tempóra váltott, és egy saszszéval túlment a mosdókon, de teljesen valószínűtlen módon lassan elé gurult, majd felborult, egy stabilan felpakolt bőröndös-kocsi. Zoé elvesztette szem elől az Öltönyöst.

– Jajajaj! De sajnálom! Hölgyem, nem esett baja? – szaladt Zoéhoz egy piros reptéri mellényt viselő srác.

– Nem, de... – Zoé próbálta kikerülni, átlépni, de minden felől elzárták a bőröndök az útját.

– Pedig határozottan emlékszem, hogy duplán is rögzítettem őket – jajveszékelt a rakodó munkás.

Az Öltönyös eltűnt.

Zoé és Sam végül felröppentek a levegőbe. Zoé akkor valóban boldog volt Sam mellett, de érezte, hogy az ellenkező irányba repülő magángépen egy különös alak – *Ember ez egyáltalán, hisz Samet is, hogy elrepítette, ha nem álom volt az egész...* – magával viszi szíve egy darabját is. S tudta, hogy meg kell találnia előbb vagy utóbb azt a darabot. De ahogy ez a furcsa érzés átjárta, egyre több képkocka kezdett előjönni a kitörlődött estéről.

4.

New York, 2013. január 8.

Hazáig kísérte Zoét a gyermekmunkások vérverejtékes képe. Tudta, hogy mihamarabb más irányba kell terelnie valakinek, vagy valakiknek a világot. Azzal is tisztában volt, hogy azokat a gyerkőcöket senki nem kényszerítette a munkára. Sőt, a helyiek, ott Dubajban nagy anyagi erőket fektetnek a szegénység felszámolásába, és a virágzó építőipar minden felnőttnek biztosít munkát. Sajnos azonban mindig vannak olyanok, akiket az élet sodor le az útról. *Na de gyerekeket is?* – tűnődött a lány. De ennek megváltoztatásához ő túl kevés. Neki elég volt, hogy Sam megígérte, hogy a karitatív, környezetvédelmi és nevelésügyi szervezeteket támogatni fogja.

– Igen, Mr. Johnson – Zoé a dakotai rezervátumban álló nevelőotthon öreg igazgatójával beszélt. – Nyugodt lehet, a vőlegényem hamarosan utalni fogja a beígért összeget, úgyhogy belekezdhet a felújításokba.

– Nem akarom, Zoé, hogy azt higgye, sürgetjük önt – szólt a vonal túl végén az öreg –, de tényleg minél hamarabb ki kell fizetnünk a számláinkat, mert az állami támogatás megszűnt, a gyerekek pedig fűtés nélkül saját szobáikban fagynak meg a közelgő télben.

– Persze, Mr. Johnson, megértem, és igyekszünk.

Zoé letette a telefont, és visszafordult leendő rokona, Mary felé. Mary az előző beszélgetés

KIAS

közben fancsali képet vágott. Szerencséjére Zoé
ezt nem látta. Mary arcát ismét elöntötte a
kötelező mosoly, amint Zoéhoz fordult:

– Nos, drágám, hogy tetszenek az ünnepi füg-
gönyök?

A két lány egy kisebb városka méretű több
utcás fedett plázában volt. A földszinten egy
mesterséges erdő mellett állította ki több esküvő-
szervező is a standját. Európa és a Keleti Part
legbefutottabb esküvő gurujainak egész szintet
kitöltő dzsemborija volt ez. Zoénak a magyar
származású Rea Cherry egyik instant kollekciója
tetszett, ami reális áron kínált szolid, de egyedi
eleganciát. Mary elrángatta onnan Zoét. De a
lánynak nem is volt ideje elmerülni a kiállításban,
mert érzékeit elvarázsolta egy tudatalattiból jövő
érzelem hullám, amit Dubajban, és már New
Yorkban is az Öltönyös közelében érzett. Szagot
fogó vadászeb módjára kapkodta fejét a csipke-
hegyek és habos-babos díszletek között.

Ösztöneit követte, és – otthagyva az üresen
daráló Maryt – elindult a földszint központi
aulája felé. Látta, amint az Öltönyös – több japán
üzletember társaságában – kisétál egy irodából,
beszáll az üvegliftbe és felsuhan. Majd nem sokra
rá, egy ezüstszínű helikopter hagyta el a Plaza
tetejét. Az érzés elmúlt, hátrahagyva újabb em-
lékfoszlányokat.

– Hm? Hallasz, Zoé? – csettintgetett Mary
türelmetlenül az üvegtetőre meredő Zoénak. –
Föld hívja Zoét!

– Igen?

164

– Jól vagy? Azt kérdeztem, hogy a húgod, Zia miért nem jött most el megnézni az esküvői ruhákat és a díszletet?

– Ki? – Zoé szemébe lassan visszatért a józan ész fénye. – Ja, Zia. Nem hallottam róla már vagy egy hónapja.

Mary sajnálatot mímelve vállat vont, aztán visszahúzta Zoét a tüllök tengerébe.

Az elkövetkező hónapok a Sammel kötendő esküvőjének lázas szervezéséről, és az indián rezervátum szeretet otthonának szánt támogatások összegyűjtéséről szóltak.

5.

Texas, 2013. augusztus 12.

Zoé és Rudy épp Texasban voltak egy nagyon
energikus szenátor beiktatásán. Zoé élőben kom-
mentálta az autogramokat osztogató szenátor
által felvázolt terveket. A politika új lovagját,
koncertező tömeg módjára rajongták körül a
népek. Egy hatalmas mélykék limuzin gördült a
szabadtéri pódium mögé. A szenátornak jeleztek
a testőrei, hogy várják. A politikus arcáról leher-
vadt a mosoly, falfehér lett. Izzadt kezét zavartan
nadrágjába törölgette. Még merített egy kis erőt,
és újabb mosolyadaggal elköszönt hű választó-
polgáraitól, majd elindult a limuzin kitáruló hátsó
ajtaja felé. Beült. Zoé szíve majd kirobbant a
helyéről, mikor meglátta, hogy az Öltönyös várja
a szenátort. A lány megálljt parancsolt ösztö-
nösen lépő lábainak, hisz hiábavaló lett volna
minden igyekezet, már a limuzin tova is suhant.

Az emlékek nagy része már visszajött a dubaji
éjszakáról, de még nem sikerült őket egyberen-
dezni, így meseszerű álomnak tűnt az egész.

6.

New York, 2013. november 2.

– És most külföld, röviden – kezdte a jól fésült riporter a híradóban. – Természeti csodát bemutató videót rakott fel a világhálóra egy dél-amerikai közalkalmazott, aki egyelőre neve elhallgatását kérte, és jól is tette. Hisz az amúgy is rossz minőségű telefonos felvételekről – melyeken egy gravitációnak ellentmondó, félig eltűnő vízesést, és lebegő köveket láthatunk – a szakértők azóta bebizonyították, hogy számítógépen manipulálták az anyagot. Újabb konfliktusok a mexikói határon... – csörömpölt a fali plazmatévé.

– Au! Ez fájt, Netty! – jajdult fel Zoé, miközben Netty segített a szabónak feladni a leendő arára az esküvői ruhát.

– Bocsi, Zoé! – mondta Netty.

– Kérem, hölgyem, ha meg nem sértem, hadd csináljam én – tolta el Nettyt finoman a cérnabajszú, bezselézett hajú szabó.

– Jól van, na, csak jót akartam – dohogott Netty.

Zoénak megcsörrent a telefonja. Mr. Johnson árvaházi igazgató kétségbeesett hangja szólt.

– Zoé, kedves! Az Istenért sem akarom én magácskát siettetni, de a vizet már kikötötték.

– Micsoda? – hűlt el Zoé. Még a szabó is abbahagyta a centizést. – Még a párom nem utalta az adományt?

KIAS

– Nem. De nincs vész – sóhajtotta az öreg –, mert vannak fúrott kútjaink, egyelőre azzal megoldjuk, csak hát tudja…

– Ne is folytassa, Mr. Johnson, azonnal intézkedem. Mihamarabb küldjük a pénzt.

– Köszönöm.

– Zia volt az? Ő nem jön el?

– Zia? – Zoé tekintete megüvegesedett. – Nem, ő nem jön el. Nem reagált az üzenetemre.

Zoé ismét maga elé emelte készülékét – aminek a zsörtölődő szabó nem örült, mert épp a ruha ujját mérte –, kikereste Zia számát és egy újabb üzenetet küldött neki. Nagyon aggódott, mi lehet vele. A próba után ismét fel fogja hívni.

– Ó. De azért jó kedved van? – kérdezte Netty.

– Hagyjuk, Netty! Az esküvőszervező talált olyan zenekart, ami Sam kívánsága volt?

– Ö… izé! – töprengett Netty annyi értelmet sugározva, mint amennyi rejlett benne. – Ez a Rea Cherry, akire gondolsz?

– Igen, kire másra? – vonta fel szemöldökét Zoé. – Az ő stílusa és ajánlata tetszett a legjobban.

– De Mary és Sam anyukája nem ismerik, és nem is szeretik az európai rendezvényszervezőket, Zoé – nyöszörgött Netty.

– Az anyósom, vagy az én esküvőm lesz, Netty?

– Hát a tied, Zoé – lökte Netty, örülve, hogy tudja a választ.

– Akkor meg én hadd döntsem már el, hogy milyen esküvőt akarok. Punktum.

– Kérem, Zoé, feljebb emelné a bal karját! – szólt a szabó.

– Persze, igazad van – folytatta Netty –, de tudod, hogy az én feladatom a vendégek emlék-ajándékainak megvásárlása.

– És?

– Adnál egy kis… izé… pénzt?

– Az előző kártya már kimerült, amit adtam? – vonta kérdőre Zoé a lányt.

– Hát, sajnos igen – válaszolt a lány szemlesütve.

– Ott van a táskám külső zsebében Sam egyik kártyája. Kék színű. Vedd ki és intézd a dolgod!

– Kösszentyű! – és a bamba teremtés már ott is termett.

Ha máshoz nem is, de lejmoláshoz volt esze. Zoé meg hagyta, nem az ő pénze bánta. Egyelőre. Csakhogy ha Netty keze már úgy is a leendő ara – aki az USA egyik leggazdagabb pasija felesége lesz – táskájában járt, miért ne vett volna ki két hitelkártyát. Sose lehet tudni.

Netty már messze járt, mikor Zoé ismét elővette a telefonját, és Samat hívta. Megbeszélték, hogy Sam még aznap utalja a dakotai számlára Mr. Johnsonnak a pénzt. Sam nagyon készséges és jókedvű volt.

– Sőt, drágám – mondta negédesen Sam –, kérlek, más idegen cégekkel fel se vedd a kapcsolatot, hogy támogatást kérj tőlük!

– Miért? – Zoén egy hideg és rossz érzés futotta át. – Ezt hogy érted?

– Csak azért, drágám, mert tudom, hogy számodra mennyire sokat jelent az az indián nevelőotthon.

– Ez így van.

– Na, és épp ezért szeretném, ha... sőt büszkeséggel töltene el, ha saját feleségemnek...

– Egyelőre még menyasszony – javította ki a lány.

– Akkor menyasszonyomnak csak én tehetnék ezen a téren is a kedvére.

– Ez nagyon kedves tőled, Sam – ámuldozott Zoé Sam már túlzott ömlengősségén –, köszi, hogy így a szíveden viseled a dolgot.

– Már ma utalom is a pénzt nekik, drágám.

7.

Zoé az elkövetkező hetekben szüntelenül igyekezett hívni a nevelőotthont, de senki nem vette fel. Hívta munka közben, egy-egy riport között. Edzés közben, és még vacsoránál is. Semmi válasz. De ugyanígy nem érte el Ziát sem.

Miért nem veszi fel senki? – gondolta

– Kit hívsz állandóan, drágám? – kérdezte Sam.

– Á, senkit – terelt Zoé. – Csak az esküvő-szervezőmet.

8.

Dakota, gyermekotthon, 2013. december 16.

Valahol, messze egy marcona, munkásruhás, arctalan alak betrappolt egy egykor talán családiasan festő hatalmas nappaliba. A szoba fala gyermekrajzoktól volt színes, de egyébként minden bútor porra éhes helye zengte az üresség visszhangját. A férfi a válaszra várón csöngő vezetékes telefon kábelét kitépte a falból, a csöngés abba maradt. A készüléket a többi holmi közé hajította egy kartondobozba. Felkapta, és kitrappolt egy teherautóhoz, ahol száz másik doboz várta.

9.

New York, 2013. december 22.

– Sietnem kell haza a fogadásról, Sam – mondta Zoé miközben Sam egyik üzlettársának villájában lépdeltek a lépcsőjén fölfelé. – Tudod, mondtam, hogy most már tényleg megyek, meglátogatom apámat.

Sam átkarolta Zoét. *Mint a mesében* – gondolta a lány.

– Ez csak természetes, Zoé – és egy csókot nyomott a homlokára.

– Elmegyek félidőben, ha nem baj – Zoé Sam arcát vizslatta a telihold és lámpák fényében.

Nem akarta a férfit elkedvteleníteni, hisz az utóbbi hónapokban valóban jó ember lett. Mintha kicserélték volna Dubaj óta.

– Persze, drágám, menj csak! Rendelek neked egy kocsit. Viszont a te érdeked, hogy maradj még egy darabig. Tudod jól, hogy itt lesz néhány környezetvédelmi szakember és gyermekjóléti intézmény felelőse is. Szeretnélek bemutatni nekik.

– Igen, emlékszem, hogy mondtad – felelte Zoé, és kabátját átadta az egyik ajtónállónak. Egy másik mozdulattal pedig már mindketten le is emelték az üdvözlő italt, az eléjük tolt tálcáról.

Az este egy része kellemesen telt a fogadáson. Lezavarták sorban a kötelező tiszteletköröket. Zoé szomorúan vette tudomásul, hogy nem sok emberjogi és környezetvédelmi biztossal futott össze.

– Nyugodj meg, Zoé – nyugtatta Sam –, ők még ezután érkeznek meg. Nagyon messziről utaznak ide.

– Jó, jó, Sam, de nekem tényleg mennem kell már – magyarázta a lány. – Korán reggel indul a járatom Dakotába, amivel végre eljuthatok apámhoz.

– Persze, drágám – sóhajtotta szomorúan Sam –, menj, ha menned kell.

Zoé szíve majd megszakadt, de aludnia kellett, mielőtt elutazik.

– Sajnálom, drágám, de muszáj mennem – bújt Zoé Samhez, amit nagyon sokan irigyeltek, hisz Zoé volt a legcsinosabb azon az éjjelen.

Kellemesen telt idomai az ízlésesen erotikus fekete, majdnem fenékig kivágott ruhában felkeltették minden férfi figyelmét. De még a nők elismerő pillantásait is kivívta.

Zoé hazasuhant. Samet otthagyta a fogadáson, hadd jópofizzon akivel kell.

A lány épp a bőröndjébe rámolt, mikor az éjszaka közepén megcsörrent a telefonja. Mr. Johnson fáradt hangja volt az. Zoé örömmel vette fel.

– Ne haragudjon, Ms. Zoé, hogy ily későn zavarom – szabadkozott az igazgató elcsukló hanggal.

– Mi baj van, Mr. Johnson?

– Hiába, nem sikerült nekünk pénzt küldenie, azért köszönjük az igyekezetét...

– Micsoda? – Zoé leült az ágyra. – Ezt hogy érti, hogy nem sikerült pénzt küldenem. A vő-

legényem legalább tíz napja átutalta a teljes
adósságtörlesztő összeget. Sőt, még többet is.

– Akkor bizonyára elbeszélünk egymás mel-
lett, kedves Zoé – szívta a fogát az öreg –, mert
sem az intézményünknek, sem a saját számlámra
semmilyen pénz nem jött. Így hát...

Zoéval ekkor feje tetejére állt a világ. Szédülés
fogta el, miközben kirázta a hideg, izzadtak a te-
nyerei. Egy cső végéről hallotta már csak a han-
gokat.

– Sajnos kiköltöztettek mindannyiunkat a
nevelőotthonból, az épületeket pedig már le is
rombolták a befektetőcég gépei – csuklott el az
öreg direktor hangja. Zoé szeme is könnybe lá-
badt. Nem értett semmit. Hisz Sam azt mondta,
hogy már átutalta a pénzt.

– Kiköltöztették, és lebontották? Milyen cég-
jelzés volt a gépeken, Mr. Johnson? – kérdezte
Zoé.

A volt igazgató lefestette a jellegzetes cégért,
ami Sam családi vállalatának ismert emblémája
volt. Zoénak le kellett ülnie, mert majdnem
elájult. A szíve zakatolt. Ebben a felindultságában
minden összeállt benne. Emlékezett a titkos sza-
badkőműves bázison történtekre csakúgy, mint
az öltönyössel folytatott beszélgetésre. Rendkívül
vegyes érzelmek öntötték el. Gyűlölte Samet, de
az Öltönyösre is haragudott, mert elfeledtette
vele a találkozásuk jelentős részét.

10.

Zoé könnybe lábadt szemmel visszacsörtetett az állófogadásra. A sznob tömeg – ahol még véletlen sem akadt még most sem egy környezetre, vagy fenntartható fejlődésre odafigyelő pénzember – undorodva figyelte zilált külsejét, elkenődött szemfestékét. Kapkodva kiderítette, hogy Sam a második emelet VIP tárgyalójában tárgyal. Felrohant a lépcsőn, nem bánva, hogy cipőjének sarka kitört, és hogy mindenki őt nézi. Két kopasz – szekrénynek is nagy – testőr állta el az útját.

– Kérem, hölgyem!

– Mit kérnek? – vágott vissza Zoé, és ismét lépett egyet az ajtó irányába.

– Mr. Sam és a fogadás házigazdája nagyon fontos tárgyaláson vesznek most részt.

– És? Mr. Sam leendő felesége vagyok – szipogott Zoé. – Engem csak beengedhetnek.

– De senkit nem óhajtanak most látni. A tárgyaló felek igen érzékenyek az ilyesmire, hölgyem.

Zoét nem érdekelte a hivatalos duma, rárontott az ajtóra. Még mielőtt elérhette volna, a két gorilla levegőbe emelte a törékeny lányt. Zoénak viszont utolsó lendületével még sikerült berúgnia az ajtót.

Sam bent állt a tárgyaló faragott asztalának dőlve. Két meztelen hölggyel összegabalyodva, akik az ajtó kitárulását követően, gyorsan felkapták lenge ruhájukat, és egy oldalsó ajtón távoztak. Sam rosszallóan nézett vergődő menyasszonyára.

A gorillákat is megakasztotta egy pillanatra a meztelen hölgyek látványa. Zoé ezt kihasználva kicsusszant vasmarkukból és belépett Samhez. Remegve állt a cseppet sem pironkodó vőlegénye előtt. Beléptek a biztonsági őrök is, de Sam intett, hogy távozhatnak.

– Az nyilvánvaló, hogy te itt most engem megcsaltál – rebegte Zoé –, de mi a fenét tettél az összegyűjtött pénzzel, amit a gyermekotthonnak szántunk.

– Nézd, Zoé! – kezdte Sam. Felhúzta sliccét, és töltött magának egy whiskyt. – Nem kertelek. Kár szabadkoznom.

– Kár bizony – helyeselt a lány. – Túl szép volt ez az egész, hogy igaz legyen. Hogy igaz legyél – Zoé letörölt egy könnyel hígított festékmasszát arcáról. – Azt mondtad, hogy magadénak érzed az ügyet. A nevelőotthont.

– Ez így is van – mondta Sam –, magaménak érzem. Olyannyira, hogy felvásároltam az egész területet, az egész rezervátumot az intézménnyel együtt. És már le is taroltam, hogy kezdődhessen az építkezés.

– Miért, Sam?

– Hát annyit dicsérted, hogy rájöttem, nagyszerű hely lehet egy wellness szállónak, az ügyfeleim számára. Képzeld csak el, Zoé! Az összes titkos vezető oda akar majd menni, lazítani, hisz egy teljesen elhagyatott, mégis csodálatos helyen van. És ki biztosítja nekik ezt a szuper, diszkrét paradicsomot? Hát én! Nem fogok mindig a faterom árnyékában lapítani.

Sam büszkén önmagára emelte poharát, nagyot kortyolt italába.

– Te egy szánalmas kétéltű, hidegvérű hüllő... egy gyík vagy! – zokogta Zoé, és ki tudja miért, de a titkos, földalatti barlangban látott, faragott sárkány képe ugrott be neki.

– Ha te mondod – mondta szórakozottan Sam –, de ideje lenne felnőnöd Zoé, és a való világot nézned, nem csak azt, amire annyira vágysz.

– Mi van?

– A világ, ahogy mutattam neked a titkos bázis kivetítőin, alapvetően egy gonosz és rossz hely.

– Tudtam én azt magamtól is te szemétláda, hogy milyen szar sokszor a világ. Épp azért küzdök, hogy jobb legyen. Az ilyenek, mint te, cseszik el.

– De mi, és a szervezeteink csak rendet próbálunk...

– Igen, te meg a dicső rended, csak a szart tologatjátok egyik sarokból a másikba, közben hazudtok mindenkinek, még magatoknak is – vágott közbe a könnyeit törölgető lány. – Mint embert, és mint nőt is megaláztál. Szégyenben hagytál, magam, és mások előtt is. Ezzel vége! – Zoé leráncigálta jegyűrűjét, és földhöz vágta.

– De, Zoé! Mi azért alkotunk jó párost, hogy...

– Alkoss te a hazugsággyáraddal jó párost! – kiabálta Zoé.

Majd hátat fordított, feltépte az ajtót, és elment. A földön guruló gyűrű az ajtócsapódással együtt dőlt el a padlón, Sam lába előtt.

7.

Mo, a III. kiválasztott

Lucifer:
Ehhez a remek, jóképű, intelligens, csodás képességű figurához van némi közöm, majd azt is elmesélem, hogy mi. Senki a teremtett multiverzumban nem ért nála jobban a genetikához, létformák kialakításához. Otthonosan mozog a dimenziók között is, és persze nincs az a feladat a világon, amit meg ne oldana.

Fiastyúk csillagrendszer, Plejádok, Arkhan anyabolygó, 228309 plejádi időszámítás

A tenger mélyének selyme saját szerves részeként üdvözölte Mo-t. Befogadta, hagyta siklani. Odalent minden olyan más volt. Csendes, nyugodt és... talán színesebb is, mint a felszínen. Mo a víz alatt suhanó delfineket meghazudtoló sebességgel lavírozott a meztelen testét beborító szintetikus, áttetsző nanoruhájának köszönhetően. Atletikus, már-már hibátlan fizikumának ugyan nem okozott gondot a hagyományos gyorsúszás, de hogy egy kicsit azonosulni tudjon az Alkotó tengeri teremtményeivel, legalább a sebességüket és fürgeségüket meg kívánta közelíteni. Cikázott a meredek korall telepek között, elsuhant polipok karjai elől, halrajok tébolyait átfúrva kardhallal

versenyre kelt. Majd ugyanazzal a lendülettel fel-
színre tört egy szikla pereménél, és kimelegedve
leheveredett a parton. Mo minden reggelt ezzel
indított.

Meztelenül elterült a homokban, és lábát áz-
tatta a kellemesen langyos vízben. Ki nem hagyta
volna, mikor a két nap egymás után előbukkan a
tenger vizéből. A szokásos madárzsivaj, a hullá-
mok ütemes huppanása, amint a parti szikláknak
verődnek, a természet ébredő zenéje, ez a har-
monikus összekapcsolódott örömtánc által kel-
tett vibráció, rendszerint óriási töltetet adott neki,
és az élmény hatására mindig megállapította,
hogy minden a legnagyobb rendben van a terem-
tésben. Ez a kis reggeli szertartás átöblítette fizi-
kai formáját, karbantartotta és éreztette testével
az ő elkötelezett szeretetét. Fizikai formája a
bolygó enyhe gravitációja miatt három és fél
méter magas, karcsú, kisportolt, harmincas évei-
ben járó, ereje teljében lévő férfitest volt. Nagyon
szerette és ki nem hagyott volna semmilyen
lehetőséget, amivel regenerálhatta, kényeztethette
azt.

Az égen feszülő két nap fényétől piruló Mo
csukott szemére, majd egész testére hatalmas ár-
nyék vetült. Mosolya lehervadt, de nem nézett
fel.

– Ó, Navi! Nem tudnál csak egyszer nyugton
hagyni – sóhajtotta a tenger felé, ahol egy rend-
kívül csinos, harmincas nő állt a vízben, talpig
kosztümben.

Hologram volt. Mellette viszont egy nagyon is
valóságos tálca lebegett, hideg nektártól páráló

pohárral és friss gyümölccsel. Az eszményi össz-
képet pedig Mo űrhajója keretezte, ami fölöttük
lebegett hangtalanul.

– Sajnálom, Mo, de... – kezdte Navi, a
Mesterséges Intelligencia formai kivetülése.

– Vagy legalább csak egyszer nem hivatalos
ügyben – szakította félbe rimánkodva hunyorgó
szemmel Mo –, csak a létezés örömére mellém
heveredni...

– Dolgunk van! – mondta Navi ellentmondást
nem tűrő hangon. – Az XJ–32-es bolygón töme-
ges lélektávozás van, azonnal oda kell mennünk,
és fel kell kutatnunk az okát.

Mo hirtelen felpattant, érezte, hogy a lazasá-
gnak most nincs itt az ideje. A tálcákon magukat
kelletó finomságokra ügyet sem vetve elindult a
fövenyen, kissé gyorsabbra vette a lépéseit, és
belépett a part menti erdős rész tisztásán lévő
elektromágneses erőtér által létrehozott lakhelyé-
re. *Ez valóban egy szörnyű természeti katasztrófát
jelenthet* – gondolta.

Rápillantott csuklóján lévő multifunkciós kar-
perecére, a készülék egyik pontjára helyezte ujját,
és az általa elképzelt türkizkék testre feszülő,
intelligens ruhát materializálta magára. Ez a kis-
okos készülék volt hivatott mentális energiáinak a
fókuszálására, a kívánt dolgok általa teremtődtek.
Természetesen ment ez neki e nélkül is, viszont
sokkal nagyobb erőfeszítés és koncentráció kel-
lett volna hozzá. Ezek a megnyilvánított anyagok
a planétájukkal való teljes összekapcsolódottsá-
guk és egységük eredménye. A gondolatuk ere-
jével keltett elektromágneses hullámokkal jelet

küldtek a bolygójukra, az visszacsatolta az ehhez
szükséges vibrációkat, így abból összerendeződve
a kívánt anyag megjelenhetett. Az energia nyerése
ehhez hasonlóan történt, csak ebben az esetben a
Kozmikus Szövedéket csapolták meg, és ez biz-
tosított számukra korlátlan energiát.

Miközben a felé lebegő tálcákról néhány friss
gyümölcsöt és nektárt vett magához, azt fontol-
gatta, hogy teleportálja magát a központi épü-
letükbe, vagy pattanjon fel kis antigravitációs
járművére, és bár valamivel lassabban, de a
természet impulzusait és csodálatos vibrációját
közvetlenül élvezve suhanjon el oda.

Nem szerette a teleportációs készülékeket,
mert az mindig szétbontotta atomjaira és fény-
ként átsugározva, a túlsó oldalon újra összerakta.
Ez rend-szerint egyfajta émelygős, furcsa érzéssel
járt. Utána általában kellett egy kis idő, hogy
összeszedje magát. A világok között is betiltották
és lezárták ezeket a teleportációs kapukat, mert
olyan illetéktelenek is megpróbáltak átlépni rajta,
akik nem voltak felkészülve az egyes bejáratok
közötti elektromágneses vibrációs különbségekre,
és egyszerűen eltűntek a két kapu között. Ezért
csak kivételes alkalmakkor, nagyszámú áttelepülő
és komoly veszély esetén lehetett már csak őket
alkalmazni.

Ha gyors, és csak tájékozódó utazásokat
akartak tenni, akkor egyszerűen fénylényként,
asztrális utazással bárhová eljuthattak pillanatok
alatt és minden információt begyűjtöttek, ami
szükséges volt számukra.

Sietni kellett, így Mo most a hajója alá sugárzott teleport mellett döntött.

– Az XJ–32-es bolygón lévő emberek tudatossága már negyedik alakalommal érte el a megfelelő szintet arra, hogy jelentős biológiai és tudományos felfedezéseket hajthattak végre – kezdte Navi. – A technológia fejlettsége ugrásszerű növekedésnek indult. Megismerték az atomot, a génmanipulációt, és a mesterséges intelligencia kutatásába kezdtek.

Minden nagyon szépen haladt. Bár a spirituális fejlődés nem tartott lépést ezzel a hihetetlen technológiai robbanással, de ez még nem adott okot az aggodalomra, mert más bolygókon is utolérte magát a folyamat és a spiritualitás visszavette a gyeplőt. Annál is inkább, mert egy bizonyos szint után az Univerzális Törvény szerint nem megy a technológiai fejlődés, ha az nem egy magasabb tudatosság által, a közösség érdekében történik.

– Navi, hagyjuk ezt! Ismerem az XJ–32-est. Egyike azoknak a bolygóknak, amelyek fejlődését én felügyelem, tudod jól.

– Persze, Mo, tudom.

– Konkrétumokat akarok hallani, haladjunk! – mondta Mo.

Mo Navi elé, a hajója alá kisugárzott teleportáló kapuba állt, és egy pillanat alatt már utazott is. A következő másodpercben már ki is lépett – azzal a szokásos émelygő, rendkívül kellemetlen érzéssel és fémes ízzel a szájában – a bolygó irányító központjának egyik oldalsó termében.

Khaa várta a kapuból kilépve. Ez a csodálatos női szépség volt a helyettese, jobb keze, barátja és minden, ami lehetett a másik nem egy plejádinak. Magas, karcsú, nyúlánk teste, hosszú combja, formás idomai és mélykék szeme, mindig lenyűgözte Mo-t, amikor meglátta.

Már nagyon régóta ismerték egymást, együtt dolgoztak, szinte minden szabadidejüket együtt töltötték. Mo mégsem tudta rászánni magát arra, hogy a kapcsolatukat egy másik pályára állítsa. Nem érezte azt a minden porcikáját átjáró tüzet, vibrálást, ellenállhatatlan vágyat, ezért úgy gondolta, még vár, mielőtt változtatnak kapcsolatukon.

Mo azonnal az irányítóterembe indult. Az asztrál monitor előtt álló társai egy szemkontaktussal köszöntve mutatták a folyamatosan egyre nagyobb ütemben csökkenő asztrál számot a bolygó felszínén.

– Mi történhetett? – kérdezte Japolit, a központ Első Irányítóját.

– Nem látunk semmit, nincsenek szeizmikus mozgások, robbantások, és vulkánkitörések. Ez most biztos nem atomháború. De az egyértelmű, hogy a civilizáció nagy része most is megsemmisült. Nem tudom, van-e még esélye ennek a bolygónak, hogy továbbfejlődhessen.

– Ez az Első Alkotó döntése lesz, a mi dolgunk a teljes támogatás – mondta Mo, és már indult is a csillaghajó fedélzetére, ahol indulásra készen várta legénysége.

Japoli utána szólt:

– Mo, légy nagyon óvatos, mert igen intenzív, nagyon alacsony frekvenciájú, de annál hatalmasabb kiterjedésű energiatevékenységet észleltünk.

Lucifer:

Az ismerős lebegő érzés, a hajóbelső kékes színei azonnal megnyugtatták, és izgalommal töltötték el Mo-t. Ez az ő világa, az ő terepe, a kaland, a mások megsegítése, ez éltette. Bár még fiatal volt, mindössze 700 éve testesült meg ezen a 9. kategóriájú bolygón és a második testét használta, de úgy érezte, hogy már mindent megélt, megtapasztalt, amit ebben a formában megtehetett. Vonzotta, éltette ez a sok kaland, a galaxis, melynek egyik legaktívabb láthatatlan támasza volt, és töretlen spirituális fejlődésének elősegítője, az Első Alkotó programja szerint. Mégis szeretett volna valami mást. Érezte, hogy vár még rá valami, mindettől teljesen eltérő, sokkal teljesebb, és nagyobb felelősséggel járó dolog. Maga sem tudta miért, és mi az, ami motoszkál benne, de sokszor érezte ezt a nyugtalan, furcsa érzést.

Elhelyezkedett a hajó közepén lévő kagylószerű ülésében, egy elektromágneses erőtér magához vonzotta és rögzítette az indulás és felszállás idejére, majd lazán feloldódott. Az előtte lévő ablakon láthatta, ahogy egyre növekvő sebességgel elhagyják bolygójukat, majd kilépnek naprendszerükből.

A hajójuk ekkor hipersebességre váltott. Egy gömb alakú tér-idő kapu nyílt előttük, aminek áttetsző falán látható volt a célállomás képe. A kapu beszippantotta az űrhajót és vele együtt eltűnt. A hipertér egyik pontjától a másikig csak, mint hullámok közlekedtek. A hajóban lévők egy kellemes, hullámzó érzésként élték át a számukra csupán pillanatokig tartó utazást, miközben felvillant előttük néhány elmosódott kép. Majd, a másik oldalon, egy hasonló gömbből, mit egy buborékból robbantak elő a kívánt helyen.

Folytatták az útjukat a célpont felé. Kvantumernyőjük megvédte őket az űrben keringő meteoritoktól. Nem telt bele sok idő, máris lassítani kezdett az űrhajó és feltűnt a galaxisuk 135. naprendszere, a két napjával és kilenc bolygójával. Az XJ–32 az 5. bolygó volt és a napoktól viszonylag messze keringett. A napok mellett elhaladva már fel is tűnt a zöldeskék planéta. Egyre lassabban haladtak, majd teljesen lelassulva, bolygó körüli pályára álltak.

Azonnal felderítő szondák indultak el a bolygó felé, hogy megvizsgálják mi is történt. Az egyes szondák nagyteljesítményű kamerájával tökéletes képet sugároztak az űrhajó monitoraira.

Az egyik épp egy nagyváros felett repült. Hatalmas kőből és üvegből készült, színes félgömb alakú épületek felett suhant el. Voltak, amik egészen magasak voltak az egymásra helyezett számtalan kupolától. Látszottak az épületek között hullámszerűen hömpölygő csillogó utcák,

mintha tarka üvegekkel borították volna be őket.
A szintén félgömb alakú járműveik szerteszét
hevertek mindenfelé. Minden épnek és érintet-
lennek tűnt. Mégis volt valami furcsa és megma-
gyarázhatatlanul hátborzongató ebben a képben.
Növényeken kívül más élőlényt nem érzékeltek a
szondák. Olyan volt, mintha a többi létező egy-
szerűen elpárolgott volna a bolygóról. Továbbá,
nem működött semmi, mintha mindent kihúztak
volna a konnektorból.

Nézték a többi szonda képét, a helyzet min-
denhol hasonló volt. Tengerparti települések
felett suhant el egy másik szem. Az áttetsző, szár-
nyashajók magányosan lebegtek a vízen. A lakóé-
pületek tárva, nyitva álltak, de sehol egy élőlény,
egy madár, egy hal, csak növények. Minden el-
tűnt. Nézték egymás után a kamerák képeit, de
mindegyiken ugyanaz a látvány fogadta őket. Az
egyik kamera képe kissé homályosnak tűnt,
néhányszor szakadozott a kép, majd hirtelen
megszakadt a közvetítés. A szondával megszűnt
minden összeköttetés. A monitoron egy figyel-
meztető jelzés kezdett villogni, mutatva a pontos
helyét a szonda eltűnésének. A többi felderítő
azonnal automatikusan az eltűnt társuk nyomába
eredt, minden védelmi eszközt aktiválva. Ahogy
megközelítették az eltűnt szondát, hasonló jelen-
séget produkálva valamennyien eltűntek az űr-
hajó legénységének szeme elől. Megszűnt velük
minden kapcsolat, teljesen elérhetetlenné váltak.
A belső monitorok csak villogó hiányukat mutat-
ták eltűnésük helyszínén.

– Mi lehet ez? – kérdezték szinte egyszerre a teremben lévők, és minden szem Mo-ra szegeződött.

– Kiderítem – mondta szűkszavúan, és eddig nem nagyon ismert, feszítő érzés árasztotta el a gyomra tájékán.

– Te le akarsz oda menni? – kérdezte hitetlenkedve Khaa.

– Természetesen, és a dolog rendkívüli volta miatt egyedül megyek.

– Ezt nem teheted. Jelentenünk kell a központnak, és utána, velük egyeztetve szabad csak döntenünk.

– Erre már nincs idő, nézd az asztrál monitort!

Mindannyian a terem egyik falaként funkcionáló képernyő jobb szélén lévő, egyre gyorsabban csökkenő lila ábrákra szegezték megdöbbent tekintetüket. A bolygón lévő élet alig több mint huszonöt százaléka volt már csak jelen, de az is rohamosan csökkent.

– Nem késlekedhetek, azonnal indulok! A kettes kutatóhajóval megyek teljes fegyverzetben – mondta, és már át is viharzott a kilövőállásokhoz.

Helyet foglalt a fülkében, és száguldott a bolygó légterében a monitorán villogó cél felé.

Gyorsan, eseménytelenül haladt.

Mindenütt ugyanaz a helyzet, vagyis minden élet és energia hiánya – konstatálta.

Közel volt, már szabad szemmel is láthatta a szondákat. Egymástól nem messze, néhány kilométeres körben szétszóródtak a lankás hegyoldalon. Látszólag semmi sérülés nem volt rajtuk, kivéve a lezuhanásból adódó néhány horpadást. Leszállt a legközelebbihez. Ránézett a monitoraira, semmilyen sugárzást, és semmilyen energetikai tevékenységet nem mutattak. Kinyitotta a hajó ajtaját, és kilépett. A csuklóján aktiválta a mágneses erőteret és igen nagy hatótávolságúra állította be. Nem hibázhatott, mindent azonnal észre akart venni. A bolygó gravitációja jóval nagyobb volt a sajátjuknál, ezért lassabban haladt. Hogy ezt kiküszöbölje, aktiválta a kedvelt antigravitációs masináját és lebegve siklott a levegőben. Hamar az első szondánál volt. Megvizsgálta, kinyitotta. Semmi meghibásodást nem látott rajta. De sehogy sem tudta aktiválni. A benne lévő atomtöltetek, amik gyakorlatilag kifogyhatatlan energiát biztosítanak számukra, teljesen lemerültek.

Visszalebegett a hajóhoz, és egy új akkumulátorral tért vissza. Könnyedén kicserélte a szondát működtető alapegységet. A szerkezet azonnal életre kelt, újraindította magát, lefuttatott egy tesztet, minden hibátlanul üzemelt. Mo lehívta az utolsó pillanatokban rögzített információkat. Képileg ugyanazt látta, mint az űrhajó vezérlőtermi monitorain. Akadozott a felvétel, és megszűnt a kép. Többször lejátszva vette észre, hogy valamilyen áttetsző, de kissé mégis kivehető, mintegy elektromosan feltöltött vibráló levegőoszlop közeledett a szonda felé, mielőtt eltűnt minden a monitorról. Megnézte, hogy mit mutat a többi érzékelő. Igazából nem látott többet sem a hő, sem az infraérzékelőkkel. Az auraszkenneren, ami az életenergiát mutatja, viszont határozottan kivehető volt az áramló, lüktető, a szonda felé suhanó energiatömeg. Az is kivehető volt, amint mintegy csápként kinyúlva eléri a szondát, és akkor fejeződött be a leolvasható információ.

Tehát valamilyen intelligens élőszervezet felelős, a bolygón történtekért. De mi lehet ez, ami felemészti az életformákat, és az energiát is leszívja. Az adatokat tüstént továbbította az anyahajó fedélzetére

– Mo a cirkálónak! – idegesen pillantott körbe Mo a természetellenesen, teljesen kopár, csöndes völgyön. – Itt valami nagyon nincs rendben! Azonnali elemzéseket kérek a felvételekről!

Közben meglátogatta és újra aktiválta a szondákat. Mindegyiknél hasonló adatokat talált. Utasította valamennyit, hogy emelkedjenek biztos magasságba és onnan tájékoztassák, merre lehet ezt az energetikai anomáliát megtalálni a bolygón. Ahogy az utolsóval is végzett és elindult a hajója felé, megérkeztek az első adatok.

– Egy intelligens vírustörzset fedeztünk fel – kezdte Khaa a beszámolót –, ami az elemzések alapján a pusztítást és az energia vákuumot előidézte. Olyan ez, mint valami hadsereg. Azt hogy mi, vagy ki irányítja és mi célból még nem derült ki. Az is látható, hogy a hatótávolságuk viszonylag kicsi. Néhány méteren belül kell kerülniük, hogy elkezdjék a teljes lebontó és energiaelszívó feladatukat. Látszik, hogy ebből táplálkoznak, tartják fenn magukat, szaporodnak.

Nagyon óvatos legyél, mert nincs az a védőmező, amit le ne bontanának, saját anyagukká ne építenének!

Mo miközben mindezt hallgatta, a hajója látótávolságon belülre került. Ekkor észrevette, hogy az nem a hátrahagyott állapotban van. Nem a talaj felett lebegett, mintegy nyolc méter magasan, hanem az orrával előredőlve a földön feküdt, nagyon esetlen helyzetben. Azonnal bekapcsolta és a mágneses erőterébe kivetítette az érzékelők képeit. Hirtelen a hátsó szenzorok egy nagyon gyorsan haladó erőteret jeleztek. Mire megfordult már majdnem el is érte őt ez a gyilkos vibrációs felhő. Azonnal cselekedett, és az antigravitációs, dematerializáló berendezésével a felszín alatt tizenöt méter mélyen lévő üregben találta magát. Megint egy pillanaton múlt, de számára ez sem volt ismeretlen, nem egyszer használta már ezt a lehetőséget akkor is, mikor a különböző meglátogatott bolygókon, atompusztítás hatása, vagy egyszerűen az ott élők szeme elől akart eltűnni. Lent volt tehát a föld alatt, elég nagy kutyaszorítóban.

Hogy talált meg ez a mindent felemésztő energiakupac? Milyen érzékelői vannak? Ki és mi segíti? – morfondírozott magában. – *A hajómat már nem tudom használni. Egyedül a kezemen lévő kis berendezés az, ami még funkcionál, és hála plejádi tudósainknak, ez addig fog is, míg fizikai formában vagyok, hisz az én mentális és biológiai erőm működteti.*

Néhány száz méterrel az eltűnése helyétől, egy szikla mögött bukkant fel a felszínre. A legmagasabb érzékenységű érzékelőkkel körbepász-

tázta a terepet, de az idegen energiának nyomát
sem látta.

– Helló Khaa, megvagyok – mondta kissé
vicces hanglejtéssel.

– Mo, azonnal elküldjük érted a másik kutató-
hajót, vissza kell jönnöd. Ehhez komolyabb se-
gítség kell. Beszéltünk a Központi Irányítóval és
haladéktalanul vissza kell térnünk az anyaboly-
góra.

– Rendbe, várlak benneteket.

Óvatosan visszalebegett a hajója mellé és
minden szenzort maximálisra állítva várakozott.

– Honnan tudták, hol vagyok, mi mozgatja
ezt a lényt? – mormolta magának ezeket a
szavakat.

De nem sok ideje volt rajta gondolkozni, mert
a horizonton meglátta az érte küldött kutatóhajót
és várta a landolását. Ahogy közeledett felé, a
szenzorai hirtelen mindenféle szín és hangha-
tással jelezték, hogy megint megérkezett hívatlan
vendége. Most egyszerre több irányból, nagyobb
raj közeledett. Egyik része őt, a másik a hajót
vette célba. Mielőtt megint vette a nyúlcipőt és
ismét földalatti ugrásra szánta volna magát, látta,
hogy a segítségére küldött hajó egyszer csak
zuhanórepülésbe kezd, és mint egy kődarab lezu-
hanva összetörik a sziklákon.

Lucifer:

Ismét a gödörben, megint a föld alatt. Most mi lesz Mo? Mindkét kutatóhajónak vége. Ahhoz, hogy megmeneküljön, ki kell bírnia ezen a bolygón néhány napig, míg másik hajót küldenek utánuk. Meg kell találni és megmenteni a túlélőket, ha még vannak. És nem mellékesen, ezt a vírust is diagnosztizálni kell, megérteni működését, és hatástalanítani. Nem lehetetlen. A szűk kis üregben lótuszülésbe helyezkedett, felvette a számára időnként nélkülözhetetlen meditációs pózt, és felsőbb énjébe emelkedett. Mintegy lassított felvételként, szinte minden jelenetet újra átnézett és átélt magába. Ebből a perspektívából nyilvánvalóvá vált, hogy összefüggés van a hajóval való kommunikációja és a vírus megjelenése között. Világos, hogy az általuk használt frekvenciákat érzékelik, és ez az, ami idevonzza a vírust. Tisztán és világosan látta azt is, hogy vannak túlélők, meg kell őket találnia, mert ez jelenti a megoldást a helyzetre. A pozíciójukat is ismerte, egy tengerparti szorosnál, a parti sziklák alatti hatalmas barlangban vannak elrejtőzve.

– A rádióhullámok és a part! – nyitotta ki szemét Mo. – Ez az!

Meditációja végén szokás szerint elköszönt önmaga teljesebb részétől, és újra a felszínre helyezte magát. Egy rövid üzenetben jelezte az

űrhajón maradtaknak, hogy jól van, és majd ké-
sőbb jelentkezik. Azonnal kikapcsolt minden
kommunikációs csatornát, nehogy megint váratlan vendégei legyenek.

Alacsonyan indult el a felszín felett lebegve,
követve a hegyről leereszkedő folyót, hogy eljusson mihamarabb a tengerhez, ahol vélhetőleg
megtalálhatja a meditációban látott tengerszorost.
A levegő rohamosan hűlt, ahogy a napok lassan
lebuktak a hegyek mögött. Őt sem a hideg, sem a
sötét nem zavarta. Teljesen tisztán látott a sötét-
ben is, és az intelligens ruhája mindig megfelelő
hőmérsékletet biztosított számára. Számos üres
település mellett haladt el, igyekezett kikerülni a
magasabb épületekkel tagolt városokat. Inkább a
mellette levő teljesen kihalt pusztaságon repült,
amit szinte teljesen lekopasztott és kitakarított a
vírus. Szomorú volt a látvány. Mo már sok
atomkatasztrófa, és más kataklizma nyomait látta
tevékenysége során, de mindig elszomorította az
életnek ilyen szintű eltűnése.

Lucifer:
*Mo tudta, hogy az a rengeteg odafigyelés,
szeretet, és segítség, amit ennek a bolygónak
juttatott népe, és még számos más teremtő
csoport, az ilyenkor elvész. De nem a befek-
tetett figyelmet és jelenlétet sajnálta, hanem
azt a sok lelket, akiknek újra elölről kezdve
az iskolát, át kell menniük számos fejlődési
stádiumon, hogy elérjék a jelenleg itt hagyott
szintet.*

Az első dolog, amit észrevett, a fény volt, ami kiszűrődött egy távoli szikla mellett. Látta a nagy sötét vizet, és a mellette elterülő sziklacsoportot. Megérkezett. Figyelte szenzorait amik igen jelentős aktivitást mutattak. Meglepődött, hogy a bejárat mellett tömeges volt a vírus jelenlét. Tőlük nem sokkal távolabb viszont már a túlélők energiáját érzékelte. Ami pedig a leg-váratlanabb és legmegmagyarázhatatlanabb volt, hogy a vírus nem ment tovább, nem emésztette fel az ott található életet és energiát sem.

Mindenesetre nem hagyományos módon folytatta az útját, már amennyiben a lebegő közlekedését annak lehet tekinteni. Jól kiszámított ugrást hajtott végre, amivel a bejárattól nem messze, de legalább ötven méterre a föld alatt érkezett meg. Nagyon meglepődött azon, ami ott fogadta. Bár nem most látott ilyet először, mert utazásai során számos hasonló fészekkel találkozott már, de nem gondolta, hogy ebben a galaxisban, ezen az általa istápolgatott bolygón tárul elé megint ez a látvány.

Egy Morgan fészek kellős közepén találta magát. Ezek a lények öt méter magas, megnyúlt testalkatú, félig ember, félig rovarszerű lények voltak. Bőrük áttetsző, nyolc szemük két csápon helyezkedik el. Csáprágóik visszafejlődtek, mivel régóta szintetikus táplálkozásra álltak át. Nagyon magas racionalitással rendelkeznek, és igen kiemelkedő az intelligenciájuk. Technológiailag magas, és kimondottan fejlett szintet értek el. De ezzel el is pusztították bolygójukat, így a világűrben új élhető bolygót kerestek maguknak.

Igazából nagy igényük nem volt, föld alatt
éltek. A táplálékukat a föld alatt, a föld anyagából
állították elő mesterséges módon. Amire szüksé-
gük volt, az a víz és az oxigén. Ezek, és az általuk
készített szintetikus élelmiszerek mellett, biztosí-
tott volt a fajuk fennmaradása.

Sokfelé találkozott már jelenlétükkel számos
galaxisban, általában technológiai ismereteket ad-
tak a bolygókon az albérletért cserébe. Nem volt
egy agresszív faj, nem szoktak sok vizet zavarni
egyetlen helyen sem. Érthetetlen volt számára,
hogy mi történhetett itt.

*Mivel technológiailag elég fejlettek, nem volna célszerű
rájuk rontani* – gondolta.

A jól bevált asztrálutazást választotta. Tekert
egyet a csuklópánton, és az egyik sarokban –
mint egy járművet – otthagyta fizikai testét és
elindult körbekémlelni a Morganok földalatti
fészkét. Észrevétlenül siklott át sziklákon, fala-
kon. A járatok eléggé szűkek voltak és sötétek.
Csodálkozott is, hogy tudtak benne közlekedni
ezek a megtermett lények. Mindenütt jól szerve-
zett csoportok tevékenykedtek az élelmiszer
előállítás, az oktatás és a szaporodás elősegítése
érdekében. A spirál mentén kialakított fészek
közepe felé tartott. Úgy gondolta, hogy ott lehet
a rejtély megoldásának kulcsa. Ahogy elhaladt a
szaporító üregek mellett, egy teljesen lezárt, is-
meretlen fémből álló, ezüstösen csillogó fél-
gömb alakú tárgy került az útjába. Egy pillanat
alatt átlibbent a falán, és egy hatalmas vezérlő-
teremben találta magát. Innen irányították a teljes
programjukat. Az egyik központi holografikus

képernyő előtt ülő három Morgan, Mo számára
ismert nyelven vitatta meg a bolygón történteket.
Látszott, hogy ők mozgatják a mesterséges vírus-
mezőt. A képernyőn látható volt az űrhajójuk, és
fokozatosan pásztázták a bolygó teljes felszínét.

Látszott, hogy a vírus inaktív állapotban van,
és a fészek bejárata mellett terül el, a part több
kilométeres hosszában. A búra központi részé-
ben volt egy lebegő tartály, a benne lévő folya-
dékban egy nagyon idős Morgan feküdt, teljesen
belemerülve a vöröses szürkés, áttetsző zselésze-
rű anyagba. A tartályba vezetékek futottak az
irányítópulttól. A tartály fölött egy hatalmas, he-
gyes, szigonyszerű rúd emelkedett ki, áthatolva a
fészek falán, egészen a felszín fölé nyúlt.

Lucifer:

*Ejnye-bejnye! Mo azonnal átlátta a hely-
zetet. Tudta, hogy valóban a Morganok a
felelősek az itt kialakult katasztrófáért. A
szintetikus vírust ők állították elő. A terem
közepén lévő vezetőjük mentálisan irányítja a
felette lévő antennán keresztül a vírust, hogy
az mikor, merre és mit tegyen. Tudta, hogy
ez, amit tettek, messze visszasorolja őket
saját fejlődési spiráljukon, és az egyetemes
törvények szerint, nagyon hosszú menetelés
lesz a vezeklésük.*

Egy pillanat alatt a testében találta magát.
Most már csak be kell jutni a kupolába, és meg-
szüntetni az összekapcsolódást a vírussal. De
addigra már pontosan tudta mit is fog tenni. Egy
újabb ugrással az egyik szaporító barlangban
találta magát.

Itt, és a többi barlangban is az újszülöttek
fejlődésének egyik alapfeltétele a fentről beáram-
ló friss oxigén volt. Nagyon érzékenyek erre az
embriók, néhány perces oxigén kimaradás végze-
tes károsodást okozhat számukra. Ha a legkisebb
kockázattal és áldozattal akart bejutni, nem volt
más lehetősége, megrongálta a befúvó járatokat.
Hatalmas lárma, eszeveszett rohangálás és kap-
kodás vette kezdetét mindenfelé. Mivel így is alig
volt már néhány törzs csupán, aki a bolygójuk
pusztulását túlélte, ezért számukra az újszülöttek,
a túlélést biztosító új generáció, mindennél
fontosabbnak számított. A biztonsági ajtó kitá-

rult és szinte a törzs teljes létszáma, egy egyed-
ként ott volt és mentette ki az újszülötteket a
felszínre, hogy nehogy károsodás érje őket. Mo
pedig nyugodtan sétált be a szinte teljesen kiürült
fészekbe. Mivel már teljesen felderítette, maga-
biztosan haladt célja felé.

Megtalálta a nyitott fémburkot, a lebegő tar-
tályban fekvő Morgan vezetőt. Először eltávo-
lította a tartályba menő vezetékeket, majd egy
oldalsó ürítőn keresztül leengedte a folyadékot.
Ekkor kinyílt a vezér szeme és látta, hogy egy
plejádi néz vele farkasszemet. Első reakciójában
körülnézett és felmérte az erőviszonyokat. Tudta,
hogy itt a vége. A plejádival szemben semmi
esélye sem volt.

– A többiek nem tehetnek róla – kezdte –, én
vagyok a felelős mindenért. Elegem lett az
állandó alkalmazkodásból. A mi magasan fejlett
intelligenciával rendelkező népünk, mindenütt
csak megtűrt vendég. Ezt nem hagyhattam
tovább. Saját otthonra volt szükségünk, ami csak
a miénk. Ez a bolygó ideálisnak tűnt.

– Ezért pusztítottál el több milliárd embert?
Hogy gondoltad, hogy nem vesszük észre és nem
avatkozunk be?

– Ezért vetettük be a vírust, mint természetes
pusztítót, ami elszabadulva, megsemmisíti az
egész bolygó lakosságát. Mi a föld alatt élünk, így
nem is látszunk, azt hittem, így nem derülhet ki a
szerepünk ebben a pusztulásban. A fajunk a
földalatti barlangokban nyugodtan felszaporo-
dott volna. Ezután csak hozzá kellett volna
szoknunk ismét a felszíni élethez, és birtokba

vehettük volna a bolygót. Ez az, amit te most meg akarsz akadályozni! – üvöltötte, és végső elkeseredettségében Mo-ra vetette magát.

Bár jóval nagyobb volt, mint Mo, a maga közel hat méteres magasságával és tonnányi súlyával, még a közelébe sem jutott a plejádi kapitánynak. A körülötte lévő erőtérről úgy pattant vissza, mint valami pingpong labda.

– Bújjatok csak a kis trükkjeitek mögé! – gyalázkodott a Morgan. – Anélkül semmik vagytok!

– Te akartad! – vágott vissza Mo, és inaktiválta védőpajzsát.

Fölkapott a földről egy ott heverő fémcsövet. A Morgan kitines, kaszaméretű, rendkívül éles lábaival nagyot csapott Mo felé, aki villámgyorsan kitért előle, és a háta mögé kerülve hatalmasat sózott a talajon lévő négy vékonyabb lábára. Recsegve tört szilánkokra két végtagja a bátor Morgannak, és kibillent egyensúlyából.

– Na, nézd csak, milyen harcias a kis puhatestű! – hördült fel az öreg Morgan.

A szaggató fájdalomra ügyet sem vetve, egy hirtelen mozdulattal Mo felé nyesett, aki átgurult a lény lábai között és a szelvényei közé szúrta a vascsövet. A vezér görcsbe rándult, agóniája közben megbotlott, és kiütötte az antennát a helyéből, ami visszazuhanva átdöfte a Morganok legidősebb mesterét.

– Bátor vagy plejádi, ahhoz képest, hogy… – nyögte.

– Mihez képest? – lihegte Mo.

– Hogy a vázad belül van… – az öreg Morgan kilehelte lelkét.

Életenergiája egy komoly energia löket formájában távozott aszott testéből. Ez a spirituális detonáció Mo-t feldöntötte, hatalmas vakító fény öntötte el elméjét, valami szokatlan és nagyon erős vibráció járta át a testét, és már zuhant is bele ebbe a rendkívül intenzív, de nagyon kellemes energiaörvénybe.

Egy nagyon fényes tisztáson találta magát. A fény a rajta lévő aranyszínű hatalmas levelű növényekből, és a közöttük játszadozó kékes vörös színű, nyúlfejű, tüskés hátú, apró lábú állatokból áramlott. Egy félmeztelen emberi forma, hosszú vöröses, őszes hajjal, egy kis kristálytiszta forrás felett, behunyt szemmel levitált. A hely nélkülözött mindennemű gravitációt, de ahogy rágondolt, már ott is termett a lebegő alak mellett. Bár még soha nem találkozott vele, biztosan tudta, hogy ő a plejádiak szellemi vezetője, az Egy. Ő az, aki társával, a Kettővel és a Hárommal az univerzumuk különböző helyein, de gyakorlatilag folyamatos összekapcsolódottságban vannak az Első Alkotóval. Egyébként a népet a plejádi Nagytanács vezeti, de a hatodik dimenziós vibráció fenntartásában e három megtestesülésnek van kiemelkedő szerepe. Mo tudta, hogy ez valami rendkívülit jelent, és azt is, hogy az Egy energiáját és a tudatosságát hordozó fényét most csak igen visszafogottan tapasztalja, de még így is szinte vakító volt ez a jelenés, és a belőle áradó, Mo-t átjáró öröm energiája már-már elviselhe-

tetlen volt. Még soha nem volt része hasonló
élményben.

Lucifer:

Hát igen, a plejádok. Ők már mind régen elérték a tökéletességet, a közvetlen és állandó összekapcsolódottságot egymással, és az Első Alkotóval. A saját fejlődésük és továbblépésük feltétele, hogy önmagukhoz hasonlóan számos létformát indítsanak el az általuk már jól ismert és megtapasztalt úton, tanítsák, segítsék, neveljék, és óvják őket, mint anya a gyermekét. Majd tőlük tanulva, őket útjukra engedve, az ő teremtéseikből származó öröm és szeretetenergia révén önmagukat táplálják.

Mo is plejádi volt. Ráadásul nem is akármilyen. Azért kaphatta meg ilyen hamar ezt a mostani feladatot is, mert felfigyeltek kreativitására, mind genetikai változtatás és manipulálás, mind pedig dimenzióugrás és csillaghajó vezérlés terén. Ez a csodás párosítás nem volt jellemző a többiekre, így nagyon hamar egy csillaghajón találta magát, legelöl. Szelte a galaxisokat, és segített a különböző létformák fejlődésében.

Mo teljesen belefeledkezett ebbe a csodálatos látomásba, mintha az egész lénye csak egy fül lenne, csengett benne egy nagyon mély, mindent átrengő hang.

– Mo, ha megérkeztél a küldetésből keress fel, mert feladatom van számodra!

Válaszolni próbált, de a jelenés megszűnt, és az öreg Morgan vezető holtteste mellett, a talajon heverve tért magához.

– Mo, merre vagy? – hallatszott egy ismerős hang a spirális folyosó végéről.

Khaa és másik három társa szaladt befelé, kezükben szokatlan fegyverekkel. Mo tudta, hogy valóban komoly volt a helyzet, mert egyébként nem engedélyezett számukra efféle eszközök használata.

– Megvagyok, de sajnos az itt élő embereken már nem tudtam segíteni.

– Nem tudtál, de legalább feloldoztál egy csomó Morgant attól, hogy tovább folytassák ezt az őrültséget. Így is elég komoly lesz a kollektív vezeklésük.

– Tudom, de ez már nem hozza vissza azokat, akiket elpusztítottak.

– Dehogynem, és ami jó hír, nem kell újra kezdeni spirituális útjukat. Erről a szintről folytathatják és megkaptuk az engedélyt a gyors visszatelepítésre, úgyhogy közel száz itteni éven belül ugyanez a társadalom fog ránk visszanézni, nem is emlékezve erre a szörnyűségre, ami itt történt. Visszatáplálhatunk emlékeket, történelmet és kultúrát.

– Rendben – tápászkodott föl Mo –, akkor ti itt elkezditek a rendrakást, mert nekem mennem kell!

– Persze, menj csak, pihenj! – felelt Khaa. – Ja, és Mo! Üzenetet kaptunk a Nagytanácstól, hogy mihamarabb jelenj meg előttük. Nagyon sürgős feladatuk van számodra, te képviseled népünket a következő Intergalaktikus Föderáció ülésén!

Lucifer:
De fontos lett valaki…

Mo nem értette, mi történhetett. Az önmegismerése és önképzése után a plejádi kollektív létet, mint egy intergalaktikus csillaghajó első számú döntéshozója képviselte.

Tehát eddig, mint átlagos plejádi tevékenykedett, most meg egymás után a nép teljes vezetése őt kívánja látni. Az meg, hogy ő megy a Világok vezetőinek megbeszélésére, teljesen hihetetlennek tűnt. Valami rendkívülinek kellett történni. A tizenkét plejádi klán képviseletével létrejött Nagytanács ülésein való részvétel is elérhetetlennek tűnt számára ezidáig.

De a legfurcsább az egészben az, hogy csak valami hirtelen, igen komoly változás indíthatta be ennyire a tanácsot és a szellemi vezetőt, mert ha egy folyamatosan változó és előre kiszámítható eseményről lenne szó, arról mentális összekapcsolódottságuk révén, már mindannyian értesültek volna. Ez az XJ–32 bolygón történt esemény sem mondható rendkívülinek. Előtte is volt számos hasonló kalandja, mégsem akarta látni egyetlen vezetője sem. De ez most egyedi, neki szól és azonnali. Teljesen érthetetlen. Még soha nem tapasztalt és hallott ilyesmiről eddigi megnyilvánulása folyamán. De nem tétlenkedhetett tovább, kiadta az utasítást, irány az anyabolygó, irány a Nagytanács.

A hajó teljesen áttetszővé vált és mélykék színben úszva, a csillagok ezer színével kísérve, a fénysebesség sokszorosával elindult az Arkhan felé.

8.

A pálfordulás

Lucifer:
Mindig azt hiszitek, hogy a rossz, az kerülendő. Jaj, csak valami baj ne érjen! Butaság. Mindig a legnagyobb tragédia az, ami észhez térít, ami megálljt parancsol eddigi életviteletekben, és elgondolkodtat. De nem kell feltétlenül idáig eljutnotok, ha kellően tudatosak vagytok, megérthetitek világotok működését, nincs szükségetek sokkhatásra. Ha már itt jártok, mondjatok köszönetet mindenért, hogy végre észhez tértetek, és azt tehetitek, ami valóban a dolgotok.

1.

New York, 2013. december 22.

Zoé ziláltan leült egy közeli parkban. Teljesen ki volt merülve. Nagyon megviselték az elmúlt hetek eseményei. Most, hogy a dubaji események is kristálytisztán éltek emlékezetében, nem csodálkozott Sam tettén. Egy nyomorult, aljas kis tetű, egy féreg. Még jó, hogy elmúlt ez a bedelejezett, rózsaszín köd, amivel Sam és az az Öltönyös letakarta a szemét. Kezei, és lábai remegtek a kimerültségtől és a benne dúló feszültségtől.

Nem sokat gondolkodott, hogy mit tegyen. Döntött. Első az apja. Már így is szégyellte magát, hogy hanyagolta őt. De Dakota messze van, oda el is kell valahogy jutnia, és nem akart Samtől már semmilyen szívességet kérni. *Dugja oda, ahova akarja* – gondolta.

Felhívta először Maryt, hogy érte tudna-e jönni, hogy hazavigye. Beszélgettek egy darabig, majd mikor a nő számára világossá vált, hogy unoka-testvérével összekapott Zoé, máris hidegebb hangnemre váltott. Hirtelen halaszthatatlan dolga akadt, és ugyan rettentően sajnálta, hogy „majdnem" sógornője egyedül vacog egy sötét parkban, emberileg és női mivoltában porig alázva, de nem ment érte.

Zoé ezután Nettyt hívta, akinek szinte első kérdése az volt, hogy Mary mit reagált. Azután nagy sajnálkozás közepette ő is cserbenhagyta Zoét. Míg a pénz szaga lengte körül, addig vonzotta őket. A totál kimerült lány automatikusan a hagyományos gondolatfelejtő eszközökhöz akart nyúlni. De újdonsült énje hadakozott ellene. *Már egyszer befejeztem, nem esek vissza* – próbálta visszatartani magát.

Ekkor kutatni kezdett emlékei között, mit mondana neki sámán rokona. Mikor a fűben tekergő, őt megmaró keleti korallkígyó mérgét szívta ki kicsiny lábából, a mérget szájában tartotta, és nevetve így szólt:

„– Kislányom, a világon semmi nincs, ami a megfelelő mennyiségben árthatna neked, különösen akkor, ha önmagad középpontjában tartózkodsz. Bármit elfogyaszthatsz, de ne szokj hozzá!"

– Már nem fogok visszaszokni, én irányítok, nem a szerek – mondta félhangosan. – De most egyszerűen nem bírom tovább a bennem lévő feszületet, meg akarok nyugodni.

Ezzel önmagát feloldozván előkotort jó néhány erős gyógyszert – meg talán egy kis kábítószert is, ki tudja egy nő táskájában mi lapul –, majd bevette, és útra kelt. Most nem gondolkozott, kiürítette fejét, csak arra koncentrált, hogy eljusson apjához.

A gyógyszerek hatottak, kisimították gondterhelt arcát, de lépései bizonytalanná váltak. A taxik a zilált külseje, és támolygós léptei miatt nem álltak meg. Amikor meg végre sikerült egyet leinteni, a sofőr a nagy távolság miatt előre kérte a pénzt. Készpénze nem volt elegendő, ezért elkezdte keresni hitelkártyáit. Sajnos egy sem volt a helyén. Sejtette is, hogy kinél lehetnek. Néhány szitokszó után kiszállt a kocsiból.

Összébb húzta magán kiskabátját, és nekifeszült az éjszakai városnak, mígnem egy nonstop autókölcsönzőből - kevés készpénze erre már elég volt – egy öreg Volvót bérelt. Irányba vette Dakotát.

– Nemsokára ott leszek, apa – súgta bele a deres estébe.

2.

Zoé eszeveszett sebességgel hasított a havas úton az idősotthon felé. Csakhogy a tabletták hatása most ért a csúcspontjához. Már azt sem tudta eldönteni, hogy a gomolygó hóban óriás vattacukrok akarják megtámadni, vagy csak útjelző táblák suhannak el mellette.

Egy szembejövő reflektor úgy összezavarta – pedig az autó rég túlhaladt már rajta –, hogy nem volt már képes uralma alatt tartani az amúgy stabil járművet. Keresztbe fordult a csúszós úton, és a padkán megakadva fejre állt. Szerencséjére – és hála a jó mérnököknek – a kocsi karosszériája kitartott. De mivel nem használt övet, csurom véresen kúszott elő a fejtetőn ringatózó autóból. A lehorzsolt arcára hulló hópelyhek felitták a finom kis pofijáról patakzó vért. Kificamodott válla és sérült bokája sem tudta megakadályozni abban, hogy a kétségbeesett lány feltápászkodjon.

Remegve felállt. Bizonytalanul elengedte a kocsi lökhárítóját, és nem törődve a pustoló hóval, gyalogosan továbbindult. Ekkor a semmiből előtört egy nyerges kamion. A nyolc reflektor túlvilági jelenésként világította meg az emberi roncsot. A hatalmas jármű a fékezése ellenére a hótól latyakos, csúszós úton megállíthatatlanul tartott a vakon botorkáló Zoé felé.

3.

Messze, egy másik államban – harminc fokkal melegebb, ötven méterrel magasabb helyen – egy felhőcirkáló irodaház körpanorámás, tetőtéri irodájában, egy szarvasbőr cipőt viselő magas úriember a tárgyalás közepén, háttal az asztaltársaságnak az ablaknál állt, és a távoli felhős horizontot kémlelte. A fejéhez kapott – mintha nyolc halálos izzó korong száguldana felé –, és olyan mozdulatot tett, mintha eltolná magától az éles fájdalmat.

– Jól van, uram? – mentek oda hozzá titkárjai, minden óhaját lesve.

– Persze, folytathatjuk – mondta az Öltönyös, és fejéből eltűnt a nyolc izzó gömb. Folytatta a tárgyalást a többi üzletemberrel ott, ahol abbahagyta.

4.

A Zoé felé száguldó monstrumot az utolsó pillanatban – a fizikát meghazudtolva – valami eltérítette, és más irányba terelte. A lányt megcsapta a kamion szele. Zoé megtorpant, majd összeesett és elájult. Utolsó gondolata egy rég nem látott „barát", az Aranyarc volt, ami a lámpák fényéből suhant felé.

– *Most már vége* – mondta a jelenés. – *Rátaláltál, és minden jóra fordul. Az utad egyenesen visz felfelé, az emberi mélységek óceánjából. Bátran tedd meg, amit meg kell tenned!*

– Aranyarc – suttogta –, köszönöm! – és mély nyugodt álomba zuhant a fagyos úton.

5.

Dakota, közkórház, 2013. december 23.

Zoé levegő után kapkodva tért magához. Kórházban volt. Zia meleg tenyerében pihentette kezét. Fel akart ülni, de testvére visszanyomta.

– Pihenned kell, nővérem.

– Te? Hogyan? Hol vagyok? – rogyott vissza Zoé.

– Itt vagy Dakota legjobb kórházában, Zoé. Miután láttam, hogy kerestél telefonon, elindultam New Yorkba hozzád. A sors aranytálcán hordoz téged, hogy éppen rád találtam. Hívtam a mentőket, és ide hozott be a rohamkocsi. Hála Istennek, néhány zúzódáson és öltésen kívül semmi nem fogja csúfítani a pofidat – mosolygott Zia.

Zoé ismerte már ezt a keserédes mosolyt, volt mögötte valami.

– Nem szoktál te csak úgy eljönni hozzám, ha kereslek Zia – állapította meg Zoé.

Testvére lesütötte szemét. Könnycsepp szaladt le barna arcán. Ő még inkább hordozta indián ősei vonásait, mint nővére.

– Apa? – Zoé felült. – Mi van apával Zia!? – kiabálta Zoé.

Zia nem válaszolt, csak a padlót nézte és patakzottak a könnyei.

– Ezt akartad hát közölni velem? Ezért indultál el az éjszaka közepén New Yorkba, hogy elmondd, apa meghalt?– nyögte Zoé.

Átölelte – amennyire az orvosi műszerek kábelei engedték – Ziát, az egyetlen embert, aki még volt neki, aki mellette állt, aki nem hagyta cserben.

– Ne haragudj rám, Zia! – és még szorosabban ölelte húgát. – Hülye voltam.

Most már együtt sírtak. Siratták az egymás nélkül töltött elfecsérelt éveket. Siratták a családjukat. Siratták a világot.

6.

Dakota, indiántemető, 2013. december 28.

Egy végtelenül egyszerű indián temetőben álltak. Itt is, ott is, formátlan kövek, rajta többnyire állatmotívumokkal jelképezték a hazatért lelkeket. Csak néhányan jöttek el apjuk temetésére. Sok rokonuk már az 1995-ös vegyipari katasztrófában elhunyt. Apjuk ismerősei nagyrészt már szintén eltávoztak az örök vadászmezőkre. A családi sámánjuk – ugyan az apjuk nem volt indián, de teljesen azonosult felesége hagyományaival, és így most mind-kettőjükre megemlékeztek – elregélte apjuk sírja fölött az útravalót. Zoé fejébe, ahogy hallgatta a sámán énekét, megint nagyapja melengető mosolya kúszott be.

– *Mi a halál?* – *kérdezte Zoé, mikor egy elütött kis macska teteme mellett siránkozott gyerekkorában.*

– *Nem is tudod. Miért azzal foglalkozol, amiről semmit nem tudsz? Élj inkább! Annak örülj, aki veled van, ami körülvesz! Mert minden pillanat egyedi, és megismételhetetlen, mint ahogy te is az vagy, és így maga nemében tökéletes. A forma változó, ami megszületik az egyszer el is pusztul. De ezzel nem szűnik meg. Csak formát vált. Ott marad veled mindvégig az, amit egymásnak adtatok. Senki nem veheti el tőled. A lelke pedig talán éppen holnap újra megtalál egy másik formán keresztül. Ne bánkódj, örülj annak, amivel egymást megajándékoztátok.*

Mint ahogy gyerekkorában, még most is **megnyugtatták** nagyapja szavai. Papír zsebkendő után nyúlt kabátzsebébe, de kihúzott vele egy gyűrött papírdarabot is.

Az a bizonyos újságcikk volt, amin az Öltönyös, illetve a felrobbant vegyi gyár képe látszott. Felnézett. Érezte magában annak a különös, bizsergető érzésnek a megjelenését, amely csak egy embertől – ha ember volt egyáltalán – származhatott. Viszont most már tudta kezelni ezt az érzelemhullámot. Nem rohant utána. Csak a meglibbenő szomorúfűz ágakat látta már. Valaki állt ott az imént. Zoé tudta, hogy mit kell tennie.

Először is, magányra volt szüksége, hogy feldolgozza eddigi kudarcait, és hogy édesapja kitörölhetetlen hiányával is megbirkózzon.

Ott töltött jó néhány hónapot az ősei földjén, a rezervátumban. Végre együtt lehetett húgával, újra megtalálták egymást. Végigjárta gyerekkora feledhetetlen helyszíneit. Számára megállt az idő. Szándékosan kikapcsolta eddigi világát, csak az itteni hétköznapoknak élt. A rejtélyes idegent, bár gyakran felbukkant gondolataiban, sőt néhány helyen látni is vélte, szintén hátra helyezte tudata polcain. Majd később foglalkozik vele is. Most önző volt, és kitartó. Magát kellett helyrerakni és megerősíteni. A nyugalmas hónapok alatt arra is volt lelki ereje, hogy az édesanyja végzetes balesetének helyszínére ellátogasson. Nyoma sem volt már a régi vegyi gyárnak. Békés kertvárosi lakótelep fedte el a szörnyű tragédia nyomait. Észre sem vette, hogy telik az idő. Az év végére aztán valahogy könnyebb lett minden.

Teljesen megtisztulva és megerősödve érezte magát. A gyász segített felülemelkednie kicsinyes hibáin, letakarítani naivságát, és felülről szemlélni eddigi életét. Most már tisztában volt vele, merre tart, és hogyan érheti el céljait. Végre azok vették körül, akikre mindig is számíthatott. Zia, és kedvenc operatőre Rudy segítette véghezvinni újdonsült terveit.

7.

Washington, 2014. december 11.

Holdvilágos, eseménytelen éjszakán suhant egy televíziós közvetítőkocsi Washington utcáin. Mindhárom utasa csendben gubbasztott. Kerékcsikorgatva behajtottak egy ártatlannak tűnő játszótérre. Kiszállt Zoé. Intett a sofőrnek, hogy tolasson hátrébb. Majd kiszállt a sofőr, Rudy, és Zia is.

Zoé közelebb intette a másik kettőt magához.

– Srácok! – kezdte. – Tudom, hogy bizarr, amit otthon elmondtam Sam családjáról és az Erőtriászról, de adjatok egy esélyt! Hadd mutassam meg!

– Zoé, biztos vagy te ebben? – kérdezte Rudy félősen körbekémlelve a kihalt parkon.

– Miben? Abban, hogy a világnak joga van ezt megtudni? Értesülni arról a szemfényvesztésről, hogy kik, és hogyan irányítják az életüket? Tudomást szerezni a rák és más betegségek ellenszeréről? És hogy ideje eléjük tárni a fajunkat segítő energiaforrásokat és technikai vívmányokat? Igen, biztos vagyok benne, hogy ezt kell tennem.

– Jó, jó, elég lesz, Zoé, veled vagyok – nyugtatta le Rudy. Zoé Ziához fordult, hátha ő is elbizonytalanodott.

– Még szép, tesó, hogy veled vagyok – fogta meg nővére kezét Zia.

– Akkor rajta! – Zoé némi töprengés és improvizálás után elkezdte ugyanúgy tologatni az itteni köveket, mint Sam Dubajban.

Annyi csavar volt a dologban, hogy itt néhány játszótéri játékot is meg kellett mozgatni. Ekkor egy kőoszlop tetején egy zöld LED kezdett el világítani, és megnyílt egy vékony hasadék. Zoé elővette táskájából a platina háromszöget. A hátoldalán lévő számot megjegyezve a nyílásba csúsztatta a kulcsot. A kőoszlop teteje átlátszóvá vált, és egy számokból álló klaviatúra jelent meg rajta. Az érintőképernyőn Zoé bepötyögte a felírt számsort és várt. Zoé riporter agya Dubajban folyamatosan jegyzetelt, így világosan emlékezett a részeg Sam által elkotyogott valamennyi belépő szoborpozícióra és kódra. Egy percig semmi nem történt. Rudy kezdte a még otthon ellőtt vicces ciginek tulajdonítani az imént látottakat, amikor a talaj megremegett, és feltárult előttük a titkos társaságok egyik washingtoni rejtett műhelye, vörös fénybe burkolva a környező bokrokat és játszóteret.

– Rudy, innentől a te tudományodra lesz szükségünk! – téríttette észhez Zoé az ámuldozó operatőrt.

Lementek a rámpán, és beléptek a „csodák barlangjába". Bármerre mentek nyomukban életre keltek az ultramodern, klimatizált helységek, tele csúcstechnológiás, számukra ismeretlen berendezésekkel.

– Elméletileg minden ilyen titkos műhely felépítése hasonló szintről szintre – suttogta a termeket járva Zoé.

– Minden ugyanolyan? Ennek mi értelme? – kérdezte Zia.

– Nyilván a tartalmuk az más. Például Johannesburgban másfajta baktériumtörzsekkel kísérleteznek, mint Berlinben. Illetve más lényeket tenyésztenek az antarktiszi bázisaikon, mint Mexikóváros alatt.

– Még az Antarktiszon is van bázisuk? – kérdezte Rudy.

– Ott van csak igazán – mondta Zoé –, illetve alatta. Itt vagyunk Rudy. A színpad a tiéd.

– Mit kezdjek ezekkel a kövekkel, Zoé?

– Ha jól megnézed, minden kristályhoz csatlakozik egy monitor és egy kivetített klaviatúra. Sam valami olyasmin hadovált, hogy elektron alapú információtárolás.

– Értem már! – csillant fel Rudy szeme a halovány fényben. Kristály alapú winchester és proci. Ez kemény.

Rudy átszellemülten ült le a kör alakban elrendezett kivetítők, hologramok és hagyományos monitorok közé.

– Most pedig, Rudy, tégy róla, hogy a világ megkapja, ami jár neki! – csapott a vállára Zoé.

– Ez kicsit Darth Vaderesen hangzott. Megijesztesz – heccelődött Rudy.

– Tudod, hogy jó értelemben gondoltam – korrigált a lány.

– Na persze, minden zsarnok így kezdi, csak jót akar – vigyorgott Rudy.

Zoé vállon bokszolta.

– Jól van, na! Csak ugratlak.

– Na, kezdj hozzá, nagyfiú! – mondta Zoé. És egy nagy cuppanós puszit nyomott a fiú arcára, aki elvörösödött. – Oszd meg a világhálón az előre eltervezett hatalmi sakkjátszmákat, mindenféle találmányt és fejlesztést, amiket lelsz ezeken a kristály-winchestereken, vagy miken! Jó munkát!

Zia velőt rázó sikolya zárta le Rudyék beszélgetését.

– Úristen, Zia! – állt fel Rudy.

– Te csináld a dolgod, mert szorít az idő! – kiáltotta Zoé, és kirohant a hang irányába. – Én majd utánanézek.

Rudy előkotort néhány kütyüt, és rácsatlakozott a terminálra. Néhány perc múlva már bent is volt az inkognitóját és adatait úgy féltő társaságok rendszerében.

Ziát az egy szinttel lentebb elhelyezett hatalmas kennelek egyikéhez húzta oda egy tapadókorongos csáp. A csáp gazdája a sötétben bujkált.

– Segíts, Zoé! – sziszegte Zia, hozzápréselődve a rácshoz. – Nem kapok levegőt.

Zoé felkapta egy közelben heverő számítógép billentyűzetét és azzal kezdte ütlegelni a lilásan világító polipcsápot. Ekkor kinyúlt egy másik kar, kikapta Zoé kezéből az alkalmi fegyvert, és chipsként kettéroppantotta. Mire észbe kapott Zoé, már a lába köré is tekeredett egy ostorszerű kar. A lény húzta befelé, a rácsokhoz. Zoénak még volt ideje a falhoz támasztott sokkolót elérni. Hátára küzdötte magát. A hosszú nyelű zabolázó eszközt belenyomta a bokáját már majdnem összeroppantó csápba. Erős fény-lüktetés futott végig a karokon, amik végül Ziát és Zoét is elengedték. Még rajtuk is végigfutott egy kisebb elektromos impulzus. Zoé gyorsan távolabb húzta a ketrecektől a húgát.

– Úristen, mi volt ez, Zoé?

– Nem tudom, de nem is akarom tudni – lihegte Zoé.

A két lány talpra állt. Zoé óvatosan közelebb ment a hatalmas kennelhez. A lakója még mindig hátul, a sötétben gubbasztott. De Zoé közeledtére nagy kerek szemei felizzottak, de cseppet sem fenyegetően. Hol Zoéra, hol a földön heverő sokkolóra kapkodta zavart tekintetét.

– Sokat bánthattak téged, igaz? – suttogta Zoé a különös lénynek, mintha az értené. A szörny halkan csivitelt, trillázott valamit. Zia is odaállt.

– Szárazföldi polip? – kérdezte. – Ez hogy lehet, Zoé?

– Nem tudom, ezek mi az ördögöt művelnek a titkos barlangjaikban, de hogy ez nincs rendjén, az is biztos. – A gigászi polip, mintha helyeselné Zoé álláspontját, válaszképpen ismét csipogott párat.

– Na, menjünk innen! – mondta Zoé. Most már biztonságos távolságot tartva a ketrecektől visszaindultak Rudy irányába. Útközben Zoé ismét elhaladt egy sárkányfaragással borított üveg zsilipajtó előtt. E mögé is be lehetett látni, mint Dubajban.

Mögötte is egy sötétbe vesző kilométeres hangár volt, legalább ötvenméteres belmagassággal, közepén a hatalmas kerek valamivel. Tovább siettek Rudyhoz, aki addigra végzett, és a fejét fogva állt az adatokat daráló kijelzők előtt.

– Zoé! Azt hiszem sikerült jó néhány adatsort közkinccsé tennünk, de ez egy marha fura intelligens védelemmel van ellátva, és hamar kiderítette, hogy nem vagyok közéjük való. Úgyhogy szerintem tűzzünk innen, amíg nem késő!

– Rendben már indulhatunk is – mondta Zoé. Miközben kigyúltak a fények, és szirénák fülsiketítő zaja lepte meg őket. – De úgy látom a hely gazdái is felfogták a dolog súlyát, úgyhogy tűnés! – ordította Zoé.

Mivel Zoé a kilépő kódokat is megjegyezte, még a gyorsreagálású kommandós csapat előtt elhagyták a washingtoni barlangot.

9.

A Gazda

Lucifer:
Minden szépnél van egy szebb, okosnál egy okosabb, és hatalmasnál egy hatalmasabb. A hatalom és a vagyon ajándékba kapott állapot csupán. Ne vegyétek túl komolyan, mert mikor elveszítitek, könnyen maga alá temethet benneteket. A valóság színes és végtelen. Igazából nem a tett számít, hanem amit közben éreztek, és ahogy a teremtett környezetekhez viszonyultok.

1.

Föld, 2015. év eleje

A híradásokat és a világhálót megtöltötték az interneten kiszivárogtatott információk. Fény derült rá, hogy az eddigi összeesküvés elméletek valóban igazak. Bár a feltárt adatok igencsak hiányosak voltak, még így is a bizonyítékok önmagukért beszéltek.

Kiderült, hogy a nagyvilágot és a látszatbiztonságot alapjaiban megrengető merényletek, jól szervezett hatalmi ködösítések voltak, meghamisított telefonbeszélgetésekkel, megszerkesztett médiahírekkel. Az is nyilvánosságra került, hogy az első számú közellenségek nem mások, mint beépített ügynökök és a tömegpusztító fegyverek gyártásával meggyanúsított államok sem rendelkeznek a folyton hangoztatott technológiával. Minden egy előre megtervezett sakkjátszma valós lépései voltak csupán. Napvilágra került az is, hogy néhány család kezében van a világ pénznyomtatása, és hogy milyen szerepet játszanak a titkos társaságok a világgazdaságban. Az információ a hatalmi hálóról nagyon foghíjas volt, de számos név így is beazonosíthatóvá vált.

Az emberek első reakciója az iszonyatos döbbenet volt, sok helyen polgári engedetlenségi lázongások törtek ki. Viszont az Erőtriász most is résen volt, tette a dolgát.

Pillanatok alatt meghozta a stratégiai döntéseket, amiket az irányítása alatt álló hatalmi rend olajozottan végrehajtott. A média, mint az egyik leghatásosabb dezinformálási tényező, elkente a feltárt tények élét. Az internetről néhány nap alatt leszedték a kompromittáló adatokat. Akik terjesztették őket, megkeresték és levadászták. A felfedett embereket pedig mindenféle egyéb ok miatt eltávolították pozíciójukból. Ilyen sorsra jutott számos banki tisztségviselő, hatalmas autógyártó konszern csúcsmenedzsere, tudós, politikus és nemzetközi sportvezető is. Az indokok személyen-ként igen különbözőek voltak, de a végeredmény mindnél ugyanaz lett, azonnal felmentették őket hivatalukból. Háborút kezdeményeztek Európa határainál. Belső feszültséget generálva, szétüllesztettek számos komoly olajkészlettel rendelkező ázsiai országot, és az irányítást szakadár terrorista szervezetek kezére játszották. Néhány tankhajót és olajfúró tornyot felrobbantottak, ezzel környezeti katasztrófát okozva. Bevetették a HAARP-ot és a vegyi permetezést mesterséges vírusjárvánnyal, a szokásos rend, vagyis az irányított káosz visszaállítására.

Akciójuk sikerült, már csak néhányan levelezgettek az interneten, és gyűltek össze a jobb világ reményében leleplezni az emberiséget tudatlanságban tartó hatalmasokat.

Sam ez idő alatt egy csodás, fűvel és konzumhölgyekkel átmulatott éjszaka után – így búslakodott Zoé elvesztésén – nem valamelyik luxusszállodájuk tetőrezidenciáján várta a másnapi kijózanodást, mert üzenetet kapott apjától, hogy azonnal menjen haza. A limuzint vezető testőr szedte ki hajnali kettőkor a meztelen, ájultra kokózott lányok és fiúk halma alól. Az őse őt hívta, mert Sam telefonja a medence alján feküdt. Jól sikerült az éjszaka. Mostanában elég ritkán ment a családi kastélyba, nem szerette apja tanításait, és túlkapásai miatti bírálatát. A limuzinban, míg kigurult a városból, hunyt egyet, hogy összeszedje magát a szokásos fejmosásra. Hajnali négykor ért a hatalmas erdő közepén, egy tó mellett elhelyezkedő régi skót kastélyba, amit apja hozatott át a kontinensre.

Meglepetésére rengeteg fekete limuzin, lesötétített Rolls-Royce és Bentley parkolt a kapu előtt, távolabb pedig több helikopter várakozott.

Valamitől félhet a fater – gondolta, mert minden ki volt világítva, és több tucat hegyomlás állt fekete egyenruhában, csőre töltött géppisztollyal a bejárat közelében. Az is feltűnt neki, miután kiszállt az autóból, hogy egyet sem ismer közülük. Ahogy ellépett az autótól, a semmiből ott termett két kopasz „hegy", és azonosítás után bekísérték.

A nagy földszinti étkezőben félhomály volt, az apja egy szélső széken ült, egyedül ő volt megvilágítva. Ahogy Sam közelebb lépett hozzá, látta meggyötört arcát és riadt tekintetét. Olyat látott a szemében, amire azt hitte, nem is képes. Az apja, a világ egyik ura, félt. Nem félt, szinte rettegett. Ez azonnal kijózanította Samet.

– Itt vagyok, uram! – szólt, illedelmesen. – Keresett.

Utálta ezt a formalitást, és távolságtartást, de még a mai napig sem engedte meg az apja, hogy tegezze. Azt mondta, majd ha méltó lesz rá. *Hát, ez nem most jön el* – gondolta.

– Mit tettél, te szerencsétlen!? – kérdezte az apja.

Ekkor látta meg Sam rajta a véraláfutásokat, hogy a szája kicsattant, és vér szivárog a szélén. Nagyon megijedt.

– Én csak szórakoztam néhány lánnyal – válaszolta, de már ő is remegett.

Egy alak a sötétből intett az apjának, aki nem szólt többet.

– Dubajban behatoltál oda, ahol semmi keresnivalód sem volt – szólalt meg az egyik sötét ruhás alak.

– Igen, de…

Egy gorilla odalépett és gyomron vágta a puskája tusával. Sam az egész vacsorát kiadta azonnal, és fájdalomtól vonaglott a padlón.

– Bementél, és nem egyedül – mondta egy másik.

Erre egy újabb bejárati ajtó lépett hozzá, és belerúgott bakancsával a fejébe. Ömlött a vér a szeme alól. Úgy érezte eltört az állkapcsa, és néhány foga meglazult.

– Megmutattál és elfecsegtél mindent, sőt még egy kulcsot is adtál neki – szólt a sötétben a harmadik.

Sam összekuporodott, mint egy gyerek, maga előtt tartotta kezeit és remegve könyörgött, hogy ne bántsák tovább.

– Te sosem voltál, nem vagy, és soha nem is leszel tagja semmilyen titkos szervezetnek. Apád az volt, negyven év alatt kiérdemelte. Csak miatta vagytok még életben. Ő pontosan tudja, milyen felelősséggel jár mindaz, amit megosztottunk vele. Azzal is tisztában van, mi a következménye ostoba tetteidnek – folytatta egy másik homályban ülő alak.

– A következőt fogod tenni. Holnap elmész, megkeresed azt a kis ringyót, és kinyírod őt, a barátait, a szüleit és mindenkit, akivel az elmúlt hetekben beszélt vagy találkozott. A fodrászától a manikűrösig, a házinénivel bezárólag. Ha marad bárki, aki csak egyetlen szót is hallott abból, amit elmeséltél neki, akkor ez a kastély visszamegy Skóciába a tenger alatt úszva, az aljához bilincselve benneteket betoncsizmában – következett egy újabb árny.

– Minket nem láttál, és soha nem is hallottál felőlünk. Ha még egyszer, akár csak álmodban is rólunk beszélsz, az a hang hagyja el utoljára a szád. Apád karrierjének itt van vége, a vagyonát megtarthatja, de soha többet nem áll vele szóba senki – fejezte be az asztal túloldalán egy mély hang. – Lóduljatok! – folytatta és intett a fogdmegeknek, akik kivezették Samet és apját a teremből.

– Ha vége, mindet likvidáljátok, a kastélyt pedig tüntessétek el, mintha soha nem is létezett volna! – szólalt meg az asztalfőn a teljes sötétből egy alak, majd felállt és a teraszon át távozott a rá váró helikopterhez.

Őt még a teremben helyet foglalók sem látták, jóval utánuk érkezett. A gép felszállása után kabinjából kiküldött mindenkit, és a teljes sötétségben elővett egy átlátszó, üvegszerű gömböt, melyben plazma kinézetű folyadék foszforeszkálva pulzált. Letette maga elé az asztalra, mikor egy zöldesszürke sárkányszerű lény, egy reptilián jelent meg benne. A férfi zsebkendővel törölte meg idegességtől verejtékező homlokát.

A reptilián változó magasságú hangon, tört angollal kérdezte:

– Megértette, megteszi?

– Igen, gazdám.

– Nem történhet meg többet!

– Nem fog, erről én kezeskedem.

– Tudom – mondta és a gömb elfeketedett.

A férfi, aki még soha nem jelent meg egyetlen földi találkozón sem – hisz egész eddigi életét az egyiptomi szfinx alatti bázisán, 1500 méter mélyen a föld alatt töltötte – most is csak a főnöke parancsára avatkozott be személyesen az ügyintézésbe –, **félt.** És ez az érzés számára is új volt, és megfoghatatlan.

Tudta, ha ebbe a dologba a legkisebb hiba csúszik, akkor őt, az Erőtriász hármas számú tagját, lecserélik. Nem lesz hiba, megoldja az általa kézben tartott katonai szárny. Nem jelenthet nekik gondot.

2.

Közép Irak, Ramadi, 2015. március 21.

Zoé úgy érezte elérte egyik célját, amit kitűzött szülei sírjánál. A másik még hátra volt. Azt a csatát egyedül kell megvívnia. Titkon tudta, hogy merre induljon. Mindig arra, ahol a nagy dolgok történnek. Most éppen Közel-Keleten elég nagy volt a felfordulás. Bassar El Aszad és az Iszlám állam közötti harc már kiszélesedett, és bekapcsolódott szinte mindenki a rendrakásba.

Amerika az egyik oldalt támogatta, Oroszország a másikat. Ez a háborús konfliktus a megmegtorpanó világgazdaságnak jót tett, egy kis fegyverkezés, a meglévő készletek felhasználása mindig jól jött.

Itt megtalálom – gondolta, és úgy intézte, hogy oda mehessen tudósítani. Nem akarta Rudyt is bajba sodorni, de a szerkesztőségében ismét mellé osztották be.

Hatalmas felfordulás volt Ramadi városka határában. A legutóbbi értesülések szerint a homokos városhatárban sáncok mögé bújt ellenfelek egyikének sem volt föld-levegő légvédelmi rendszere, így a tudósítások mehettek nyugodtan akár helikopterről, vagy drónokról is. Zoé mindig bizonytalannak tartotta a háborús helyzetet és a technikai jelentéseket. Jobbnak látta óvatosnak maradni, és kérte Rudyt és pilótájukat, hogy közvetlen a frontvonal fölé ne repüljenek. Maradjanak meg néhány kilométerre mögötte, a város másik szélén.

Így is érezte a levegőben azt a plusz töltetet, amit rajta kívül senki más nem érzett. Talán csak egy valaki még. Az Öltönyös. De ha ösztönei nem csaltak, akkor őket most egy puskaropogástól és aknáktól tarkított arab falu és egy tisztás választja el.

– Rudy, veszed? – Rudy bólintott, és Zoé rákezdett. – A városnak ezen a felén, úgy járnakkelnek az emberek, mintha néhány kilométerrel arrébb nem ágyúk, csak az ég dörögne. A többség már régen elhagyta az országot a jobb élet reményében, és elindultak szerte a világba. Akik itt maradtak sajnos már teljesen beleszoktak ebbe az erőszakos életbe. Mi magunk sem merünk egyenesen keresztülrepülni a városon a frontvonal irányába, mert ugyan... – egy légáramlat nagyot lökött a helikopteren –, szóval, mert ugyan elméletileg nem tudnak megtámadni minket, de esetleg nagy körívben közelebb szállhatunk, ha pilótánk is így gondolja – veregette meg biztatásképp Zoé a pilótája vállát.

Nos, a pilóta valóban úgy gondolta, hogy egy nagyobb íven megkerülve oldalról a várost kikerülhetik a géppuskatűz zónáját, és oldalról is felvehetik a frontvonalat.

Zoé közben végig az alattuk ártatlanul szaladgáló gyermekeket nézte, és nem értette a világnak ezt a szörnyű kontrasztját. De örült, hogy legalább ők jól érzik magukat. Ekkor elhúzott a gépük alatt öt meglepően modern harci Hummer. Sam családjának címerével. Zoé nem hitt a szemének.

– Ez egy Sam által fizetett katonai egység,
Zoé? – kérdezte Rudy.

Zoé kézbe kapott egy távcsövet és az első
mini-tankban ülő alakot nézte. Sam volt az, sátáni
vigyorral a pofáján. De ő egy másik riportereket
szállító helikoptert vizslatott és vett célba a gép-
ágyúval.

– Ez nem csak egy általa fizetett csapat. Ez
maga, Sam.

– Melyik oldalon állnak?

– Egyiken sem. Rám vadásznak – motyogta.

Tüzeltek többen is a konvojból, és le is szed-
ték a másik helikoptert.

– Uram, atyám! – visított Rudy. – Azt mond-
tad, nem szedhetnek le ilyen magasságból heli-
koptereket, Zoé.

– Hát a helyiek nem is, de Samnek lehet
hozzá...

– De hát miért? Kiszagolta, hogy betörtünk a
kis bunkerébe?

– Visszafordulunk – mondta a mikrofonba a
pilóta.

– Ne! – szakadt ki Zoéból.

Tudta, ha most nem éri el az Öltönyöst, akkor
soha. És érezte, hogy az ő közelében biztonság-
ban lennének Sam elől is. Tovább kellett mennie.

– Inkább kerüljünk még nagyobbat, és hátul-
ról közelítsünk!

– Nem lehet, hölgyem, az már ellenséges terü-
let. Visszafordulunk.

Megfordultak, de későn. Sam addigra rájött,
hogy rossz gépet szedtek le és elkezdtek Zoé
gépére tüzelni. Eltalálták. A pilótát szinte ketté-

vágta az egyik sorozat. Zuhantak. A pörgő gép farka egy toronynak csapódva letört. Az ütközés miatt Rudy kirepült ajtóstól az utastérből. Zoé még utána kapott, de esélytelen volt.

– Rudy, ne!

A lány lassítva élte meg ezeket a szörnyű perceket. A jeges rémület és meglepődöttség volt a fiatal, örök szerelmes operatőr szemében.

Kedvenc kamerája vele együtt zuhant a poros mélységbe, ahová ilyen magasból becsapódva lehetetlen volt a túlélés. A rotorok rántottak még egy nagyot a szárnyaszegett madáron, majd végleg süllyedésbe kezdett. Zoé a talaj felől félig kilógott az ajtón és zuhant. Látta, amint vészes sebességgel közeledik a talaj. *Legalább hamar vége lesz* – gondolta. Egyre csak gyorsult lefelé. A hangok betompultak, a fények kiélesedtek. Már minden egyes kavicsot meg tudott különböztetni egymástól.

3.

A város túlfelén, egy tépázott katonai sá-
torban – magas rangú katonai tábornokok és
ezredesek körében – ott állt az Öltönyös. Mély
lüktetéssel megjelent előtte Zoé képe a zuhanó
helikopterben, és egy hirtelen emelő mozdulatot
mímelve megtartotta a levegőben a több kilomé-
terre lévő szétlőtt roncsot. Majd, miután a lány
észhez térve kikászálódott a gép alól, szépen las-
san továbbengedte a földre.

Az Öltönyös beleszédült a mutatványba.

– Folytathatjuk, uram? – kérdezte egy szikár,
mindenféle plecsnivel tarkított, orosz egyenruhás,
barna alak.

Az Öltönyös bólintott.

4.

Zoé érezte a föld nyers szagát. Várta a becsa-
pódást, felkészült a halálra. Óvatosan kinyitotta
szemét, de valami csoda folytán a helikopterrel
együtt ott lebegett a talaj fölött fél méterrel. Azt
hitte a gép beleakadhatott valami villanypóznába.
Gyorsan kikecmergett az ablakon, félregurult, és
akkor a gép lassan elérte a talajt, és ugyanazon a
roncsolódáson ment keresztül, mintha az eredeti
zuhanó sebességgel csapódott volna be, de
mindez lassított felvételként. Mikor elhaltak a
fémek fájdalmas nyögései, ropogásai, Zoé akkor
látta, hogy semmiféle kábel sincs a közelben, ami
lelassíthatta volna a zuhanást.

Az ő kis tragédiájuk – illetve a másik helikop-
teré is – teljesen jelentéktelennek tűnt az egyre
közelebbről hallatszódó fegyveres összetűzések
forgatagában. Nem volt ideje Rudyt gyászolni,
mert máris hallotta Sam semmivel sem összeté-
veszthető orgánumát.

– Ott van a kerítés mögött! Kinyírni! – ordí-
totta egy háztetőről Sam, aki szintén tüzet nyitott
egykori menyasszonyára.

A rövid csövű mini Uzi géppisztolyból egy
tárat kiürített, de nem sikerült a menekülő Zoét
eltalálnia. A lány szaladt, ahogy a lába bírta. Egy
másik szűk sikátorból is Sam emberei rohantak
felé. Felszaladt egy szemétdombra. Onnan látni
vélte a távolban a katonai tábort. *Ott van. Biztosan
érzem, megtalálom* – nyugtatta magát.

A táborban az Öltönyös is megérezte, hogy
figyelik, erre kézlegyintésével arrébb húzott egy

ponyvás autót, hogy kitakarja Zoét, és elzárja az útját. A lány kitartása meglepte, de egyre jobban tetszett neki.

Zoét egy mellette gellert kapó töltény térítette észhez. Lerohant a dombról. Megbotlott, felhorzsolta arcát és kezeit, de most nem fogalakozott a fájdalommal. Túl kell élnie, és eljutnia az Öltönyöshöz. Kijutott egy békésebb időben piacként funkcionáló kisebb térre, ami rothadó gyümölcsöktől bűzlött. Néhány bátrabb hajléktalan szemezgetett csak ilyen közel a fegyverropogáshoz.

– Úgyis elkaplak, te ringyó! – üvöltötte szinte mindenhonnan Sam, és vaktában kilőtt egy újabb tárat a levegőbe.

Zoénak muszáj volt megpihenni. Beguggolt egy betonasztal alá, amit szagából ítélve haldarabolásra használtak. Tépett egy darabot szoknyájából, és azzal itatgatta le sérült arcáról a vért. Épp az asztal mellett haladt el egy katonai csizmapár, Sam csapatának egy tagja. Zoé lassan a másik végén kibújt, és kisurrant egy kis utcába. Onnan ismét jó kilátás nyílt a harcoló csapatok mögötti stratégiai sátorra.

Zoé elé, minden ok nélkül, leborult egy nagy halom raklap, ismét elzárva a sátor felé vezető utat.

– Ott van! – csattant a kiáltás mögötte.

Tüzeltek. Zoé kiugrott oldalra. Berontott egy lépcsőházba, és felszaladt az emeltre. *Muszáj lesz elhagyni az épületet, mert ha körbevesznek, akkor végem van* – gondolta.

A lány továbbszaladt a tetőre, átmászott egy
másik házra. Onnan belőtte, hogy merre van az
Öltönyös sátra. A kilátást ismét keresztezte vala-
mi, méghozzá egy Sam által vezérelt harci drón
lebegett fölötte, ami kis kaliberű, de mély sebet
ütő fegyverzettel volt ellátva. Zoé hasra vágta
magát, de a vállát még így is súrolta egy lövedék.
A tető lejárati ajtajának fedezékébe húzódott. A
lépcsőház ajtaja zárva volt. Már hallotta a drón
zümmögését. Az ajtó nem engedett. Zoé lekapta
egyik cipőjét, a zajjal ellentétes oldalon kihajolt,
és hozzávágta a kis elektromos keselyűhöz a
lábbelijét. Az kibillent egyensúlyából, a szemközti
tető irányába sodródott, majd annak nekicsapód-
va menthetetlenül belegabalyodott egy szárítókö-
télbe, és lezuhant. Zoé örömmel képzelte maga
elé Sam bosszankodó képét. A lány végül lemá-
szott a csatornán, és ismét a város veszélyesebb
vége felé vette az irányt.

Úgy tűnt, Sam emberei mindenhol ott vannak.
Mikor ismét látótávolságba került a katonai sátor,
titokzatos módon egy kecskecsorda rontott felé –
persze az Öltönyös egy intésére. Mikor már végre
egérutat nyert Sam elől, és rohanhatott szabadon
a sátrak felé, egy komplett víztorony borult az
úton keresztbe előtte, az Öltönyös egy gondola-
tára.

Zoé már alig kapott levegőt. Egyre közelebb-
ről hallotta a vezényszavakat, és a város szélén
dúló csata is egyre közeledett. Oldalát szorítva
végül beesett egy üres gyár csarnokába. Bevágta
maga mögött az ajtót. Zihált. Cipőtlen talpából
vér serkent. Botladozott a csarnok túlvégén lévő

ajtó felé. Ekkor meglátta magasan az ablakok mellett elsuhanó drónokat. Hallotta a kommandósok zaját oldalról, és Sam hangját is a háttérben. Valahonnan az is fentről, a szemközti tetőről szólt. *Nyilván nem mer lejönni ide a frontvonalra személyesen, csak a kutyáit küldi. Még egy fegyvertelen nővel is gyáva szembenézni. Jellemző* – gondolta.

Körbevették.

– Gyere ki, Zoé, és nem bántalak! – kiáltotta Sam. – Sarokba vagy szorítva, nincs hova bújnod.

Zoé jól tudta, hogy igaza van. Bekerítették. De akkor sem fogja itt lőtt vad módjára megvárni a kivégzését. Remegve talpra állt, és nekiiramodott. Ekkor üveg tört, hús szakadt, és csont repedt. Egy mesterlövész épp vádlin találta a lányt, aki végleg padlót fogott. Mint kilőtt nyúl, hatalmasat bucskázott.

Sam a tetőn eközben kiélesítette a vállról indítható kis csodafegyverét.

– Elegem volt a hisztidből, meg a szarakodásotokból – motyogta Sam.

Zoénak eleredtek a könnyei. Nem bírt már lábra állni, de még így is térdre küzdötte magát, és mikor felnézett ott állt előtte Ő. A titokzatos, magas, sármos alak, a mindent átdöfő, ellentmondást nem tűrő, zöldes szürke szemeivel.

– Menj innen! – hörögte Zoé. – Most már hagyj meghalni!

– Nem hagylak – mondta az Öltönyös.

– Ki vagy te? – szuszogta Zoé.

– Az lényegtelen. Inkább az a kérdés, hogy ki vagy Te, Zoé?

– Tűnj innen, hallod! Bármelyik pillanatban…

– Hallgass és bízz bennem, úgy nem érhetnek el a lángok! – mondta az Öltönyös, és szorosan magához ölelte a csupa vér lányt.

– Milyen lángok?

A zajtalanul suhanó rakéta ekkor csapódott be a raktárba. A mindent felemésztő lángnyelvek kívül-belül körbejárták az épületet. Az Öltönyös és a karjaiban tartott Zoé viszont sértetlenül állt egy áttetsző energiagömb közepén, amit az éhes lángok nem tudtak felfalni. Köröttük a kő eggyé vált a fával, a fa az üveggel, a levegő a tűzzel. De nekik semmi bajuk nem esett.

– Mi történik velem? – rebegte Zoé a férfi szemébe fúrva tekintetét. Még a robbanás zaja sem hatolt be hozzájuk az erőtéren belülre.

– Mi történik velünk? – javította ki az Öltönyös a lányt.

Az idő belassulni látszott körülöttük. A lángok mozgása álmataggá vált. Eltorzult körülöttük a lángoló tér és a világ képlékeny masszaként beleolvadt a tűzből kialakuló gigászi felhőörvénybe, Zoé és az Öltönyös egymást görcsösen fogták, és a jelenség peremén állva letekintettek a mélybe.

Lucifer:

Itt ért el a történet oda, hogy egy embernek részben fel kellett fednem magam.

Sokszor találkoztam vele előző életeiben, de mostanra jutott odáig a lelke, hogy tisztán átsugárzott a fizikai formáján. Ahogy néztem hatalmas barna szemeit, láttam, hogy sokkal több ő, mint egy kísérletező, önmegismerésre vágyó lélek.

Hogy ki is valójába, azt közösen fogjuk kideríteni. De most már én is kíváncsi vagyok rá.

10.

A teremtett világ vezetőinek ülése

Galaktikus Föderáció, Auróra, Téren és időn kívül

Lucifer:
Itt kezdődött minden. Ez az, amiért hallhatod a mesémet. Ekkor döntöttük el, hogy te ebben a jelenlegi formában létezz. Ez a hely nem más, mint az aranybolygó, Auróra az első teremtett faj otthona, szülőanyja volt, de mostanság csak egy élő panoptikumként működik.

Ez a központi galaxis egyetlen lakott bolygója, innen indult és kapott szárnyra a teremtés. A szárnykészítők már régen - mióta felvették a kvantumállapotot, nem tartózkodnak bolygójukon. Nagyon kevés lény él fizikai formában ezen a csodálatos planétán. A bolygót körülölelő fényes arany asztrálköpeny miatt kapta ezt a különleges nevet. Szinte minden teremtett intelligens fajnak beleszőtték mondáiba, vallásaiba eme származási központ képét. Jelenleg a teljes teremtett valóság valamennyi élőlénye képviseltetve volt rajta. A létformák saját környezetükkel együtt vannak itt megörökítve valós formájukban.

Az egész egy nagy bemutatóterem, hisz valójában erről szól ez a világméretű élőlény-

243

tároló, a fajoknak egyfajta emlékezési lehetőség, bámulatos, érdekes kaland, ahol megismerhetik a teremtés színes és változatos voltát. Igaz, már kissé elavult ez a forma. Olyan, mint egy analóg távíró, vagy egy indián füstjel, a mostani digitális világban. Ez a fizikai formák történelemkönyve ettől függetlenül egyedi és megismételhetetlen, és az otthon melegére emlékeztet minden idelátogatót. A bolygó nagy részét víz borítja. Az óceánban hatalmas légbuborékszerű képződmények szolgálnak az egyes életformák és környezetük bemutatására.

Itt valós fizikai közegükben és alakjukban vannak a különböző valóságok életterei pillanatképszerűen az örök időkre megörökítve, konzerválva. A bolygó felszínén pedig paradicsomi állapot uralkodik. A végtelenül dús, színes növény- és állatvilág ősburjánzása teljesen beborít mindent. Egységben, harmóniában él itt minden életforma olyan élénk erős és sokrétű színpompában, hogy csak rövid ideig lehet bennük gyönyörködni, annyira erőteljes a színorgia.

Az állat- és növényvilága rendkívül változatos.

Óriáslevelű pálmafák kandikálnak vörös pipacsszerű virágokkal, színes törzsű és levelű fák méretes lelógó gömbszerű termésekkel kínálkoznak az őket dézsmáló hosszú lábú, rövid nyakú, kék-sárga pettyes, lámafejű lényeknek. A hegyekről lezúduló patakok vízesése alatt kék vízilovak úszkálnak, a *hátukon narancsszínű majmokkal. Akik vígan ugrándoznak egyik állatról a másikra. A parton zöldes rózsaszín kenguru lábú erszényes mackók birkóznak a homokban. Az sem véletlen, hogy ennek a rendkívüli jelentőségű Galaktikus Föderáció ülésnek ez a hely ad otthont. Van ugyanis a bolygó magjánál egy olyan idő és dimenziómentes, vagyis minden idő és dimenzió számára elérhető hely, ahol valamennyi valóság teremtményei otthon érezhetik magukat. A 3. és 12. dimenziós lények szinte „egy asztalnál" ülhetnek. Ez a Világok Terme, ami szintén egyedi és a maga nemében egy rendkívüli létesítmény. A házigazdák természetesen a Központi Faj képviselői.*

Emberi fogalmakkal nagyon nehéz leírni azokat a méreteket, sokszínűséget, formai változatosságot és hang egyveleget, ami ezt a rendezvényt jellemezi. A terem külön érdekessége, hogy valamennyi résztvevő a rendelkezésükre bocsátott finom tudati szálakból önmagára, valóságára, fajára legjellemzőbb megjelenési környezetet alakíthatott ki magának.

Olyan ez, mint egy világkiállítás, ahol mindenki a saját népére jellemző pavilont vagy építményt készít. Van itt földnyelv sziklákkal és vízeséssel, nagy magasztos aranytrónus, valamint impozáns csillogó fém- és üvegkolosszus.

Vannak burkok, amiken belül csak szellemszerű energialények suhannak a fal mentén. De akad olyan is, amiben örökké pustol a hó, és a lakóját sem lehet látni, mert sötétbe burkolózik. Leírhatatlan a változatosság, a színvilág és a pompa.

Az egyik ilyen finom tudatszálas burokban például a Fény testvériség Hajnalhozók rendjének családja képviselteti magát egy hatalmas mezőn, tele nagyra nőtt hóvirágokkal, amik kibújtak a hóval borított földből. Ez a rend a világok legintenzívebb, rebellis, lázadó, mindent felforgató csoportja.

Ők mennek mindenhová, ahol az egyes valóságokban a spirituális fejlődés elmarad a kívánt mértéktől, ha az ott élők eltévedtek és veszélybe került a továbbfejlődés. A bolygó, és az őrzők hívására, tömegesen megjelennek, életeken keresztül leszületnek, és tevékenységükkel felforgatják, és megváltoztatják a megrekedt energiákat, beindítják a megfelelő változásokat. Legfontosabb jellemzőjük, hogy a legsötétebb, teljes létfelejtésben élő társadalmaknál egy csöppnyi napból érkező fényinformáció hatására emlékezni kezdenek, és azonnal elindítják a mindent átalakító, megreformáló munkájukat. Hóvirágként szimbolizálva létüket, mint a legsötétebb, leginkább lelassult időszak, a tél után ők azok, akik a tavasz, a változás hírnökei. Elképesztő látványként tündökölnek a nagy vakító hóborította fehér mezőn a kibúvó csodálatos zöld növények, tetejükön a fehér koronával.

Nem kevésbé meglepő és hátborzongatóan felemelő jelenség az a millió lélek, aki meg lett hívva a nagygyűlésre. Végtelen színpompájú óriás pillangók képében lebegnek egy másik burokban és hatalmas ezerszínű virágokról virágokra reppennek. Nekik itt, és most kell dönteni arról, hogy élnek-e a számukra az este folyamán felajánlott lehetőséggel.

Középen nagy magasságban lebeg a teljesen áttetsző, bentről világító kristálypulpitus, a rendezvény pazar látványosságinak egyik legcsodálatosabb ékköve, melyen a három kiválasztott foglal majd helyet.

Alattuk, amíg a szem ellát – egyelőre még mindenki számára meglepetésként – több ezer kilencéves, szőke, kékszemű kislány, talpig fehér, köntösszerű, földig lelógó, uszályos egyenruhában áll.

Legelőször Mo érkezett meg – a három kiválasztott közül – a Plejádi Nagytanács birodalmi űrhajóján. Tizenketten kísérték bolygójukról.

A megfelelő kapun át jöttek, és a kijelölt hangárba hagyva járművüket elindultak a nagyterem felé. Miközben átvágtak a nagy csarnokon és a végtelen változatosságát figyelték, Mo elmerengett, hogy is került ide. Az utolsó küldetés után felöltve magára hagyományos plejádi díszegyenruháját felült kedvenc antigravitációs lebegő szerkezetére, és elment a bolygó legkülönlegesebb szigetére, ami egyben a nép spirituális központja volt, ahol a három szellemi vezető tartózkodott. A sziget közepén három magas szikla meredt. A legmagasabb középső kőtemplom belsejében várt rá az Egy. Ahogy elérte a sziget partját, már nem ő irányította légi járművét. Magától elvitte őt a bejárathoz, ahova gyalogszerrel, a legnagyobb tisztelettel és szeretettel szívében léphetett csak be. A belső, égi kupolás nagyterem közepén lebegett lótuszülésben az Egy, áttetsző fényszerű állapotban. Ahogy Mo megérkezett a lebegő alak fokozatosan felvette teljes fizikai formáját, és kinyitotta a szemét. Mora vetette szuggesztív tekintetét, és megszólalt:

– Amit akartál megkapod, amire vágytál a tiéd lesz. De figyelj, és mindig a szívedre hallgass!

Majd ismét lecsukta a szemét, és szép lassan fénnyé vált.

Mo teljes zavarodottsággal állt, miközben le nem vette szemét a lebegő fénylényről. Számtalan kérdés zakatolt a fejében, de tudta, hogy mindenre megkapta a választ, csak még nem jött el a megértés ideje.

Az Eggyel történő találkozás után következett a Nagytanács ülése, ahol a tizenkét plejádi klán egy nagyszabású ünnepség keretein belül felkérte, hogy képviselje őket a Galaktikus Föderáció ülésén. Tájékoztatták, hogy őt választották ki harmadmagával egy igen fontos feladatra, de erről nekik sincs több információjuk.

Most végre megérkezett a Galaktikus Föderáció várva várt ülésére, és ez csodálatos felemelő érzéssel töltötte el. De ennél is erőteljesebb volt benne a kíváncsiság, hogy miért is van itt, és mit is jelentettek pontosan az Egynek a szavai.

Szhuu is megérkezett a szíriuszi delegáció élén. Miután kilépett az Amoran ajtaján, egyből egy magas, igéző tekintetű kisportolt férfit vett észre, aki magabiztos léptekkel haladt a nagyterem közepe felé. Nem látta még sohasem, mégis

olyan ismerősnek tűnt számára. Határozott lép-
tei, mindenkire rávillanó igaz mosolya, őszinte
érdeklődése kiemelte a nyüzsgő tömegből. *Jó lenne
vele megismerkedni* – gondolta. – *Biztos érdekes ember
lehet.* Miközben nézte, merre halad, neki is fel-
rémlettek az elmúlt napok eseményei. A Nagy
Klán gyűlés, és a hatalmas megtiszteltetés, amikor
az egész szíriuszi nép előtt átvehette az Idő
Őrzőjétől a Galaktikus Teremtői kinevezést. Az
is eszébe jutott, mennyire meglepődött, hogy ő
kapta a megbízatást a következő Galaktikus
Föderáció ülésére, ahol egy fontos feladatra kivá-
lasztották, két másik társával együtt. Azt pedig,
amit a vezető papjuk mondott a nagygyűlés után,
végképp nem tudta hova tenni.

A Nagy Klán gyűlés után az Idő őrzője behí-
vatta magához és így szólt:

– Szhuu, ez csak a kezdet. Most jön a java. Az
Első Alkotó fogja a kezed. Az Ő programját kö-
veted. Tedd, amit tenned kell! Ne nézz vissza, ne
bánj meg semmit! Mikor itt az idő, pontosan
tudod, mi a dolgod.

– Nem értem – válaszolta megdöbbenve
Szhuu.

– Mikor e feladat eljő, a megértés is megér-
kezik – mondta, és meghajolva kezet nyújtott.

Ez az elköszönés jele volt részéről.

Szhuu letérdelve megfogta és megcsókolta
mestere kezét, majd felegyenesedett, meghajolt és
gondolataiba mélyedve eltávozott.

Még most is, miközben azt a különleges alakot
nézte, azon törte a fejét, hogy mire akarta figyel-
meztetni az Idő Őrzője.

Ő is elindult kíséretével, és legnagyobb meglepetésre oda vezették, ahol az imént megfigyelt alak is volt.

– Mo vagyok – és rátette kezét köszöntésképpen a vállára a kedves idegen.

– Én pedig Szhuu – mutatkozott be ő is, és megérintette kezével a másik vállát, viszonozva a gesztust.

– A szíriuszi és a plejádi vezetőt, kérem, jöjjön utánam! – szólalt meg egy feléjük lebegő, sötétkék, szárnyas, apró lény, az egyik szervező.

Mindketten követték a kis mulatságos külsejű vezetőjüket, és az általa mutatott jelzésre lépve, lassan a magaslati kristálypulpitusra emelkedtek. A galaktikus föderáció nagytermében már mindenki bent ült, Mo és Szhuu is helyet foglaltak. A harmadik, központi hely még üresen tátongott. A türelmetlen zsibongás egyre fokozódott.

Ekkor a hatalmas kétszárnyú kapu, amit eddig a terem oldalfalának hittek, lassan, méltóságteljesen feltárult, az eddigi bejáratot, a kis kaput is magába ölelve – amin a termetes plejádiak is bőségesen befértek. Óriás rinocéroszszerű lények jelentek meg, és bevontattak a terem közepére egy jókora, áttetsző vízzel teli medencét, melynek alján nagyméretű, fényes páncéldarabok hevertek.

A tömegben egy öreg, sokat látott plejádi lehunyta a szemét. A mellette ülő fiatal megkérdezte:

– Mi van öreg? Imádkozol?

– Nem, csak féltem a szemeimet.

– Micsoda?

Ekkor hirtelen magas, szélzúgásszerű, visító hang hallatszott, nyomában csend és teljes sötétség lett a teremben. A levegőben lebegve, a terem közepén egy kis fénypontocska játékosan mozgott, majd mintha csak egy holografikus filmet néznének, növekedett és a fénylevesből összeállva, egymásból egymásba alakulva, mindenféle fizikai formákká változott. Különböző fajok formálódtak, az egyszerű pár sejtes állapottól, a fejlett intelligens emberi formáig. Csodálatos volt, és döbbenetes az élet evolúciójának ilyen bemutatója.

– A teremtés! – hangzott a tömegből a visszafogott ámult kiáltás.

Ekkor a fényformák egyre gyorsabban változó, spirálszerű forgásba kezdtek. Majd az egész projekció eltűnt a középső fekete pontban. Egy pillanatra teljes lett a csönd és a sötétség. Majd hirtelen egy óriási fényrobbanás árasztotta el a termet. Olyan erős és vakító volt a fényimpulzus, hogy ösztönösen mindenki becsukta a szemét.

Az előbbi fényjáték helyén egy kolosszális szárnyas vakító fénylény állt. Csak másodpercekig lehetett rátekinteni szemkárosodás nélkül. Csillogó páncéldarabokat vonzott lassan magához a medencéből, amik testére tapadva és összeállva egy termetes emberi alakká varázsolták, amely méreteiben még a plejádiakat is jócskán felülmúlta. A testpáncél réseiből még néhol átszüremlett a vakító fény, de már sokkal elviselhetőbb volt. A közönség végre kinyithatta szemét. Végül a gyönyörűen ívelt páncél háti részéből hatalmas, tompa fényű szárnypár nyúlt ki a lényt megformázó burkolat közül, és gazdáját finoman leeresztette a talajra.

Hatalmas taps, és üdvrivalgás köszöntötte a Központi Faj csodás képviselőjét.

Ő is üdvözölte az egybegyűlteket, a már helyet foglaló kiválasztottak közötti központi emelvényre szökkent egy szárnycsapással, és leült a középső részen.

– Jó kis belépő – csúszott ki Mo száján.

– Prethor vagyok – üdvözölte őket rezzenéstelen arccal.

– Mo.

– Szhuu – köszöntötték letérdelve mélységes tisztelettel Prethort.

Kezdetét vette az ülés. Ekkor a kislányok serege angyali énekbe kezdett. A természet hangjai zúgtak csöppnyi torkukból. A tenger zúgása, a sirályok sikolya, a szakadó eső hangja, a bálnák moraja, méhek zümmögése egymás után csendültek fel általuk. Majd mély csend következett, és kisvártatva egyszerre szólaltak meg:

– Mélységes szeretetemmel köszöntelek benneteket, gyermekeim! – hangzottak az Első Alkotó szavai a kislányokon keresztül.

Olyan energia és vibráció töltötte el a termet, hogy tapintani lehetett a feszültséget. Minden szem a kis csatornákra szegeződött és áhítattal hallgatták szavaikat.

– Tudom, kik vagytok, mit csináltok, mit éreztek. Mindannyian a teremtés egyéni, megismételhetetlen csodái vagytok, az én büszkeségeim. Az ittlétetek nem véletlen, sokan a történetetek legjelentősebb részénél tartotok. Ehhez az állomáshoz érkezett el a teremtett világ is.

A kislányok szájából egy áttetsző fénygömb emelkedett fel, ami az aula közepén egy hatalmas holografikus képpé állt össze, és benne alakot öltöttek a teremtő szavai.

– Egy olyan potenciált indítunk újára, ami alapvetően megváltoztathatja a létezést, a kialakult rendet. Létrehozzuk közösen a Szabad Akarat Galaxisát. A kísérlet lényege, hogy az itt meghívott lelkek közül, akik vállalják a részvételt, egy tökéletes kísérleti telepen, a Szabad Akarat Bolygóján, elzárva az összes többi intelligens világtól, önmagukról, eredetükről, hallhatatlanságukról és egységükről elfeledkezve végigjárnak egy spirituális fejlődési utat. Egyedül egy idegen világban, egymástól és mindentől elkülönülten. Egy olyan valóságban, ahol minden megengedett, még az önmaguktól való teljes elfordulás, a teljes elkülönülés, egymás és a környezet kizsákmányolása, elpusztítása is.

A kísérletezők a fizikai formák csúcsával, az emberi testtel rendelkeznek majd, és a hozzá kapcsolódó finomanyagi rendszerrel. Ez tartalmaz egy hatalmas kapacitású központi memóriát és vezérlőrendszert, egy agyat, és az egészet irányító önfejlesztő intelligens én programot, az elmét. Ez teszi lehetővé az elkülönülést, módosíthatja a fizikai test működését, segít megélhetővé tenni a valóságot.

A tömeg szájtátva hallgatta a kislányok szájából áradó információözönt, és többször megborzongott a vele érkező szeretetenergiától.

– Működésének az alapja a lineáris idő, mely
segítségével személyiséget teremt az emlékekkel,
a múlttal, és a képzelettel, a jövővel. A múlt ad
neki identitást, a jövő pedig megváltást. Ez a
rövidtávú memória minden egyes tapasztalati út
után kitörlődik, de az egyes megnyilvánulások
energetikája nem vész el, egy központi memória-
bankban tárolódik a bolygón, hozzáadódva a
többihez. Ez az energia emeli tapasztalatról
tapasztalatra, létidőről létidőre a teljes bolygó
tudati szintjét. A rendszer komplex, a fejlődést és
a folytonosságot biztosítja az állandóan változó
fizikai formák genetikai evolúciójával, és az
emberi tapasztalati úttal folyamatosan alakuló
karmikus programjával. Ebben a kísérletben azt
szeretnénk megtapasztalni, hogy a passzív, sötét-
séggel borított és leárnyékolt létezők, a bennük
elvetett fénycsírával – ami a DNS szerkezetükben
egy isteni rész, és arra ösztönzi őket, hogy kutas-
sanak az eredet után, keressék a bennük rejlő
istenit – át tudják-e világítani a sötétséget, és
fénnyel, vagyis tudással elárasztani a legsötétebb
zugot is. Ha ez megvalósul, az itteni tapasztalatok
az egész teremtett valóságra kihatással lesznek, és
mint információs központot, más hasonló kísér-
letek alkotói, vagy a többi valóság kíváncsi
létformái, saját fejlődésük érdekében folyamato-
san látogatni fognak.

A kísérlet résztvevői számára a „Központi
Napból", mint isteni memóriaközpontból fény-
információt juttatunk, átsugározva galaxisok nap-
jain, hogy az önmagukra találást elősegítsük.
Ezek vételére van kifejlesztve az emberi test

alapját képező struktúra, a tizenkét DNS lánc. A tapasztalás kollektív lesz, a környezet pedig az egyes állomásokat maximálisan kiszolgálja.

Ez a kollektív tudati energia egy mágneses mezőként körbeveszi a kísérleti bolygót, totálisan összekapcsolódva a kísérletben résztvevők közös tudati szintjével. Oda-vissza kölcsönhatás van a bolygó és a résztvevők között. Ahogy a kísérlet szereplői képzelt személyiségükben fejlődnek és változnak, úgy alakul a környezetük és a valóságuk is.

– Ezek után, kérdezem az itt megjelent lelkeket, hogy döntöttetek? Belevágtok az eddigi valóság legnagyobb szabású kísérletébe?

A válasz és annak fogadtatása leírhatatlan volt. A pillangó alakban megjelent lelkek sokasága, egyszerre reppent föl, és nagy kavarodás közepette egy hatalmas ezerszínű gömbbé álltak össze a föld felett lebegve, jelezvén az egységes döntésüket, hogy természetesen örömmel részt vesznek ebben az igazán nagy kihívást jelentő isteni tervben.

A meghívottak örömujjongásba törtek ki.

Felszabadult az eddig visszafojtott energia.

– Köszönöm megtisztelő válaszotokat, gyermekeim! – hangzottak fel ismét a lánygyermekek szájából kórusban az Első Alkotó szavai.

Most pedig szeretném nektek bemutatni a három kiválasztottat, akik kialakítják és megteremti számotokra az ideális környezetet, formát és programot, és akik mindig figyelemmel fognak benneteket kísérni, és segítenek, ha elakadnátok. Mindhárman eljutottak saját fejlődésük egy olyan állomásához, hogy amennyiben ezt a feladatot sikeresen veszik, jelentősen továbblépnek spirituális fejlődésükben.

Ekkor a kislányok egyszerre emelték fel a fejüket és átható, szuggesztív, mélykék tekintetüket ráirányították a kiválasztottakra. Egymás után hangzottak el szájukból a nevek. A kimondásuk pillanatában, az általuk hordozott óriási energiahullám egy különös transzállapotba juttatta a kiválasztottakat.

– Mo, a plejádi. Szhuu, a szíriuszi. És persze Prethor, a Szárnykészítő – harsogták.

Mo, neve hallatán egy fa árnyékában találta magát, és mellette háttal egy alak ült a fa tövében. Felállt, megkerülte az idegent, és legnagyobb meglepetésére, mintha tükörbe tekintett volna, saját magával találkozott.

– Szia, Mo! – kezdte a másik Mo. – A Te feladatod lesz a legfelelősségteljesebb. Te leszel a Szabad Akarat Galaxisának Őre, a bolygó és a galaxis korlátlan ura, teljes teremtési jogosítvánnyal. A neved, Fényhozó, azaz Lucifer lesz. Rajtad múlik, hogy sikerül-e ez, az egész teremtett világ számára meghatározó kísérlet. A kísérlet azért rendkívül fontos, mert itt kerül kialakításra az Univerzum új biogenetikus Könyvtára. Az élet terve, a multiverzum története, az emberi DNS-ben lesz elrejtve, azt pedig az emberi sejtek őrzik. A folyamat során aktiválni kell a tizenkét DNS szálat és azzal beindítani az emberi test tizenkét csakráját. Ezek összecsatlakoznak a föld tizenkét pontjával és elindul egy információs öngerjesztő folyamat a naprendszer, majd a galaxis tizenkét pontján át, láncreakcióban egészen a Központi Napig. Ez az elképesztő információtömeg mind földelve lesz az emberek által, akiknek fizikai formája ennek eredményeként a kezdeti tizenöt százalék helyett, teljes kapacitáson kezd el működni, ahogy tervezve és kialakítva lett. Az agy végül eléri a tökéletes, teljes, számítógépszerű működési állapotát és a felébredés megtörténik. Számos váratlan látogató, és dolog fog várni benneteket, akik meg akarják szerezni ezt a rendkívüli információs adattengert, és felhasználni egyéni céljaikra.

De ez a Szabad Akarat Bolygója, minden továb

bi szereplőt eszerint kell kezelni, felhasz-nálni és beintegrálni a programba. Amennyiben szükséges, igénybe vehetsz a bolygódról további segítséget, mind emberit, mind technológiait. A legfőbb segítséged, a szuperintelligens, magas spirituális fejlettségű entitás, Gaia lesz, aki teret ad magában a kísérlet résztvevőinek, táplálja, védi, eltartja és lehetőséget biztosít minden résztvevőnek, hogy kiélhesse vágyait, rajta és általa. Az ő legfőbb tanítása az lesz, hogy az emberiség megértse, és megtanulja tisztelni saját fészkét, és ezáltal saját testét is, hisz ez nyújt lehetőséget ehhez a rendkívüli kalandhoz.

További igen komoly segítséged, ha szükséges a Fény Családjának száznegyvennégyezer tagja, a Hajnalhozók, akik szintén „földi emberek bőrébe bújnak". Az ő felébresztésükhöz sokkal kisebb, a Napból jövő fényinformáció is elegendő. Az

aktiválási kód első kulcsa pedig az egyik kísérleti
alanyban lesz, akit meg kell találnod, aztán pedig
aktiválnod kell. Ha ez sikerül, eldördül a start-
pisztoly, és az ébredés megkezdődik. Azt, hogy ki
lesz az, és mivel kell beindítani az öngerjesztő
folyamatot, azt tudni fogod. Ha nem dolgoztok
egységben, a kísérlet meghiúsul, és a föld elpusz-
tul. A kísérlet alatt többször megmérem a lelkek
kollektív tudati szintjét. Ha megfelelő lesz, to-
vább léphetnek, ha nem, a kultúra elpusztul. A te
spirituális fejlődésed kulcsa is ez a feladat. A
kísérletben résztvevők sorsa a kezedben van. De
tudom, hogy megoldod, hisz ezért, erre terem-
tettelek.

– Honnan fogom tudni...? – próbált kérdezni
Mo, de a másik Mo az egész látomással együtt el-
tűnt a szeme elől.

Szhuu víziójában a végtelen űrben lebegett, és
egy szőke kislány a térdén ülve, szemébe nézve
így szólt:

– Kedves teremtményem, ezt a galaktikus
kísérletet Mo, a plejádi vezeti. Jelen pillanatban őt
találtam a leginkább alkalmasnak erre a feladatra.
Ha nem járna sikerrel, és a kísérlet elbukna, a
következő a te irányításod alatt indul. Tudnod
kell, hogy eddigi léted legnagyobb kihívásaival
fogsz te is szembenézni. Ha jól döntesz, elér-
heted, amire vágytál, tovább léphetsz. Minden,
amit teszel, a folyamatot segíti, bármit is gon-
dolsz róla. A végső tetted pedig a belépőd önma-
gad magasabb lénye felé.

– De, miért Mo…? – kezdte csalódottan Szhuu, ám látomása szertefoszlott.

Prethor gyermeki testben találta magát és számára rendkívül furcsa érzésként, minden egyéb tudatossága, többdimenziós kvantumészlelete eltűnt. Teljes lénye be volt préselve ebbe a kis, esetlen, emberi testbe. Nagyon érdekes tapasztalat volt, egyszerű, felszabadító, az eredetet tükrözte.

Egy másik ember, akinek csak sziluettjét tudta kivenni az ablakon háta mögül beszűrődő erős fény miatt, kellemes, meleg, szeretetteljes hangon megszólalt:

– Drágám, a kísérletben nagyon fontos szereped lesz. Mikor már majdnem sikerrel befejeződik az egész, egy hatalmas veszély fenyegeti a Szabad Akarat Galaxisát. Te fogsz beavatkozni és megmented a bolygót. Az Auróra már idejét múlt. A valóság fejlődését és hihetetlen részleteződését nem tudja lekövetni. A Szabad Akarat Bolygóján hozzuk létre a multiverzum új Információs Könyvtárát. Egy olyan információs adatbankot, ahol a valóság valamennyi idősíkja és dimenziója leképzésre és rögzítésre kerül. Az információhordozó az ember, csakis rajtuk keresztül lehet mindehhez hozzáférni. Bennük kódolódik az eddigi valamennyi evolúciós rendszer, az univerzum teljes története. Addig nem lehet az adatokat elérni, amíg az emberiség a szükséges vibrációs frekvenciaemelést végre nem hajtja. Ebben segíti őket a program, illetve a Galaxis Őre, a plejádi. Neked kell a hátteret biztosítanod, hogy végbemenjen ez a rendkívüli küldetés. Prethor, tudod, hogy már csak egy lépés választ el attól, hogy végleg hazatérj, és átéld a végső tágulást. Tedd meg ezt a lépést! Várlak szeretettel.

A három kiválasztott belső találkozója teremtőjével csak addig tartott, míg a nevüket kimondták. Rögtön utána szét is foszlott minden kép. Egymást nézték fürkészve, vajon a másik milyen feladatot kapott.

Mo alig tudta leplezni hatalmas örömét, minden érzése, boldogsága rá volt írva arcára, mozdulataira. Alig tudta megállni, hogy bele ne üvöltse a tömegbe, hogy megkapta, ő csinálja. De csak nézte a többieket, mit szólnak mindehhez. Persze belül ott bujkált benne a kétség. – *Biztos, hogy meg tudom csinálni?* – töprengett magában

Szhuu csak nézte Mo-t, és még mindig nem értette mi az, amivel ez a lény alkalmasabb nála. Igaz ő volt a megtestesült férfi nem, a teremtés tökéletes maszkulin megnyilvánulása. Ő volt a hiány maga, a vágy, ami mozgásba lendítette az egész teremtést, és működteti a mai napig. De Mo mégis csak egy „fél" volt hozzá képest. Őhozzá, aki már egész volt, mind a két nem teljességét képviselte testében. Hisz most vált Galaktikus Teremtővé. Létezik nála alkalmasabb egy ilyen feladatra, amit az egész teremtett valóság figyelemmel kísér? Úgy gondolta, hogy a teremtő furcsa játékot űz vele. Nem értette, mi célból, de rá fog jönni.

Prethor végre visszanyerte teljességét. Érdekes volt számára ez a visszanyúlás az ősi, eredeti

lényéhez, szinte visszamenni a semmibe, amiből
végtelenné, mindenné vált. A teljes létének, an-
nak a sokmilliárdnyi formaként megjelenő létfor-
mának ez a mostani, nagyon összetett komplex
tudatosságú dimenziókvantum lény a betetőző
létezője volt. A korona minden eddigi megnyilvá-
nulások összességének a fején. Teljesen nyugodt
volt, tudta mi a dolga, tudta mit fog tenni és
mikor. Hisz a folyamat ahonnan ő nézte a dolgo-
kat, már a kinyilatkoztatás pillanatában meg is
történt, le is játszódott. De annak minden kép-
kockáját most átnézi, átéli. Végtelen hála öntötte
el, ami hatalmas szeretethullámként minden ré-
szének, minden molekuláját átjárta, és meleg-
séggel töltötte fel.

– A három kiválasztott lesz az – folytatta a
teremtő a kislányok hangján –, aki elvégzi a
nélkülözhetetlen előkészületeket a galaxisban, és
alkalmassá teszi azt a kísérlet számára. Prethor
kialakítja a szükséges naprendszert a benne mű-
ködő fizikai törvényekkel és a lineáris idővel.

Olyan feltételeket teremt, ami ideális az élet
kialakulására a bolygón. Szhuu alkotja meg a földi
rendszer evolúciós és karmikus programját, hogy
fizikálisan is, és spirituálisan is megfelelően fej-
lődjenek majd a résztvevők. Végül Mo lesz az,
aki az elengedhetetlen genetikai változatosságot
létrehozza, mind növényi, mind állati szinten. Az
emberi formát is ő látja el a létfontosságú DNS
lánccal, ami az információt befogadja, és azt fel-
dolgozva, megértve, a bekódolt változtatásokat
végrehajtja. Tudjátok, hogy az Auróra már nem
képes a teremtés végtelen változatosságának a

bemutatására. Gaia az a hely, ami a kísérlet sikere
után a teremtett valóság következő Információs
Könyvtára, élő bemutatóterme lesz. Ide járhatnak
majd a multiverzum lényei tanulni, megérteni,
megismerni. Gyermekeim, a feladat adott, a po-
tenciált elindítottuk, a magot elvetettük. Rajtatok
múlik, milyen növény fog kikelni, mikét fejlődik,
és hogy fogunk lakmározni csodálatos gyümöl-
cséből mindannyian. Most pedig maradjunk egy
kicsit csendben, járjon át bennünket az össze-
tartozás forró, szeretetteljes érzése, hisz mind
egyek vagyunk. Én ti vagyok, ti belőlem álltok.
Áldásom rátok. Ne feledjétek, minden tettetek a
legjobb tett, minden gondolatotok a legtökéle-
tesebb gondolat, hisz mindannyian egyediek
vagytok és egyediségetekben teljesen tökéletesek.

Utolsó szavával akkora szeretethullám érte el
az egybegyűlteket, hogy hosszú ideig senki sem
mozdult. Meleg boldogságtól és örömkönnyektől
ragyogó szemmel egymást nézték, és tudták,
hogy egyek, és mindig is összetartoztak. Hálásak
voltak egymásnak a közös létezésért, és a terem-
tőnek, hogy vannak, és átélhették ezt a csodálatos
pillanatot.

VÉGE AZ ELSŐ RÉSZNEK

L, a Fényhozó

Könyv I.

Ki vagyok én?

Hogy miről szól az isteni kísérlet, hogy alakul a Szabad Akarat Bolygója, milyen szerepet játszanak mindebben a szíriusziak, a plejádiak és a szárnykészítők, és mindez hogyan hat a földön élő fiatal mesztic környezetvédő lányra, Zoéra, megtudhatjuk ebből a fantasztikus kalandregényből. Az első könyv végére az is kiderül, kik és hogyan irányítják a bolygónkat. Mindezt egy felsőbb nézőpontból követhetjük végig, egy mitológiai alak, Lucifer kommentálásával.

L, a Fényhozó

Könyv II.

Nem a testem vagyok!

Hogy kerültek a földre, és hogyan tartják tudat-
lanságban az embereket az annunakik? Kik azok
a héberek, és milyen szerepük van az emberiség
fejlődésében? Ki az a Lélektelen, és miért nem
vagyunk azonosak a testünkkel? Ezekről mesél
nekünk Lucifer ebben a részben. Az is kiderül,
hogy kik azok az Örök Emésztők, és hogy sike-
rül Lucifernek kiszabadulni a végzetes mentális
bilincsükből. A könyv végére a Lélektelen is meg-
jelenik a Szabad Akarat Galaxisában, és vészesen
közeledik a Föld felé.

L, a Fényhozó

Könyv III.

Nem vagyok a gondolatom sem!

Lucifer és Zoé kalandjaiból megtudhatjuk, hogy
nem vagyunk a gondolataink sem, majd képtelen
események során aktiválódik a Teremtés Kulcsa.
Hatására megszűnik az annunaki tudatárnyékolás,
amiért a sárkányemberek végzetes manipulációba
kezdenek. Megérkezik a Földhöz a Lélektelen is,
és szembetalálkozik a három kiválasztottal. A
könyv végére a teremtés önmagába záródik a két
fél egymásra találásával.

Az élet játéka

Játékleírás (Könyv 1.)

Kedves Olvasó!

Most miután önfeledten elolvastad üzenetem első részét – hogy ne csak nézze, hanem láss is -, ideje felvennünk a tudatosság szemüvegét, amit most ezennel átnyújtok neked. Hagyd abba az olvasást és tedd is fel. Nézegesd magad a tükörben. Ugye, milyen jól áll? Ez a szemüveg, mivel kvantum állapotú, természetesen eddig is veled volt, de most ezzel az aktussal aktiváltad, most már örökre rajtad marad, részedé válik, használni tudod. A tudatoddal működteted. Ha rágondolsz, bekapcsol, és hétköznapod eseményeit is képes leszel rajta keresztül elemezni. De először is, most tanuljuk meg használni. Ez a játéksorozat ebben fog neked segíteni.

Az első könyvvel egy egészen egyszerű módon, mint amikor gyerekkorodban három-kerekű kerékpárral közlekedtél, lépésről lépésre végigvesszük közösen a szemüveg használatát.

Kezdjük is el! A teremtés végtelen egyszerű, viszont belefeledkeztél a történetbe azért, hogy az eseményeket teljes átéléssel tapasztald meg, így ezt a rendszert nem veszed észre. Nincs ezzel semmi baj. De most egy rövid időre megállunk, kicsit hátra lépünk, és innen már sokkal jobban kivehető mindaz, amit mutatni szeretnék. Tehát, ha a szemüveget használni akarod, az első, amit tenned kell, hogy megállsz. Egy pillanatra abbahagyod az éppen végzett tevékenységet. Lecsendesíted a gondolatokat a fejedben, és ránézel a szemüvegen keresztül az éppen zajló eseményre. A játék segíteni fog, hogy meg is értsd, mi az, ami valójában történik, amit éppen figyelsz. Hogy jól látható legyen minden, lerögzítjük a könyv eseményeit, mint ahogy a prófétával tették annak idején, a tér és az idő keresztjére.

Elkészítettünk egy táblázatot, amit a következő honlapról tölthető le: http://www.l-creation.org/l-jatek/. A függőleges oszlopba a tudatosság mélységét szimbolizáló Test, Lélek, Szellem hármas fel-osztás került. A vízszintes oszlopba a földi tapasztalás gerincét rakjuk, az Érzet, Érzelem, Én kifejezéseket. Ezeket a fogalmakat, ha nem vagy bennük teljesen biztos, a játék végén lévő fogalommagyarázatban kibontjuk. Ezzel elkészült az alapmátrixunk, amibe a történet egyes eseményei kerülnek be. Az általam a játék részévé tett példák csak egy lehetséges megoldást mutatnak. Ha belejössz, te is tudsz majd számos egyedi megoldást kreálni. Ezt egyébként jó is, ha gyakorlásképpen önállóan megteszed, így megteszed az első tudatos lépéseket a gyakorlópályán. Ha itt már könnyedén közlekedsz, jöhet a forgalom, majd az autópályás száguldás a valós életben. Viszont ne rohanjunk ennyire előre, ahhoz, hogy könnyebben haladj, segítségképpen a könyv egyes részeit megjelöltem, így tudni fogod, mely oldalakon kell keresni a megoldásokat.

Először is, kezdjük bemelegítésképpen egy példával, amit együtt keressünk meg. Ha kapsz egy kódot, például -11, akkor megnézzük a mi kis segédtáblázatunkat, és máris látjuk, hogy egy olyan eseményt keresünk, amelyben megtalálható egy negatív érzet. Elszaladunk a megjelölt 93. oldalra, és ott megkeressük a kiemelt szavakat. „Hányt magától." Ezt a kifejezést kell a mátrixunkba beírni első lépésként. Majd hasonló módon kitöltjük táblázatunk minden mezőjét.

Kódtábla:

-11   Emberi érzés, mikor elégedetlenek vagyunk magunkkal.(93.o.)

-12   Emberi érzés egy hatalmasabb idegen hatalommal szemben. (231.o.)

-13   A képzelt én reakciója, mikor magát túlértékeli. (125.o.)

+21   A lelki rész felbukkanásakor jelentkező érzés. (22.o.)

-22   Egy asztrális lény reakciója, hogy fennmaradjon. (150.o.)

+23   Szhuu energiája, amivel hazavezette az Mi-t. (83.o.)

+31   Mentális rész hatása az emberre. (217.o.)

-32   Egy mentális lény reakciója, hogy elérje célját. (83.o.)

+33   Szellemi lény viszonya a körülötte, benne lévő valósághoz. (150.o.)

Ha beírjuk másik kis táblázatunkba a keresett szavakat és a megjelölt betűket helyes sorrendbe rakjuk, akkor feltárul előttünk az első könyv üzenete: Mit jósolt meg a jelek alapján Fent-sétáló, az öreg sámán? (19.o.)

Fogalmak:

Test: A mikrokozmosz, a tudat elkülönült fizikai leképezése, 3D-s tapasztalat céljából.

Lélek: A megnyilvánult tudatosság egyedi színezete.

Szellem: A megnyilvánulatlan tudatosság, a semmi maga.

Érzet: A valóság érzékszervekkel felfogható érzékelése.

Érzelem: Az érzések és az azokkal kapcsolatos gondolatok összessége.

Én - Egó: A valóság által felprogramozott elkülönült személyiség.

Én - Önvaló: A valós, egységben lévő egyetemes öntudat.